KB231472

지금 나는 사랑하러 갑니다

— 여성 작가들의 진솔한 사랑이야기

예감출판

| 작가의 말 |

열대는 건기와 우기, 딱 둘로 나뉜다. 마치 사랑처럼 말이다. 작열하는 태양, 혹은 미친 듯이 쏟아지는 폭우가 그렇다. 두 모습을 보고 있노라면 사랑하는 이들을 닮았다는 생각을 하지 않을 수 없다.

지금 나는 인도네시아의 자카르타에 있다. 낮엔 열정적으로 햇살이 쏟아지고, 검은 밤하늘에 별이 스팽글처럼 붙어 있고, 격정적으로 비가 쏟아지는 그런 곳이다.

초록에 대한 간절한 그리움 같은 게 있었던 때를 생각하면 로망의 실현이라고 할지 모르지만, 천만의 말씀이다. 이젠 초록이라면 한때 늘 입에 달고 살던 콜라 맛 츄파춥스처럼 물려버렸다. 저 멀리 초록빛 야자수가 바람에 흔들리기만 해도 한숨이 나온다.

사랑도 그렇다. 마치 내가 사랑이란 걸 했던 적이 있었을까? 혹은 '과연 그게 사랑이었을까? 척했던 건 아니고?'라는 생각이 드는 요즘엔 더 그러하다. 너무 아득해서 선사시대, 그 어느 즈음에 내가 사랑을 했던 것 같은 기분이다.

로망의 빈자리는 냉큼 얄미운 현실이 어느새 꿰차고 앉아서 낭만의 시대는 가고 실용주의 시대가 왔다. 사랑은 가고 추억만이 남은 일상을 겨우겨우 이승철의 목소리로 어찌 해보려 하는 찰나 사랑에 관한 소식이 날아들었다. 아, 우체통에 연애 편지는 없고, 각종 카드 고지서만 날아드는 시절에 사랑이라…….

『13월의 사랑』 개정판 발행 소식은 마치 아주 오래전에 잊혀진 연인으로부터 뒤늦게 날아든 편지처럼 나를 설레게 했다.

다시금 그때 사랑 앞에서 우리 <여성동아> 문우들은 어떠했는지 되돌아보고 싶어진다. 사랑은 움직이고 변한다고는 하는데 과연 그럴까? 사랑도 진화하는 걸까?

한낮에 미친 듯이 내리는 스콜을 바라보며 그런 생각을 한다. 인생의 한순간, 사랑의 한 절기에 저렇게 미친 듯이 퍼붓던 사랑은 대체 어디로 증발했을까?

사랑은 위대하지 않다는 걸 진즉에 알았다. 사랑은 슬프거나, 초라하거나, 소소하거나 이따금씩 애틋할 뿐이다. 그러나 그 사랑이 있기에 열대의 밤은 아름답다. 당신의 밤도 나의 밤도 우리의 밤도.

『지금 나는 사랑하러 갑니다』로 변신한 『13월의 사랑』이 사랑의 간절기에 어떤 메시지를 다시 줄지 궁금해진다. 기억 속에 남겨진 사랑의 지문들이 살아나 새로운 낭만시대가 도래한다면 그보다 더 좋을 순 없을 게다.

2PM의 'again & again'이 머릿속에서 시계추처럼 오락가락하는 열대의 밤이다. 인도네시아의 어느 곳에서 전설처럼 들려오는 소문에 의하면 이 밤 어디선가 별이 부서진단다. 그 부서진 조각들이 당신의 사랑이 된다면 어떨까?

별이 부서진다는 어느 밤, 자카르타에서

유춘강

| 차례 |

그 여자네 집

박완서

지난여름 작가회의에서 북한 동포 돕기 시 낭송회를 한 적이 있다. 시인들만 참여하는 줄 알았더니 각계 원로들드 자기가 평소 애송하던 시를 낭송하는 순서가 있다고, 나한테도 한 편 낭송해 달라고 했다. 내가 원로 소리를 듣게 된 것이 당혹스러웠지만, 북한 돕기라는데 핑계를 둘러대고 빠질 만큼 빤질빤질하지는 못했나 보다. 하겠다고 했다. 그러나 거역할 수 없는 명분보다 더 중요한 것은 낭송하고 싶은 시가 있었다는 게 아니었을까. 그 무렵 나는 김용택의 '그 여자네 집'이라는 시에 사로잡혀 있었다. 김용택은 내가 좋아하는 시인 중의 한 사람일 뿐 가장 좋아하는 시인이라고는 말 못 하겠다. 마찬가지로 '그 여자네 집'이 그의 많은 시 중 빼어난 시인지 아닌지도 잘 모르겠다.

'그 여자네 집'은 다음과 같다.

가을이면 은행나무 은행잎이 노랗게 물드는 집

해가 저무는 날 먼 데서도 내 눈에 가장 먼저 뜨이는 집
생각하면 그리웁고
바라보면 정다웠던 집
어디 갔다가 늦게 집에 가는 밤이면
불빛이, 따뜻한 불빛이 검은 산속에 살아 있는 집
그 불빛 아래 앉아 수를 놓으며 앉아 있을
그 여자의 까만 머릿결과 어깨를 생각만 해도
손길이 따뜻해져 오는 집

살구꽃이 피는 집
봄이면 살구꽃이 하얗게 피었다가
꽃잎이 하얗게 담 너머까지 날리는 집
살구꽃 떨어지는 살구나무 아래로
물을 길어오는 그 여자 물동이 속에
꽃잎이 떨어지면 꽃잎이 일으킨 물결처럼 가닿고
싶은 집

샛노란 은행잎이 지고 나면
그 여자
아버지와 그 여자
큰오빠가
지붕에 올라가
하루 종일 노랗게 지붕이 이는 집

노란 초가집

어쩌다가 열린 대문 사이로 그 여자네 집 마당이 보이고
그 여자가 마당을 왔다갔다하며
무슨 일이 있는지 무슨 말인가 잘 알아들을 수 없는 말소리와
옷자락이 대문 틈으로 언뜻언뜻 보이면
그 마당에 들어가서 나도 그 일에 참여하고 싶었던 집

마당에 햇살이 노란 집
저녁연기가 곧게 올라가는 집
뒤안에 감이 붉게 익는 집
참새 떼가 지저귀는 집
보리타작, 콩 타작 도리깨가 지붕 위로 보이는 집
눈 오는 집
아침 눈이 하얗게 처마끝을 지나
마당에 내리고
그 여자가 몸을 웅숭그리고
아직 쓸지 않은 마당을 지나
뒤안으로 김치를 내러 가다가 "하따, 눈이 참말로 이쁘게도 온다이이" 하며
눈이 가득 내리는 하늘을 바라보다가
싱그러운 이마와 속눈썹에 걸린 눈을 털며
김칫독을 열 때

하얀 눈송이들이 김칫독 안으로
하얗게 내리는 집
김칫독에 엎드린 그 여자의 등에
하얀 눈송이들이 하얗게 하얗게 내리는 집
내가 함박눈이 되어 내리고 싶은 집
밤을 새워, 몇 밤을 새워 눈이 내리고
아무도 오가는 이 없는 늦은 밤
그 여자의 방에서만 따뜻한 불빛이 새어나오면
발자국을 숨기며 그 여자네 집 마당을 지나 그 여자의 방 앞
뜰방에 서서 그 여자의 눈 맞은 신을 보며
머리에, 어깨에 쌓인 눈을 털고
가만가만 내리는 눈송이들도 들리지 않는 목소리로
가만가만히 그 여자를 부르고 싶은 집
그
여
자
네 집

어느 날인가
그 어느 날인가 못밥을 머리에 이고 가다가 나와 딱
마주쳤을 때
"어마나" 깜짝 놀라며 뚝 멈추어 서서 두 눈을 똥그랗게 뜨고
나를 쳐다보며 반가움을 하나도 감추지 않고

환하게, 들판에 고봉으로 담아놓은 쌀밥같이,
화아안하게 하얀 이를 다 드러내며 웃던 그
여자 함박꽃 같던 그
여자

그 여자가 꽃 같은 열아홉 살까지 살던 집
우리 동네 바로 윗동네 가운데 고샅 첫집
내가 밖에서 집으로 갈 때
차에서 내리면 제일 먼저 눈길이 가는 집
그 집 앞을 다 지나도록 그 여자 모습이 보이지 않으면
저절로 발걸음이 느려지는 그 여자네 집
지금은 아, 지금은 이 세상에 없는 집
내 마음속에 지어진 집
눈감으면 살구꽃이 바람에 하얗게 날리는 집
눈 내리고, 아, 눈이, 살구나무 실가지 사이로
목화송이 같은 눈이 사흘이나
내리던 집
그 여자네 집
언제나 그 어느 때나 내 마음이 먼저
가
있던 집
그
여자네

집
생각하면, 생각하면 생. 각. 을. 하. 면……

내가 <녹색평론>에서 그 시를 처음 읽고 깜짝 놀란 것은, 이건 바로 우리 고향 마을과 곱단이와 만득이 이야기다 싶었기 때문이다. 지금은 칠순이 훨씬 넘은 장만득 씨는 아직도 문학청년 기질을 가지고 있다. 불과 몇 년 전까지만 해도 신춘문예 철만 되면 가슴이 울렁거린다고 했다. 가슴만 울렁거린 게 아니라 응모도 해봤으리라고 나는 넘겨짚고 있다. 그 울렁거림이 얼마나 참을 수 없는 울렁거림이라는 걸 알고 있기 때문이다. 만일 그 시가 김용택이라는 유명한 시인의 시가 아니라 처음 들어 보는 시인의 시였다면 나는 장만득 씨가 가명으로 등단을 했다는 걸 의심치 않았을 것이다. 나는 그 시를 또 읽고 읽었다. 처음에 희미했던 영상이 마치 약물에 담근 인화지처럼 점점 선명해졌다. 숨어 있던 수줍은 아름다움까지 낱낱이 드러내자 나는 마침내 그리움과 슬픔으로 저린 마음을 주체할 수가 없어서 혼자서 느릿느릿 포도주 한 병을 비웠다.

곱단이는 범강장달이 같은 아들을 내리 넷이나 둔 집의 막내딸이자 고명딸이었다. 부지런한 농사꾼 아버지와 착실한 아들들은 가을이면 우리 마을에서 제일 먼저 이엉을 이었다. 다섯 장정이 후딱 해치울 일이건만 제일 먼저 곱단이네 지붕에 올라앉아 부산을 떠는 건 만득이였다. 만득이는 우리 동네의 유일한 읍내 중학생이라 품앗이 일에서는 저절로 제외되곤 했건만 곱단이네가 일

손이 모자라는 집도 아닌데 제일 먼저 달려들곤 했다. 곱단이 작은오빠하고 만득이는 친구 사이였다. 그래도 마을 사람들은 만득이가 곱단이네 집 일이라면 발 벗고 나서고 싶어하는 게 친구네 집이라서가 아니라 그 여자, 곱단이네 집이기 때문이라는 걸 알고 있었다. 부엌에서 더운 점심을 짓느라 연기가 곧게 올라가는 따뜻한 가을날, 곱단이네 지붕에 제일 먼저 뛰어올라 깃발처럼 으스대는 만득이를 보고 동네 노인들은 제 색시가 고우면 처갓집 말뚝에도 절을 한다더니만, 하고 혀를 찼지만 그건 곧 만득이가 곱단이 신랑이 되리라는 걸 온 동네가 다 공공연하게 인정하고 있다는 증거였다.

둘 사이는 그들보다 어린 우리 또래들 사이에도 선망의 대상이었다. 우리들은 그들 사이를 연애를 건다고 말하면서 야릇하게 마음 설레곤 했다. 1940년대의 보수적인 시골 마을에서도 간혹 젊은 남녀가 부모 몰래 사랑을 나누는 일이 아주 없었던 건 아니었나 보다. 누가 누구하고 바람이 났다던가, 눈이 맞았다던가, 심지어는 배가 맞았다는 소문까지 날 적이 있었다. 그건 부모가 얼굴을 못 들고 다닐 만한 스캔들이었고, 그 뒤끝도 거의 다 너절하거나 께적지근한 것이었다.

곱단이하고 만득이가 좋아하는 것을 바람났다고 말하지 않고, 연애 건다고 말한 것은 그런 스캔들과 차별 짓고 싶은 마음에서였을 것이다. 마을 사람들로서는 일종의 애정이요 동경이었다. 남자들은 서당에서 한문 공부를 하고, 여자들은 어깨너머로 언문을 해독할 수 있을 정도로 까막눈은 면했다 하나 읍에서 이십여 리나 떨어진 이 마을에서 신식학교 교육은 아직 먼 풍문이었다. 그러나 기회만 닿으면 자식에게만은 시켜 보고 싶은 거였다. 연애에 대해서도 비슷한 생각을 가졌던 것 같다. 도시에서 배운 사람들이 하는 개화된 풍속에 대한 거역할 수 없는 호기심을 가지고 있었다. 젊은 사람들 사이에서뿐만 아니라 사사건건 트집 잡기 좋아하는 노인네들한테까지 그들의 연애는 일찌거니 인정받은 거나 다름없었다. 왜냐하면 그들이 미처 연정을 느끼기 전부터 둘이 짝이 된다면 얼마나 보기 좋은 한 쌍이 될까 눈을 가느스름히 뜨고 상상하는 것만으로 즐거워한 게 노인들이었기 때문이다. 만득이나 곱단이네나 일 년 계량하기에 모자라지도 넘치지도 않을 만한 토지를 가진 자작농이었고, 인품이 후하여 어려운 사람 살필 줄 아는 집안이었다. 만득이는 위로 누나들만 있고, 곱단이는 오빠들만 있어서, 기다리던 귀한 아들딸이었다. 제집에서 귀히 여기는 자식은 남들도 한 번 볼 거 두 번 보면서 덕담을 아끼지 않는 법이다. 그들 또한 그러하였다.

곱단이는 시골 아이답지 않게 살갗이 희고, 맑은 눈에 속눈썹이 길었다. 나는 그녀의 속눈썹이 얼마나 길었는지 표현할 말을 몰랐었는데 김용택의 시 중에서 마침내 가장 알맞은 말을 찾아냈다. 함박눈이 내려앉아서 쉴 만큼 길었다. 함박눈은 녹아 이슬방울이 되고 촉촉이 젖은 눈썹이 그녀의 검은 눈동자에 그늘을 드리우면, 목석의 애간장이라도 녹일 듯 애틋한 표정이 되곤 했다. 만득이는 총명하여 하나를 가르치면 열을 알았고, 생긴 것 또한 관옥 같았다. 촌구석에서는 드문 인물들이었다. 만득이가 개천에서 난 용이라면 곱단이는 진흙탕에 핀 연꽃이었다. 누가 먼저랄 것도 없이 둘이 장차 신랑 각시가 되면 얼마나 어여쁜 한 쌍이 될까 하는 소리가 저절로 나왔다. 이구동성으로 두 사람의 천생연분을 점친 것이다. 양가의 처지 또한 서로 기울지도 넘치지도 않았고 어른들은 소박하고 정직하여 남들이 사윗감 며느릿감으로 점찍어 준 아이들을 어려서부터 눈여겨보며 아름답고 늠름하게 자라는 걸 서로 기특해하며 귀여워하였다. 곱단이와 만득이는 우리 마을의 화초요 꿈이었다. 그러나 한두 번이라도 중매를 서 본 사람은 알 것이다. 남 보기에 하늘이 정해 준 배필처럼 어울리는 한 쌍이 있어 그들을 맺어 주는 것에 거의 소명 의식 같은 걸 느끼고 중매에 나서지만 본인은 의외로 냉담한 경우가 많다는 것을. 남자와 여자가 서로 연정을 느끼는 건 신의 장난질처럼 인간의 계획 밖의 일이다. 남이 나서서 잘 되기를 꾀하거나 도와주려고 하면 되레 어깃장을 놓는 속성까지 있는 것 같다.

그러나 만득이와 곱단이는 마을 사람들의 꿈을 배반하지 않았다. 곱단이가 만득이만 보면 유난히 부끄럼을 타기 시작한 게 그 증거였다. 곱단이가 만득이 때문에 방구리를 깨트린 일은 두고두고 동네 사람들의 입초시에 오르내렸다. 윗말 아랫달 합쳐야 이십여 호밖에 안 되는 작은 마을이라 우물이 하나밖에 없었다. 물 긷는 일은 전적으로 아낙네들 몫이었고, 물동이를 이고도 동이를 손으로 잡는 법 없이 두 손을 자유롭게 놀리며, 고개도 이리저리 돌려 볼 것 다 보고 다닐 수 있어야 비로소 살림에 관록이 붙은 주부였다. 계집애들은 엄마들의 그런 솜씨에 찬탄의 눈길을 보내는 한편, 언젠가는 자기들도 그런 최고의 경지에 도달하지 않으면 안 된다는 압박감을 가졌음 직하다. 계집애들은 어려서부터 물동이를 이고 싶어했다. 아이들도 능히 일 수 있는 작은 물동이를 방구리라고 했다. 방구리는 실용보다는 딸애들의 놀이 기구에 가까워서 깨트리기도 잘했다. 계집애를 얕볼 때, 쬐그만 계집애란 말 대신 방구리만 한 계집애로 통하는 게 우리 마을이었다.

곱단이는 귀한 딸이고 올케가 둘씩이나 있어서 물동이 같은 거 안 이어도 됐건만 자기 몫의 방구리는 가지고 있었고, 동무들이 하는 건 다 해보고 싶은 나이였다. 그러나 머리에 인 방구리 손잡이를 양손으로 움켜잡지 않고는 한 발자국도 못 떼는 초보였다. 그렇게 방구리로 물을 길어 가는데 저만치서 만득이가 오는 게 보였다. 만득이는 방구리를 들어 주려고 급히 달려오고 그걸 본 곱단이는 에구머니나, 흘러내린 치맛말기를 추켜올리려고 급히 방구리 손잡이를 놓아 버린 것이다. 방구리가 깨진 건 말할 것도 없다. 곱단이가 열너덧 살 가슴이 살구씨만큼 부풀어올랐을 무렵이었다. 저고리를 짧게 입고, 치맛말기로 가슴을 동일 때라 임질을 할 때면 겨드랑과 가슴이 드러나게 돼 있었다. 그 무렵의 우리 고장의 풍습으로는 젊은 여자들도 거기에 대한 수치감이 별로 없었다. 임을 이고 가는 엄마 뒤에 업힌 아기가 겨드랑 밑으로 엄마의 앞가슴을 더듬거나 끌어당겨 빨기까지 하는 모습도 흔히 볼 수 있었다. 가슴에 대한 수치심도 일종의 문화 현상이 아닐까. 그 시절엔 엄마의 가슴은 아이들의 밥그릇 정도로 여겼던 반면 배꼽을 드러내는 건 수치스럽게 여겼다. 처녀는 좀 달랐겠지만 그런

풍토에서 방구리를 깨트리면서까지 가슴을 가리고 싶었던 것은 예사로운 일이 아니었다.

우리 마을에서 만득이가 제일 먼저 읍내 중학교로 진학하자 곱단이는 아버지를 졸라 십 리 밖에 생긴 소학교 분교에 입학했다. 방구리 사건이 있고 나서였다. 분교를 간이 학교라고 불렀고, 입학하는 데는 연령 제한 같은 것도 없었다. 남학생 중에는 아이 아범도 있을 정도였다. 중학교도 마찬가지였나 보다. 단득이도 소학교만 나오고 나서 몇 년 집에서 농사를 거들다가 서울로 시집간 큰누나가 신식 교육의 필요성을 역설해서 다시 상급 학교에 가게 됐으니 늦공부인 셈이었다.

간이 학교는 우리 마을에서 읍으로 가는 도중에 있는 긴내골이라는 오십여 호가 넘는, 인근에서는 가장 큰 마을에 있었다. 고개를 두 번 넘고 시냇물을 한 번 건너야 했다. 만득이와 곱단이가 등하굣길을 자연스럽게 같이했을 것은 말할 것도 없다. 겉으로 보기에 두 사람이 유별나 보이지는 않았다. 늘 곱단이가 한참 뒤져서 걷고 만득이는 휘적휘적 앞서 걷다가 기다려 주곤 했다. 부부가 같이 외출을 해도 나란히 걷지를 못하고 아내가 한참 뒤에서 걷는 걸 예절처럼 알던 시대였다. 곱단이보다 갈 같이 곱절이 되는 만득이가 갑갑한 곱단이의 걸음걸이를 참지 못하고 횡하니 먼저 가 버릴 적도 있었다.

들을 적시는 개울물이 도처에 그물망처럼 퍼져 있는, 물이 흔한 고장이었지만 다리를 통해 건너야 하는 긴내골의 시냇물은 유난히 아름다운 강이었다. 물은 깊지 않았지만 골이 깊어서 길에서 수면까지 비스듬히 가파른 둔덕에는 잔다란 들꽃들이 봄여름 가을 내 쉼 없이 피었다 지곤 했고, 흰 자갈과 잔모래와 꽃 그림자 사이를 무리 지어 유영하는 물고기들과 장난치듯 부서지는 잔물결은 수정처럼 투명했다. 그 시냇물에는 흙다리가 놓여 있었다. 양쪽 둔덕을 두 개의 기둥목으로 가로질러 놓고, 그 사이를 새끼줄이나 칡넝쿨 같은 것으로 엮고는 진흙으로 빤빤하게 싸 바른 흙다리는 마치 오솔길의 연속처럼 편안했다. 그러나 비가 많이 오거나 봄의 해토 무렵엔 흙다리 곳곳에 구멍이 뚫리기도 하고 미끌거리기도 했다. 그런 불편은 잠깐, 곧 누군가의 손길로 감쪽같이 보수가 되곤 했지만 문제는 장마 중이거나 미처 보수를 하기 전이었다. 특히 계집애들은 구멍 난 흙다리를 건너기를 무서워했다. 차라리 둔덕을 내려가 신발 벗고 점벙 점벙 강물로 들어가는 게 안심스러웠다. 물이 불어 봤댔자 허리 정도밖에 안 찼지만 그럴 때는 앞서서 작대기로 물의 깊이를 알려 주고 계집애들을 인도하는 게 남자들의 중요한 사내구실이었다. 그러나 만득이는 곱단이가 사내 녀석들하고 치마를 배꼽 위까지 걷어 올리고 속바지를 적셔 가며 물을 건너는 걸 참을 수 없어했다. 등굣길은 물론 하굣길까지 어떻게든 시간을 맞춰 지키고 있다가 구멍 뚫린 흙다리 위로 건너게 해주었다. 흙다리를 건너면서 곱단이가 얼마나 무섬을 타고, 앙탈을 하고, 그러면 만득이는 그걸 다 받아 주며 다독거리느라 길지도 않은 흙다리 위에서 둘이 몇 번씩이나 서로 얼싸안는다는 소문이 자자하게 퍼지곤 했다. 그러나 구닥다리 노인들도 그런 소문을 망신스러워하지 않고 귀엽게 여겼다. 둘은 어차피 혼인할 테고 둘이 서로 좋아하는 것은 아름다운 한 쌍의 새가 부리를 비비는 것처럼 예쁘게만 보였다. 흙다리가 아니라 연애 다리라는 소리도 악의라곤 없었다.

중학교 상급반으로 오르면서 만득이는 문학에 눈을 뜨게 된 것 같다. 한동안 그는 『오뇌(懊惱)의 무도(舞蹈)』라는 시집을 책가방에 넣지 않고 옆구리에 끼고 다닌 적이 있는데 그게 그렇게 멋있어 보일 수가 없었다. 학교 문턱에도 못 가본 이도 남자들은 한문을 다 읽을 줄 알았다. 서당이 마을 사내애들의 의무 교육 기관처럼 돼 있었다. '오뇌의 무도'라고 붙여서 읽을 수는 있어도 그게 무슨 뜻인지는 확 오는 게 아니었다. 글자는 한자건만 그 낱말이 불러일으키는 이미지는 이국적이고 하이칼라한 것이었다. 어디서 흘러들어온 말인지 하이칼라란 말이 우리 마을 젊은이들 사이에서 한창 유행할 때였다. 어딘지 이국적이고 약간 겉멋 들어 보이는 건 뭐든지 하이칼라라고 했다.

마을 젊은이들 사이에 춘원 바람을 일으킨 것도 만득이였다. 『흙』, 『단종애사』, 『무정』 같은 춘원의 책이 젊은이들 사이를 돌며 나달나달해질 때까지 읽혔다. 책은 나달나달해졌지만 거기 한번 맛 들인 청년들의 눈빛은 별처럼 빛났다. 그러나 곧 춘원이 창씨개명에 앞장서고 청년들을 전쟁터로 내모는 연설을 했다는 말을 퍼트려, 청년들을 실의에 빠뜨리고 헷갈리게 만든 것도 만득이였다. 그가 마을 청년들의 정신의 맥을 쥐었다 폈다 한다고 해도 과언이 아니었다. 2차 세계대전이 말기에 접어들면서 마을의 형편도 날로 어려워지고 있었지만, 젊은이들의 정신의 기갈은 그보다 더 심각하였기 때문에 먹혀들기 그만큼 쉬웠다. 만득이가 퍼트린 책 때문에 마음이 통하게 된 젊은이들이 모여서 문학 얘기도 하고 세상 돌아가는 일에 울분을 토로하기도 하는 모임이 자연히 형성됐는데, 거기서도 중심인물은 물론 만득이였다. 그러나 고작 만학의 중학생이었다. 식민지 청년의 의식 있는 모임이라기보다는 만득이의 지적 허영심을 충족시키는 장이었다. 그는 가끔 자기가 쓴 시를 비장한 어조로 읽어 주곤 했는데 그중 곱단이가 눈물이 글썽할 정도로 좋아한 시가 나중에 알고 보니 임화의 시 뒷부분이었다.

오늘도 연기는
구름보다 높고,
누구이고 청년이 몇,
너무나 좁은 하늘
넓은 희망의 눈동자 속 깊이
호수처럼 담으리라,
벌리는 팔이 아무리 좁아도,
오오! 하늘보다 너른 나의 바다.

이런 시였는데 팔을 벌리고 '오오! 하늘보다 너른 나의 바다' 할 때는 어찌나 격정적으로 목메어 부르는지 곱단이는 그때마다 만득이를 더 넓은 세상으로 내놓아야 할 것 같아 가슴이 떨린다고 했다.

곱단이는 나에게 가끔 만득이가 보낸 편지를 보여 준 적이 있었다. 누가 보여 달란 것도 아닌데 보여 주는 게 계면쩍었던지 혼자 보기 아까워서…… 라는 말을 덧붙이곤 하였다. 연애 편지를 혼자 보기 아까워한다는 건 실상 말이 안 되는 소리다. 그건 보여줘도 무관한 단백한 편지라는 뜻도 되지만, 곱단이 보기에 그럴듯한 문학적 표현을 자랑하고 싶어서이기도 했을 것이다. 그중 아직도 생각나는 것은 곱단이네 울타리 밑에 꽈리나무를 '꼬마 파수꾼들이 초롱불을 빨갛게 켜 들고 서 있는 것 같다'고 표현한 거였다. 당시 우리 동네 집들은 거의 다 개나리로 뒤란 울타리를 치고 살았다. 그리고 뒤 집이나 울타리 밑에서 꽈리가 자생했다. 봄에서 여름에 걸쳐서는 거기에 꽈리나무가 있다는 것도 모를 정도로 전혀 눈에 안 띄는 잡초나 다름없었다. 꽈리가 거기 있다는 걸 알게 되는 건 풀숲이 누렇게 생기를 잃고 난 후였다. 익은 꽈리는 단풍보다 고왔고, 아닌 게 아니라 초롱처럼 앙증맞았다. 그러나 그맘때면 붉게 물든 감잎도 더 고운 감한테 자리를 내주고, 들에서는 고추가 다홍빛으로 물들 때였다. 꽈리란 심심한 계집애들이 더러 입 안에서 뽀드득 대는 것 외엔 아무짝에도 쓸모없는 하찮은 잡초에 불과했다. 우리 집 울타리 밑에도 꽈리가 지천으로 자라고 있었다. 그렇게 흔해빠진 꽈리 중 곱단이네 꽈리만이 초롱에 불 켜 든 꼬마 파수꾼이 된 것이다. 만득이는 어쩌면 그리움에 겨워 곱단이네 울타리 밑으로 개구멍을 내려다 말고 발갛게 초롱불을 켜 든 꼬마 파수꾼 때문에 이성을 찾은 건 아닐까. 그렇지 않고서야 그 흔해빠진 꽈리 중에서 곱단이네 꽈리만을 그렇게 특별한 꽈리로 만들 수는 없는 일이었다.

우리 마을엔 꽈리뿐 아니라 살구나무도 흔했다. 살구나무가 없는 집이 없었다. 여북해야 마을 이름도 행촌리(杏村里)였겠는가. 봄에 살구나무는 개나리와 함께 온 동네를 꽃대궐처럼 화려하게 꾸며 주었지만, 열매는 시금털털한 개살구였다. 약에 쓰려고 약간의 씨를 갈무리하는 집이 있긴 해도 열매는 아이들도 잘 안 먹어서 떨어진 자리에서 썩어 갔다. 아름다운 마을이었다. 살구꽃이 흐드러지게 필 무렵엔 자운영과 오랑캐꽃이 들판과 둔덕을 뒤덮었다. 자운영은 고루 질펀하게 피고, 오랑캐꽃은 소복소복 무리를 지어 가며 다문다문 피었다. 살구가 흙에 스며 거름이 될 무렵엔 분분히 지는 찔레꽃이 외진 길을 달밤처럼 숨가쁘고 그윽하게 만들었다.

'그 여자네 집'을 읽으면서 돌이켜 보니 행촌리의 그 흔한 살구나무 중에서도 곱단이네 살구나무는 특별났던 것 같다. 다 같은 초가집 중에서도 만득이에겐 곱단이네 지붕이 유난히 샛노랬던 것처럼, 그 흔해빠진 꽈리나무 중에서 곱단이네 꽈리나무만이 특별났던 것처럼.

곱단이네는 행촌리 윗말 첫 집이었다. 뒷동산에서 흘러내린 개울물이 곱단이네를 휘돌아 아랫말로 흐르면서 만득이네 문전옥답 논배미를 지나게 돼 있었다. 곱단이네 살구나무는 곱단이 아버지가 딸과 딸의 동무들을 위해 튼튼한 그네를 매 줄 정도로 큰 나무였다. 만득이는 아마 개울물이 하얗게 하얗게 실어나르는 살구꽃을 연서처럼 울렁거리며 바라보았을 것이다.

1945년 봄에도 행촌리에 살구꽃 피고, 꽈리꽃, 오랑캐꽃, 자운영이 피었을까. 그럴 리 없건만 괜히 안 피고 말았을 거 같다. 그 꽃들이 피어나기 전에 만득이와 곱단이의 연애도 끝나고 말았을까. 만학이었던 만득이는 읍내의 사 년제 중학교를 졸업하자마자 징병으로 끌려나갔다. 며칠 간의 여유는 있었고, 양가에서는 그 사이에 혼사를 치르려고 했다. 연애 못 걸어 본 총각도 씨라도 남기려고 서둘러 혼처를 구해 혼사를 치르는 일이 흔할 때였다. 더군다나 만득이는 외아들이었고, 사주단자는 건네지 않았어도 서로 연애 건다는 걸 온 동네가 다 아는 각싯감이 있었다. 그러나 그는 한사코 혼사 치르기를 거부했다. 그건 그의 사랑법이었을 것이다. 남들은 다 안 알아줘도 곱단이한테만은 그의 사랑법을 이해시키려고, 잔설이 아직 남아 있는 이른 봄의 으스름달밤에 새벽닭이 울 때까지 곱단이를 끌고 다녔다고 한다. 곱단이가 그의 제안에 마음으로부터 승복했는지 안 했는지 알 길이 없다. 그러나 끌려 다니지를 않고 어디 방앗간 같은 데서 밤을 지냈다고 해도 만득이의 손길이 곱단이의 젖가슴도 범하질 못하였으리라는 걸 곱단이의 부모도 마을 사람들도 믿었다. 그런 시대였다. 순결한 시대였는지 바보 같은 시대였는지는 모르지만 그때 우리가 존중한 법도라는 건 그런 거였다.

만득이네 대문에 일본 깃대와 출정 군인의 집이라는 깃발이 만장처럼 처량히 휘날리고, 그 집 사랑에서 며칠씩 술판이 벌어져도 밀주 단속에도 안 걸리고……. 그렇게 그까짓 열흘 눈 깜박할 새가 지나가 만득이는 마침내 입영을 하게 됐다. 만득이가 꼭 살아 돌아올 테니 기다리라고 곱단이를 설득하기는 어렵지 않았을 것이다. 곱단이가 딴 데 시집갈 아이도 아니거니와 식구들 역시 딴 데 시집 보낼 엄두라도 낼 사람들이 아니었으므로, 설득에 그렇게 오랜 시간이 걸린 것은, 그럴 것이면 왜 혼사를 치르고 나서 떠나면 안 되냐는 곱단이의 지당한 생각 때문이었을 것이다. 곱단이는 이름처럼 마음씨도 비단결 같은 처녀였지만 옳다고 생각하는 걸 굽힐 만큼 호락호락하진 않았으니까. 사위스러워서 아무도 입에 올리진 않았지만 마을 사람들은 만득이가 사지(死地)로 가고 있다는 걸 알기 때문에 곱단이를 과부 안 만들려는 그의 깊은 마음을 내심 여간 대견히 여기는 게 아니었다. 만득이와 곱단이는 요샛말로 하면 마을의 마스코트라고나 할까. 둘 다 행복해지지 않으면 재앙이라도 내릴 것처럼 지켜 주고 싶어했고, 만득이의 처사는 그런 소박한 인심에도 거슬리지 않는 최선의 것이었다.

만득이가 떠난 후에도 마을 청년들은 앞서거니 뒤서거니 징병이나 징용으로 끌려가 마을에 남자라고는 중늙은이 이상만 남게 되었다. 곱단이 오빠들도 도시로 나가 공장에 취직한 셋째 오빠와 부모님을 모시는 큰오빠 빼고 두 오빠가 징용으로 나가 아들 부잣집이 허룩해졌다. 장정만 데려가는 게 아니라 양식 공출도 극악해져 그 풍요하던 다을도 앞으로 넘길 보릿고개 걱정이 태산 같았다. 궂은 날 부침질만 해도 서로 나누느라 한 채반은 부쳐야 했던 인심도 스스로 금가기 시작할 무렵이었다. 아주 나쁜 소식이 염병보다 더 흉흉하고 걷잡을 수 없이 온 동네를 휩쓸었다. 전에도 여자 정신대에 대해서 아주 모르고 있었던 것은 아니다. 일본 본토나 남양 군도에 가서 일하고 싶은 처녀들은 지원하면 보내

주고 나중에 집에 송금도 할 수 있다는 면사무소의 공문이 한바탕 돈 후였지만 그럴 생각이 있는 집은 한 집도 없었고, 설마 돈벌이를 강제로 보내리라고는 아무도 짐작을 못 했다. 그러나 들려오는 소문은 그게 아니어서 몇 사람씩 배당을 받은 면사무소 노무과 서기들과 순사들이 과년한 딸 가진 집을 위협도 하고 다짜고짜 끌어가는 일까지 있다고 했다. 설마 설마 하는 사이에 더 나쁜 일이 생겼다. 그건 같은 면 내에서 생긴 일이기 때문에 소문이 아니라 실제 상황이었다. 동구 밖에서 감춰 놓은 곡식을 뒤지려고 나타난 면서기와 순사를 보고 정신대를 뽑으러 오는 줄 지레짐작을 한 부모가 딸애를 헛간 짚더미 속에 숨겼다고 했다. 공출 독려반들은 날카로운 창이 달린 장대로 곡식을 숨겨 두었음 직한 곳이면 닥치는 대로 찔러 보는 게 상례였다. 헛간에 짚가리로 창을 들이대는 것과 그 부모네들이 안 된다고 비명을 지른 것은 거의 동시였다. 창끝에서 처녀의 살점이 묻어 나왔다고도 하고, 꿰진 창자가 묻어 나왔다고도 하고, 처녀는 그 자리에서 죽었다고도 하고, 피를 많이 흘리면서 달구지로 읍내 병원으로 실려 갔는데 죽었는지 살았는지 모른다고도 했다. 아무튼 그 소문의 파문은 온 면 내의 딸 가진 집을 주야로 가위눌리게 했다. 끔찍한 일이었다.

도시에서 군수 공장에 다니는 곱단이 오빠가 종아리에 각반을 차고 징 달린 구두를 신은 중년 남자를 데리고 내려왔다. 신의주에 있는 중요한 공사판에서 측량 기사로 있는, 한 번 장가갔던 남자라고 했다. 곱단이 부모로부터 그 흉흉한 소문을 듣고 급하게 구해 온 곱단이 신랑감이었다. 첫 장가든 부인이 십 년이 가깝도록 아이를 못 낳아 내치고, 새 장가를 든다는 그는 곱단이의 그 고운 얼굴보다는 별로 크지 않은 엉덩이만 유심히 보면서, 글쎄, 아이를 잘 낳을 수 있을까? 연방 고개를 갸우뚱, 그닥 탐탁지 않아 했다고 한다. 그러나 워낙 총각이 씨가 마른 시대였다. 게다가 지금 그 늙은 신랑감이 하고 있는 일은 군사적인 중요한 일이라 징용은 절로 면제된다고 한다. 곱단이네는 그 고운 딸을 번갯불에 콩 궈 먹듯이 그 재취 자리로 보내 버렸다.

곱단이가 어떤 심정으로 그 혼사에 응했는지는 알 길이 없다. 피를 보면 멀쩡한 사람도 정신이 회까닥해진다고 하지 않는가. 피 묻은 소문도 마찬가지였다. 곱단이네 식구뿐 아니라 마을 사람들도 이성을 잃고 말았다. 만득이와 곱단이의 연애를 어여삐 여기고, 스스로 증인이 된 마을 어른들도 이제 곱단이를 위해 할 수 있는 일은 일본군한테 내주지 않는 일뿐이었다. 더군다나 곱단이 어머니는 피가 무서워 닭 모가지 하나 못 비트는 착하디 착한 위인이었다. 그 피 묻은 소문에 살이 떨려 우두망찰했을 것이다. 곱단이는 만득이와의 언약을 저버리고 딴 데로 시집을 가느니 차라리 죽고 싶었을 것이다. 그러나 그녀도 스스로 제 목숨을 끊을 만큼 모질지는 못했다. 죽은 것과 마찬가지로 넋을 놓아 버리는 게 고작이었을 것이다. 곱단이네서 혼사를 치르고 사흘 만에 신랑을 따라 집을 떠나는 곱단이는 사자(死者)를 분단장해 놓은 것처럼 섬뜩하니 표정이라곤 없었다.

멀고 먼 신의주로 시집 가 첫 근친도 오기 전에 해방이 되었다. 그녀는 열아홉 살에 떠난 지붕 노란 집에 다시 돌아오지 못했다.

우리 고장은 아슬아슬하게 38선 이남이 되어 북조선의 신의주와는 길이 막히고 말았다. 만득이는 살아서 돌아왔다. 그 이듬해 봄 만득이는 같은 행촌리 처녀인 순애와 혼사를 치렀다. 순애는 투덕투덕 복 있게 생긴 처녀였지만 곱단이에겐 댈 것도 아니었다. 혼삿날 마을 풍속대로 신랑을 달았는데 군대나 징용 갔다가 심성이 거칠 대로 거칠어져 돌아온 청년들이 어찌나 호되게 신랑 발바닥을 때렸던지 만득이가 엉엉 울었다고 한다. 만득이 또한 군대 가서 고초를 겪을 만큼 겪었는데 그까짓 장난삼아 치는 매를 못 견디어 울었을까? 울고 싶어, 실컷 울고 싶어 울었을 것 같다. 이렇게 만득이의 일거수일투족을 곱단이와 연관지어 생각하고 싶은 게 아직도 두 사람의 어여쁜 사랑을 못 잊어 하는 마을 사람들의 심정이었으니 그리로 시집간 순애의 마음도 편치는 않았을 것이다. 그러나 두 사람은 마을 사람들이 금실을 확인해 볼 겨를도 없이 곧 서울로 세간을 냈다. 외아들이었지만 서울 누나가 동생의 일자리를 구해 놓고 데려갔다.

6·25 전쟁 후 38선 대신 그어진 휴전선은 행촌리를 휴전선 이북 땅으로 만들어 놓았다. 그동안 서로 만나지는 못했어도 귀향길에 만득이가 순애하고 곧잘 산다는 소식 정도는 들을 수 있었는데 그나마 못 듣게 되었다. 6·25 전쟁 때 죽지 않았으면 같은 서울 하늘 밑 어디메 살아 있겠거니, 문득문득 생각이 나던 것도 잠시 만득이는 내 기억 속에서 아주 사라져 버렸다. 서울살이라는 게 촌수 닿는 친척도 결혼 청첩장이나 부고나 받아야 마지못해 챙길 정도로, 이해관계가 닿지 않는 인간관계는 지딱지딱 잊

게 돼 있었다.

만득이를 서울에서 다시 만난 지는 채 십 년도 안 된다. 지금은 돌아가셨지만 그때까지는 생존해 계시던 삼촌이 우리 고향 군민회에 가 보고 싶다고 하셔서 모시고 간 자리에서였다. 실향민들이 마음을 달래려는 자리가 흔히 그렇듯이 노인네들 천지였다. 매년 열리는 군민회라지만 삼촌처럼 처음 간 분은 서로 알아보는 데도 한참 시간이 걸렸다. 알아보는 걸 도와주려는 주최 측의 배려로 면 단위로 나눠서 자리를 잡았고, 우리끼리 다시 리 단위로 무리를 만들었다. 행촌리는 나하고 삼촌하고 낯모르는 노부부 네 사람밖에 없었다. 그 이듬해 돌아가신 삼촌은 그때도 이미 여든 가까운 연세여서 고향의 흙 냄새 대신 고향 사람 체취라도 맡고 싶은 마음에 느닷없이 군민회 나들이를 하고 싶어한 것 같다. 죽을 날이 가까우면 안 하던 짓을 하게 되는 걸 자손들은 가벼운 망령 정도로 취급했다 오죽해야 조카가 모시고 가게 됐을까. 행촌리 노신사도 삼촌을 알아보는 것 같지 않았다. 그냥 어른 대접으로 행촌리 살던 아무개라고 공손하게 인사를 했지만 나는 별로 귀담아듣지 않아 못 알아들었다. 나중에 그가 나에게 명함을 주며 인사를 청하지 않았으면 아마 끝까지 못 알아보았을 것이다. 무슨 전업사 대표 장만득으로 돼 있는 명함을 보고 나서야 뭔가 이상해서 다시 한 번 쳐다보니, 젊은 날의 그가 어디 숨어 있다가 고개를 내밀듯이 분명하게 떠올랐다. 몸집도 별로 불지 않고 얼굴도 잘 늙지 않은 동안이었다. 나하고 그는 그닥 친한 사이가 아니었다. 그는 곱단이 것이었으므로 당시의 우리 또래들은 다들 그를 소 닭

보듯 하는 걸 예절로 알았었다. 그건 장만득 씨도 마찬가지였을 것이다. 그는 워낙 마을에서 유명했지만, 유명 인사가 팬을 알아보란 법은 없다. 나는 그에게 하나도 안 변했다고 말하고 나서 쑥스럽게 웃었다. 한참 동안 못 알아본 주제에 그건 말도 안 되는 소리였기 때문이다.

순애를 떠올리는 건 더욱 불가능했다. 이 유복하고 금실 좋아 보이는 노부부 중 한쪽이 순애인지도 자신이 없었다. 오히려 순애 쪽에서 나에게 아는 척을 하며 하나도 안 변했다고 해 순애려니 했다. 나는 학교 다닌답시고 학교도 안 다니는 집에서 바느질이나 배우는 나보다 나이 많은 애들하고 동무 한 적이 없었다. 만득이하고 순애는 보기 좋은 부부였다. 그냥 헤어지기는 섭섭하여 서로 전화번호를 교환했는데 뜻밖에도 순애가 자주 전화를 해서 점심도 같이하고 쇼핑도 같이하는 교분이 이어졌다. 그 여자는 장만득 씨가 아직도 곱단이를 못 잊고 있다는 얘기를 하소연했다.

아우님, 다들 나더러 팔자 좋다고 하지만 나 같은 빛 좋은 개살구도 없다우, 아우님이니까 얘기야. 딴 사람들한테 아무리 얘기해 봤댔자 나만 이상한 사람이 되지 누가 내 속을 알겠수. 돈 잘 벌고 생전 외도라곤 모르고, 애들한테 잘하고, 나한티도 죄지은 것 없이 죽는시늉도 하라면 하는, 그런 남편이 어디 있냐고들 하지만, 아마 나처럼 지독한 시앗을 보고 사는 년도 없을 거유. 곱단이 년이 내 남편한테 찰싹 붙어 있다는 걸 번연히 알면서도 머리채를 잡을 수가 있나, 망신을 줄 수가 있나, 미칠 노릇이라우. 그래도 내가 아우님을 만났게 망정이지, 그렇지 않았으면 이 억울한 사정을 누구한테 말이라고 할 수가 있겠수. 그 영감 지금도 글쎄 그년한테 연애 편지를 쓴다니까요. 설마라고? 나도 처음엔 설마 했지. 지도 쑥스러운지 시를 쓴다고 합디다. 내가 몰래 훔쳐봤더니 뭐 '그대 어깨에 살구꽃 내리네.' 아니면 '살구꽃은 해마다 피는데, 우리 임은 왜 한 번 가고 다시 아니 오시나.' 이따위가 연애 편지지 그래 시란 말이유. 그뿐인 줄 알아요? 우리가 작년에 중국 여행을 갔을 적에도 얼마나 내 오장을 뒤집었다구요. 속 모르고 따라간 나도 배알 빠진 년이지만. 백두산 구경하고 나서, 단동인가 어디서 배를 타고 북한 땅 가까이까지 가보는 압록강 유람선 관광이라는 걸 했는데, 정말 저쪽 북한 땅 강가에 놀이 나온 아이들까지 보이게 배가 가까이 가니까 나도 마음이 좀 이상해집디다. 그냥 뱃놀이를 편하게 즐기는 건 다 중국 사람들이고, 표정이 심각하게 굳어지는 건 다들 남한 사람들이더라구요. 그 정도는 당연한 거지. 근데 우리 영감은 별안간 뱃전에다 고개를 숙이고 소리내 엉엉 울지를 않겠수. 머리가 허연 늙은이가 온몸을 들먹이면서 분단의 슬픔이라고? 아이구, 그게 아니라 거기서 보이는 땅이 신의주였어요. 곱단이년 사는 데가 닿을 듯 닿을 듯, 닿지는 않으니까, 미치겠는 거지 뭐. 당장 밀어 처넣고 싶더라구요. 헤엄쳐서 어서 그 년한테 가라구요. 그뿐인 줄 알아요. 여기서 돈 잘 벌고 사업 잘다가 느닷없이 아이들은 여기서 키우고 싶지 않다면서 미국으로 이민을 가잔 적이 있다니까요. 지나 내나 영어 한마디 못 하는 주제에 이민을 가자는 속셈이 뭐였겠수? 뻔하지. 미국 시민권을 얻으면 북한을 마음대로 드나든다면서요. 내가 그 꼬임에 넘어갈 성싶어요. 가려면 혼자 가라구, 가서 그년 데려다 잘 살아 보라고 했더니 나를 정신병자 취급하면서 주저앉습디다. 아이들한테는 끔찍한 양반이니까요. 실상 그거 하나 믿고 여태껏 서러운 세상 견딘 거죠.

간추리면 대강 그런 얘기였다. 아닌 게 아니라 그런 얘기는 곱단이와 만득이가 연애 걸던 시절을 아는 사람 아니면 도저히 먹혀들 것 같지 않은 이야기였다. 그러나 그 여자 레퍼토리는 그 몇 가지의 에피소드에 국한돼 있었다. 아직도 만득이가 곱단이 생각만 한다는 증거를 더는 대지 못했고, 나도 비슷한 얘기를 하도 여러 번 반복해 들으니까 넌더리가 나면서 그 여자보다는 장만득 씨가 불쌍해질 무렵 그 여자의 부음을 듣게 됐다. 장만득 씨가 상처를 한 것이다. 고혈압으로 몇 년째 약을 복용하고 있었는데, 돌연 쓰러진 후 의식을 회복하지 못한 채 사흘 만에 숨을 거두었다고 했다. 문상을 가서 그 여자의 영정 사진을 보고 섬뜩했다. 이십 대 후반으로밖에 안 보이는 사진이었다. 요샌 영정 사진도 너무 늙은 건 보기 싫다고, 아주 늙기 전에 찍어 놓는다고는 하지만 칠순의 남편이 눈물을 떨구고 있는 앞에 이십 대의 사진은 너무했다 싶었다. 자식들이 문상객들의 그런 눈치를 채고, 어머니는 평소에도 나 죽거든 늙어 빠진 영정 쓰지 말라고 부탁하시더니, 돌아가신 후 보니까 손수 마련해 놓으신 영정 사진이 있더라고 했다. 나는 나도 모르게 그 여자의 젊었을 적과 곱단이의 젊었을 적을 머릿속으로 비교하고 있었다. 댈 것도 아니었다. 내 상상 속에서 곱단이는 더욱 요요해지고, 그 여자는 젊다는 것 외엔 흔한 얼굴 그대로였다. 그리고 그제야 그 여자가 불쌍해졌다. 아아, 저 여자는 일생 얼마나 지독한 연적(戀敵)과 더불어 산 것일까. 생전 늙지도, 금도 가지 않는 연적이란 얼마나 견디기 어려운 적이었을까.

그 여자가 죽고 나서 만득이를 따로 만날 일이 있을 리 없었다.

그를 우연히 만난 것은 그가 상처하고 나서도 이삼 년 후 엉뚱하게 정신대 할머니를 돕기 위한 모임에서였다. 뜻밖이었지만, 생전의 그의 아내로부터 귀에 못이 박이게 주입된 선입관이 있는지라 그가 그 모임에 나타난 것도 곱단이하고 연결지어서 생각되는 걸 어쩔 수가 없었다. 모임이 끝난 후 그가 보이지 않자 나는 마치 범인을 뒤쫓듯이 허겁지겁 행사장을 빠져나와 저만치 어깨를 축 늘어뜨리고 걸어가는 그를 불러 세웠다. 그러고 다짜고짜 따지듯이 재취 장가를 들었느냐고 물었다. 그는 아니라고 말하고 나서 앞으로도 할 생각이 없다고, 묻지도 않은 말까지 덧붙이는 것이었다.

왜요? 곱단이를 못 잊어서요? 여긴 왜 왔어요? 정신대에 그렇게 한이 맺혔어요? 고작 한 여자 때문에. 정신대만 아니었으면 둘이서 혼인했을 텐데 하구요? 참 대단하십니다.

내 퍼붓는 말에 그는 대답 대신 앞장서서 근처 찻집으로 갔다. 그 나이에 아직도 싱그러움이 남아 있는 노인을 나는 마치 순애의 넋이 씐 것처럼 꼬부장한 마음으로 바라다보았다. 그가 나직나직 말했다.

내가 곱단이를 아직도 잊지 못한다는 건 순전히 우리 집사람이 지어낸 생각이에요. 난 지금 곱단이 얼굴도 생각이 안 나요. 우리 집사람이 줄기차게 일러 집어 주지 않았으면 아마 이름도 잊어버렀을 거예요. 내가 곱단이를 그리워했다면 그건 아마 누구에게나 있을 수 있는 젊은 날에 대한 아련한 향수였겠지요. 아름다운 내 고향에서 보낸 젊은 날을 문득문득 그리워하는 것도 죄가 되나요. 내가 유람선 위에서 운 것도 저게 정말 북한 땅일까? 남의 나라에서 바라보니 이렇게 지척인데 내 나라에선 왜 그렇게 멀었을까? 그게 서럽고 부끄러워 나도 모르게 눈물이 복받친 거지, 거기가 신의주라는 건 별로 중요하지 않았어요.

오늘 여기 오게 된 것도, 글쎄요, 내가 한 짓도 내가 설명할 수 있을 것 같진 않지만 …… 아마 얼마 전 우연히 일본 잡지에서 정신대 문제를 애써 대수롭게 여기지 않으려는 일본 사람들의 생각을 읽고 분통이 터진 것과 관계가 있겠죠. 강제였다는 증거가 있느냐? 수적으로도 한국에서 너무 부풀려 말한다, 뭐 이런 투였어요. 범죄 의식이 전혀 없더군요. 그걸 참을 수가 없었어요. 비록 곱단이의 얼굴은 생각나지 않지만 나는 지금도 생생하게 느낄 수가 있어요. 곱단이가 딴 데로 시집가면서 느꼈을, 분하고 억울하고 절망적인 심정을요. 나는 정신대 할머니처럼 직접 당한 사람들의 원한에다 그걸 면한 사람들의 한까지 보태고 싶었어요. 당한 사람이나 면한 사람이나 똑같이 그 제국주의적 폭력의 희생자였다고 생각해요. 면하긴 했지만 면하기 위해 어떻게들 했나요? 강도의 폭력을 피하기 위해 얼떨결에 십 층에서 뛰어내려 죽었다고 강도는 죄가 없고 자살이 되나요? 삼천리강산 방방곡곡에 사랑의 기쁨, 그 향기로운 숨결을 모조리 질식시켜 버린 그 천인공노할 범죄를 잊어버린다면 우리는 사람도 아니죠. 당한 자의 한에다가

면한 자의 분노까지 보태고 싶은 내 마음 알겠어요? 장만득 씨의 눈에 눈물이 그렁해졌다.

＊ 소설 후기

상큼한 연애 소설을 써 보고 싶단 생각을 줄창 해왔다. 이 나이에 그게 과연 될까. 자신을 시험해 보고 싶은 생각도 조금은 있었을 것이다. 해보니 생각보다 쉽지 않았다. 한바탕 주책을 부린 것처럼 쑥스럽다. 그나마 〈여성동아〉 문우들의 동인지에 대한 애착 때문에 쓸 수 있었지 않나 싶다. 쓰는 동안 옛날로 돌아갈 수 있어서 행복했다. 제 각기의 자태로 어우러진 꽃밭에서 할미꽃도 끼워주어서 고맙다.

정혜

우애령

정혜는 눈을 뜨면서 여전히 같은 자리에 혼자 누워 있는 것을 느꼈다.

꿈이었구나. 나무 밑에 앉아 있는데 누군가 자기에게 다가오고 있는 꿈.

그 사람의 그림자는 희미했다. 어제 우체국에 편지를 부치러 와서 정혜의 회색 스웨터 빛깔이 좋다고 말하던 그 남자 같기도 했다. 천정을 쳐다보며 그녀는 자신의 몸을 무감각하게 만져 보았다. 오늘 하루는 더욱 지루하고 길어질 것 같은 생각이 들었다. 일요일은 아침부터 일어나서 서둘러 샤워를 하고 매무시를 가다듬지 않아도 되기 때문이었다.

그녀는 그대로 누워서 움직이고 싶지 않았다. 손이 내려가 아랫배에서 멎었다. 방광이 가득 차 있는 압박감이 느껴졌다.

정혜는 이불을 제치고 침대 아래 희고 갸름한 두 발을 내려놓았다. 어째 쓸데없는 건 예쁘게 태어났을꼬. 혀를 차던 어머니의 탄식소리가 떠올랐다.

정혜는 세수를 한 후 기계적으로 저울에 올라섰다. 바늘은 정확히 43킬로그램을 가리켰다. 맛없고 단조로운 식사와 생활의 건조함 때문에 그녀의 몸무게는 거의 오차 없이 한결같았다. 그녀는 서둘러 커피 물을 끓이고 발에 몸을 부비며 따라다니는 고양이에게 마른반찬 몇 개가 담긴 납작한 그릇을 밀어주었다.

정혜는 마루에 앉아 책상다리를 하고 두 팔을 몇 번 위로 들어올린 후 다리를 앞으로 죽 뻗어서 그 위에 몸을 굽히는 동작을 몇 번 반복했다. 몸을 움직이고 있으면 목에까지 가득 차 있는 얼음덩어리 같은 응어리가 조금씩 잘게 부서져서 음식물처럼 장 속으로 흡수되는 것 같았다.

빵 두 쪽을 구워서 커피와 함께 쟁반에 받쳐 들고 소파에 앉은 정혜는 텔레비전을 켰다. 말끔한 얼굴로 즐거운 듯 웃는 남녀 사회자가 눈에 들어 왔다. 정혜는 채널을 돌렸다. 에어로빅을 하는 젊은 몸매들이 화면에 가득 차게 나타났다. 정혜는 텔레비전의 스위치를 껐다. 기둥시계가 한동안 삐걱거리며 뒤틀리는 소리를 내더니 여덟 시를 쳤다. 밤 여덟 시에 잠자리에 든다고 해도 자그마치 열두 시간이 그녀의 앞에 놓여 있었다.

일요일이나 공휴일마다 정혜는 당혹스러운 느낌이 들었다. 아침에 일어나면 하루를 보낼 일이 괴로웠다. 그렇다고 누구를 찾고 싶지도 않았다. 실상 찾을 사람도 없었다.

그녀는 일어서서 커튼을 걷고 밖을 내다보았다. 십이 층에서 내려다보이는 아파트 밖의 풍경은 언제나 비슷했다. 아이들 몇이 놀이터에서 놀고 있고, 그 곁에 젊은 엄마 두세 명이 앉아 있었다. 혹시 어제 왔던 그 남자가 지나가지 않을까. 정혜는 주위를 훑어보았다. 그러나 지나가는 사람들은 보이지 않고 늘어선 차들만 시야에 들어왔다.

차들은 두꺼운 껍질의 딱정벌레처럼 이곳저곳에 웅크리고 있었다. 검정색, 감색, 회색의 차들 사이로 붉은색 차 하나가 시선을 끌었다. 차의 붉은빛이 하도 선명해서 곁의 딱정벌레들의 몸을 뚫고 흘러내린 피처럼 보였다. 가끔 사물의 붉은색은 그대로 피의 연상을 지니고 그녀의 머리로 뛰어들었다.

이제 늦여름의 뜨거움은 가셨다. 창을 통해서 불어 들어오는 바람은 그 속에 가을을 느끼게 하는 기미가 있었다.

정혜는 걸레를 들고 방을 치워 나가다가 현관에 놓인 자기 구두에 시선이 멎었다. 납작한 검정 단화가 숨고 싶은 듯 왼쪽 구석에 놓여 있었다. 혼자 사는 집인데도 한가운데 당당하게 구두를 벗어 놓지 못하는 것은 그녀의 오래된 버릇이었다. 정혜는 한쪽 귀퉁이의 실밥이 터져 나간 구두를 들어 올려 꼼꼼하게 살펴보았다. 구두 고치는 사람에게 좀 부탁을 해야겠구나. 지난번 구두를 고치러 갔을 때 구두 고치던 늙수그레한 남자가 구두를 보면서 혼자 웃는 걸 보고 몹시 심정이 상했던 기억이 떠올랐다. 구두가 너무 낡았는데 또 고쳐달라고 했기 때문이었을 것이다.

그녀는 마음을 바꾸어 구두를 사러 나가려고 채비를 하기 시작했다. 그녀에게 있어서 구두나 옷이라는 건 자기를 가리기 위한 최소한의 필요 부품일 뿐이었다. 멋이라든가 유행은 그녀의 생각

속에 들어 있지 않았다.

정혜는 그 흔한 수영장이나 볼링장에도 가 본 적이 없었다. 몸의 드러냄이나 움직임은 늘 죄의 이미지로 그녀에게 다가왔다. 그녀는 될 수 있는 대로 몸을 구부리고 작게 만들어서 남의 눈에 띄지 않도록 하려고 애썼다.

작고 길쭉한 방 가운데를 질러 기다란 카운터를 넣은 우체국 출장소는 그렇게 있기에 아주 적당한 곳이었다. 손님들은 소포를 들고 오기도 했고 편지며 책들을 들고 오기도 했다. 아무도 그녀에게 특별한 관심을 보이지 않았다.

즐거움을 위해 그녀가 투자하는 돈은 영화를 보러 가는 정도뿐이었다. 그녀는 표를 사 가지고 조용히 두터운 문을 밀고 들어가 사람들이 없는 맨 앞자리 쪽으로 가 몸을 움츠리고 앉아 있곤 했다. 영화가 시작되면 그녀는 화면을 보다가 가끔 몸을 돌려 관객들을 바라보았다. 누군가 다른 사람이 화면의 빛에 되쏘인 얼굴을 드러내고 있는 자신을 보리라고는 생각도 못하는 사람들의 얼굴은 다 비슷해 보였다. 정혜는 영화가 끝 장면에 가까워지면 불이 켜지기 전에 서둘러 일어나 극장을 나왔다. 이즈음에는 대부분의 영화들이 노골적인 성애묘사에 치우쳐 있어 혼자 앉아 있기 부끄러운 경우가 많았다. 어떤 때는 영화 중간에 그만 나와 버리기도 했다. 사람들이 어떻게 저런 추잡한 행위에 골몰해서 살 수 있을까. 다시는 구경을 가지 않으리라고 하다가도 어두운 공간에 혼자 앉아서 화면과 사람들을 이중으로 바라볼 수 있다는 어떤 흥분이 그녀를 다시 이끌고는 했다.

그녀는 텔레비전의 광고를 세심하게 보고 물건을 구입했다. 그럴 때면 그녀는 자신의 인생을 스스로 통제하고 있는 듯한 느낌을 가질 수 있었다. 화면에서 수많은 남자와 여자들이 그녀의 마음에 들기 위해 이리 뛰고 저리 뛰며 있는 힘을 다하는 것이 흥미있었다. 그중에서 무엇을 사고 무엇을 사지 않는가는 선연하게 그녀의 선택권 안에 들어 있었다.

그녀는 샤워를 하며 비누의 향을 코에 대고 맡았다. 광고대로라면 그 비누를 쓰고 있으면 피부가 부드럽고 촉촉해져서 누구나 다 돌아보게 되어 있었다. 그녀가 그 비누를 택한 이유는 그 비누로 목욕을 마친 여자가 거리로 나설 때 그녀를 홀린 듯이 바라보던 남자의 눈길 때문이었다. 그의 눈은 모든 것을 다 알고도 받아들이는 부드러운 눈이었다. 그녀는 한때 가슴을 설레며 그 광고가 나오는 프로그램 시간에 맞추어 텔레비전을 켜고는 했다. 그리고 그가 세상을 대신해서 그녀를 용서해 주는 듯한 환상에 사로잡혔다.

정혜는 어느 물건 하나도 그저 사지 않았다. 신중하게 광고를 통해 그들이 온갖 아양을 다 떨고 있는 것을 바라보고 손을 들어 살 것을 골랐다. 방 안에 그녀를 둘러싸고 있는 사소한 물건까지도 그녀가 광고에서 본 사람들의 이미지를 되살려주었다.

아주 이성적이라고 자부하는 사람들도 광고의 최면에 걸려 저절로 어떤 특정한 물건을 사게 된다고 책에서 읽은 적이 있었다. 그 광고의 부박함에 눈살을 찌푸리면서도 막상 선택의 기회가 왔을 때 손이 나가도록 제일 뇌리에 깊이 각인이 된 것은 그 상표의 이름이라는 것이다. 정혜는 그런 어리석은 사람들을 닮고 싶지 않았다. 그녀는 그저 할 수 있는 범위 내에서 자기 주변과 인생을 통제하며 살아가고 싶었다.

가끔 드라마에서 보게 되는 고부간의 갈등이며 남편과의 복잡한 문제들, 자녀들의 실망스러운 행동, 이런 것들로부터 모두 자유롭다고 생각하면 그녀는 얼마든지 자신의 사는 방법에 대해서 자부심을 가질 수 있었다. 아내의 과거에 고민하는 남편 따위는 없는 것이 백번 나았다. 그렇게 생각하려고 애를 쓰면서도 그녀의 마음은 늘 쓸쓸했다.

정혜는 나이 들어가면서 남자들에게 평가받을 것이 두려워 얼굴 붉히는 일이 조금 줄어들었다. 손님들은 우표를 내어주는 손이나 우표 값이 얼마라고 얘기하는 가라앉은 목소리로만 그녀를 파악했다.

어머니가 세상을 뜬 후 재혼한 아버지는 그녀를 볼 때마다 짐스러운 표정을 지었다. 위축되고 우울한 딸은 성공을 자부하는 그에게 몹시 거추장스러웠을 것이었다. 대학을 중퇴하고 간헐적으로 정신과 치료를 받던 정혜는 억지로 짜 맞춘 결혼에 실패하고 집으로 돌아왔다. 일 년 후 하급 공무원 시험에 합격한 정혜가 집을 나가겠다고 했을 때 아버지는 만류하는 듯하다가 작은 임대아파트 하나를 사 주고 그녀에게서 손을 떼어버렸다. 새어머니에게서 태어난 아들 둘의 얼굴 윤곽도 희미할 정도로 그들과는 거의 연락이 끊겨 있는 상태였다.

정혜는 부모의 애틋한 마음이라는 것을 믿지 않았다. 인간의 따뜻한 사랑이라던가 하는 것은 더구나 믿지 않았다. 정혜가 사춘기부터 겪어온 여러 가지 사건들이 그녀를 그렇게 만들었다. 친척들이 들고 나오던 형평이 기울어진 혼담이며, 사은품이 붙은 물건처럼 자기를 뜯어보던 남자들의 칙칙한 눈길 앞에서 그녀는 고통스러웠다.

집을 떠나고 싶은 일념에서 겨우 성사된 결혼식이 끝나고 신혼여행을 떠난 첫날, 잠자리에서 두려움에 떨며 물러서려고 들던 그녀에게 던지던 신랑의 말은 모멸감에 차 있었다. 야, 무슨 요조숙녀 티를 내는 거냐. 처녀도 아닌 게……. 다 알구 있어.

정혜는 자신의 욕구만 채운 후 코를 골며 잠든 신랑을 두고 새벽에 혼자 서울로 올라왔다. 그리고 다시 그에게 돌아가지 않았다. 남자는 정신병이 있는 딸을 사기로 결혼시켰다고 그녀가 드나든 정신병원의 이름을 들먹이며 아버지를 위협한 모양이었다. 그는 아마도 상당한 돈을 받아 쥐고 그녀를 단념했던 것 같다. 오히려 속으로는 그 이득을 더 반겼는지도 모른다. 그 이후로 정혜는 남자들이 전보다 더 무서웠다.

아무에게도 신세 지지 않고, 아무에게도 이용당하지 않고……. 이것이 그녀의 좌우명이었다. 그녀는 기계처럼 정시에 출근하고 정시에 퇴근했다. 우체국 출장소에서 일하기는 편했다. 누구에게 잘 보이려고 애쓰지 않아도 된다는 점이 그녀의 마음에 들었다.

그녀는 같은 출장소에 근무하는 미스 임이 어머, 어떻게 이렇게 혼자 사세요. 외롭지 않으세요, 하고 엉뚱한 소리를 해서 기분을 상하게 한 뒤에는 될 수 있는 대로 아무도 자기 집에 들여놓지 않았다. 그렇게 하는 데 힘이 들 것도 없었다. 사람들은 집에 가 보자고 조를 만큼 그녀에게 관심을 가지고 있지도 않았다.

어젯밤 텔레비전에서 본 광고 중에 마음에 드는 것이 있었다. 나는 자유입니다. 내 인생은 내가 선택합니다. 이렇게 말하는 자신감 넘치는 여자의 얼굴이 사라지면 클로즈업되던 구두의 상표였다. 아마도 그 구두는 그녀에게 아무 곳으로나 갈 수 있는 자유를 줄지도 몰랐다. 문을 나서면서 그녀에게 아무 곳으로 갈 수 있는 자유를 줄지도 몰랐다. 문을 나서면서 그녀의 마음은 기대로 조금 들떴다.

구두 고르기는 어려웠다. 색이 마음에 들면 디자인이, 디자인이 마음에 들면 빛깔이 튀었다. 정혜는 단정하게 흰 셔츠에 검은 바지를 갖추어 입고 기름을 부은 듯한 매끄러운 음성으로 다가오는 구둣방의 남자 점원들이 부담스러웠다. 그들의 다정한 태도, 구두를 신는 것을 거들어 주는 척하면서 은근히 잡아주는 팔과 다리의 쓰다듬기의 감촉은 온몸의 신경을 곤두서게 했다. 더욱 참을 수 없는 것은 그들의 입매에 살짝 펼쳐져 있는 비웃음이었다. 아가씨한테는……. 이렇게 접근하는데 참지 못한 정혜가 작게 한마디 했다. 그렇게 부르지 마세요. 점원은 웃으며 느물거렸다. 그렇다면 아주머니신가요? 전혀 그렇게 보이지 않으셔서 그만. 그는 정혜의 얼굴이 붉어지며 눈가에 물기가 맺히자 웃음을 거두고 멋쩍은 듯 다른 곳으로 물러났다. 꾹 다물고 있으면 완강해 보이는 입매와 눈가의 미세한 잔주름 때문에 서른이 막 넘은 그녀는 누가 보아도 아가씨라고 불릴 만큼 젊지 않았다.

그녀는 여자들을 능숙하게 다루며 접근하는 이런 부류의 남자들이 싫었다. 그녀의 인생을 산산조각 내버린 남자들과 이들은 다 비슷한 부류들이었다. 더욱 싫은 건 그들의 손놀림에 발이며 다리를 맡기고 실실 웃으며 그들의 들쩍지근한 농담에 갖장구를 치는 여자들이었다. 그녀는 점포를 나오면서 카운터에 앉은 젊은 여자에게 나직하게 갈했다. 좀더 인간적으로 손님을 대하면 좋겠어요. 여자 구두를 파는데 꼭 남자를 고용해야만 되나요? 어리둥절한 카운터 여자의 얼굴 앞에서 돌아서 허둥지둥 문을 빠져나오는 정혜의 뒤로 떠나갈 듯한 폭소가 터져 나왔다. 정혜는 귀를 막고 걸었다.

집에 돌아와서도 한참 동안 정혜는 소파에 기대어 앉아 있었다. 숨이 막힐 듯 낄낄대는 그 웃음소리가 정혜의 귀에서 윙윙 울리며 퍼져 나갔다. 세상에 나가서 사람들에게 접근해 보려고 할 때마다 이런 일들이 일어났다.

정혜의 침대 머리맡에는 소설책들 사이에 안데르센의 동화며 그림 동화들이 꽂혀 있었다. 삶이 힘들다고 느껴질 때면 그녀는 즐겨 읽던 어려운 책들을 접어두고 동화책들을 꺼내 읽으면서 공상의 세계로 빠져들어 갔다.

모두들 미워하고 기피하는 미운 오리 새끼의 이야기를 읽을 때면 얼른 백조가 된 오리의 행복함을 읽고 싶어 서둘러서 페이지를 넘기고는 했다.

성냥팔이 소녀가 춥고 어두운 밤, 부잣집 벽에 기대어 하나씩, 하나씩 성냥불을 켜고 그 속에서 온갖 환상을 바라보는 장면을 읽으면서 그녀는 자신만의 환상을 꿈꾸었다.

인어 공주가 차마 왕자를 죽이지 못하고 칼을 던지고 바다에 뛰어드는 장면을 읽을 때는 마음이 아파 아이처럼 눈물이 고이고는 했다.

정혜의 시계는 열세 살 되던 해 여름에 멎어 있어 삶에 대한 환상은 거기서 끝나 있었다. 그때 죽었어야 하는데……. 가끔씩 그녀가 볕 바른 창가에 앉아 있을 때면 혼자 하는 생각이었다. 무엇 때문에 살아 있어야 하는 걸까. 누가 나를 필요로 하는 걸까. 우체국이 고작이겠지만 그건 정혜가 없어도 하루 만에 다른 사람이 와서 해낼 수 있는 일자리였다.

우체국에서 일하면서 정혜는 우표들을 모으기 시작했다. 네 각이 진 작은 종이 안에 갇힌 세계는 항상 그녀에게 공상거리를 제공해 주었다. 힘센 소의 그림, 소녀의 초상, 꽃과 정물, 마리아와 아기 예수, 금각사.

작은 우표를 들여다보면 크기를 줄여 놓은 분재를 보듯 원래 실물 크기가 상상되었다.

결국 마법사의 거울로 드나들 듯 그녀는 한장 한장의 우표 속으로 들어가 그 장소에 한참씩 머물러 있거나 돌아다니거나 했다. 이 세상과 우표 속의 세상 사이의 경계가 어떤 때는 희미해져서 우표 값을 묻는 손님이 두세 번씩 물어올 때까지 다른 생각에 빠져 있을 때도 있었다.

우체국에 앉아 있으면 미닫이로 된 두 짝 유리문을 통해서 오고 가는 사람들이 보였다. 여기서 보이는 바깥 풍경은 십이 층에서 내려다보이는 삭막한 콘크리트 바닥이나 우표 속의 세계보다 좀더 현실감을 주었다. 우표를 바라보던 상상 속에서 깨어나 보면 마치 거인들처럼 커 보이는 사람들이 그 앞을 지나쳐 갔다. 행복해 보이는 젊은 부부가 유모차를 끌고 지나가기도 하고 얼굴에 땀과 먼지가 묻은 채 엄마를 부르며 울고 가는 작은 남자아이도 보였다. 얼굴에 검버섯이 핀 채 느린 걸음걸이로 뒷짐을 진 손에 부채를 들고 지나가는 노인도 보였다. 그들은 자기와 정혜 사이를 가로막고 있는 유리문을 열고 들어오는 일이 거의 없었다. 우체국에 들어서는 사람들은 뭔가 아직도 애타는 꿈을 지닌 사람들이었다.

어제 오후 후줄그레한 차림의 남자가 들어섰다. 그는 정혜를 보고 조금 망설이더니 커다랗고 두툼한 종이봉투를 내밀었다. 인쇄물이냐고 묻자 그는 수줍어하며 원고라고 대답했다. 정혜는 무게를 달아보고 그에게 가격을 알려주었다. 그는 등기 속달로 보내는 경우에는 얼마냐고 물었다. 이제 늦어서 속달은 되지 않고 등기는 가능하다고 정혜가 대답하자 그는 그냥 보내달라고 하며 돈을 내밀었다.

우표를 기다리는 동안 그는 정혜에게 말했다. 회색 스웨터 빛깔이 참 좋군요. 그녀는 대답 없이 가만히 그를 보았다. 그녀는 남자에게서 찬사를 들어본 일이 거의 한 번도 없었다. 그래서 뒤에 앉은 미스 임을 돌아보았다. 미스 임이 입은 옷은 회색이 아니었고 그는 정혜를 바라보고 있었다. 그의 눈에 놀리는 기색은 없었다.

집에 돌아와 정혜는 공들여 샤워를 하고 낮에 입었던 스웨터를 다시 꺼내 입었다. 스웨터의 회색빛은 이제 다른 의미를 띠고 있는 것처럼 느껴졌다. 좀 밝은 색 옷을 입지 그러냐. 네가 좀 다른 집 딸들 같았으면 …… 회색이나 검은색 옷에 자기를 감추고 우울하게 앉은 딸을 향해 아버지가 던진 탄식이었다. 아버지는 그 사건 이후로 정혜를 부담스러워하며 마주앉기를 피했다.

그게 어디 그 아이의 잘못이에요. 탄식을 하며 애를 끓이던 어머니는 뇌출혈로 쓰러진 후 다시 일어서지 못했다. 의식 없이 병원에 일주일을 누워 있던 어머니 곁의 간이침대에서 정혜는 쪼그리고 잤다. 임종하기 전 어머니는 손을 흔들어서 누군가를 찾는 듯했다. 정혜는 그 손을 잡았다. 저예요. 정혜예요. 어머니는 무서운 힘으로 그녀의 손을 잡았다. 어머니의 왼쪽 감긴 눈을 비집고 눈물 한 방울이 흘러나왔다. 그 눈물 한 방울이 그 후 정혜 인생에 대한 예언이었다.

누군가가 자신을 바라보고 칭찬을 해준 적이 언제였던가. 정혜는 어젯밤 회색빛 스웨터를 입고 초록빛 나무 아래 앉아 있는 꿈을 꾸었다.

그날 이후 가끔 그가 우체국 창 앞을 지나 버스 정류장으로 가는 것을 보았다. 그는 늘 회색 가까운 옷을 입고 한 손에 크고 낡은 가방을 들고 있었다. 무엇을 하는 사람일까. 두 주일 후 그가 다시 원고를 부치러 왔을 때 정혜의 가슴은 소리를 낼 듯 뛰었다.

그는 낮은 어조로 말했다. 혹시 우편물을 보낼 때 분실되기도 합니까? 그는 잠시 고개를 기울인 채 서 있었다. 이번에는 등기로 보내겠습니다. 그는 돈을 치르고 우표를 사서 정성 들여 붙인 후 정혜에게 봉투를 건네주고 나가다가 잠시 서 있더니 돌아서서 물었다. 한스 카롯사 좋아하세요? 그가 들어올 때 읽고 있던 한스 카롯사의 책을 책상에 내려놓았던 정혜는 잠시 무안했다. 글쎄요. 그녀가 자신 없이 대답하자. 그는 그저 고개를 끄덕이고 나가버렸다.

재미난 사람이네요. 미스 임이 말했다. 작가 지망생인가 봐요. 정혜는 봉투의 수신인 난을 보았다. 들어본 기억이 있는 문예지의 이름과 주소가 적혀 있었다. 그녀는 조심조심 발신인의 이름을 더듬어 보았다.

'김준석.'

주소는 아파트 건너편 꼬불꼬불한 길로 이어지는 동네를 가리키고 있었다. 등기 우편물을 분류하는 바구니 위에 봉투를 올려놓으면서 정혜는 봉투를 열어 그 안의 내용을 읽어보고 싶은 충동에 사로잡혔다. 정혜는 스스로 들뜸에 당황스러웠다.

이제 그녀는 시간이 남거나 혼자 있을 때 우표들을 뒤지다가 생각해 볼 이름을 갖게 되었다. 그리고 누군가에 대해 상상해 볼 여지가 생기게 되었다. 무슨 이야기를 썼을까. 이번에는…… 또 저번에는……. 고양이는 회색빛 털을 부드럽게 그녀에게 비비며 공상하는 곁에 앉아 있곤 했다. 우리 집에 한번 그가 와보면 어떨까. 그는 회색빛의 고양이가 아름답다고 혹시 이야기하지 않을까.

그 뒤부터 시간은 빠르게 흘러가는 것처럼 느껴졌다. 하루가 그냥 지나가고 한 주일, 한 달이 달력 속으로 사라져버렸다. 그러나 그가 오는 날을 빼놓고 일어나는 일들을 다 기억하는 것이 힘들었다.

과거가 그대로 현재의 벽을 뚫고 들어오는 일도 잦아졌다. 정혜는 열세 살 이전의 일들이 많이 기억나고 아이들과 함께 웃고 뛰어놀던 일이 생각났다. 전에는 열세 살 이전의 일들은 애써 기억하려고 들어도 떠오르지 않았었다. 정혜는 가끔 아파트 방에 혼자 앉아 열두 살 때 선생님 이름, 짝의 이름을 기억해 냈고 앞에 앉아 있던 아이의 분홍빛 물방울무늬 리본도 생각해 내었다. 그 나이의 아이들이 행복한 만큼은 그녀도 행복했었다. 그 기억은 더듬더듬 앞으로 나가다가 엄청나게 무겁고 어두운 기억 앞에 질식당하고 대낮의 작은 방은 그녀의 작은 행복의 기억들을 칼로 난도질을 내었다.

그는 그 후에도 가끔 들렀다. 그리고 정혜에게 꼭 무어라며 말을 건네었다. 하늘이 맑다든지, 비가 많이 내린다든지 하는 이야기 끝에 이즈음엔 무슨 책을 읽으세요 하고 묻기도 했다. 정혜는 그에게 짧게 대답하며 아주 조금씩 미소를 띠기도 했다. 그는 그런 정혜를 한참씩 바라보았다. 얼마지요? 잔돈 주세요, 하는 사람들과 그는 많이 달랐다.

한번은 정혜가 있는 대로 용기를 내서 물었다. 저기, 혹시, 글을 쓰시면 한번 보고 싶은데……. 그는 부끄러운 듯 웃었다. 활자가 될 수 있을 때 보여 드릴게요. 아직은 자신이 없어서요. 웃을 때 그의 입 한쪽이 약간 들리며 덧니가 내비쳤다. 참 좋은 사람이구나 하고 그녀는 생각했다.

미스 임이 어느 날 그에게 느닷없이 물었다. 아저씨 뭐 하는 분이세요? 그는 수줍은 듯 웃으며 왼손에 든 가방을 장난처럼 높이

들어 보였다. 책을 팔고 있어요. 어머, 참 좋은 일이네요. 미스 임은 얼버무리듯 말했다. 책은 많이 팔리지 않는 기색이었다. 볼 때마다 그의 혈색은 나빠지는 것 같았다. 한번은 정혜가 근심 어린 표정으로 혈색에 관해 말을 꺼내자 그는 잠을 못 자서 그럴 거라고 하며 까칠한 뺨을 쓸었다. 식구들이……. 정혜가 머뭇머뭇 말하자 그는 대답했다. 식구 하나도 없습니다. 세상을 개조할 꿈을 꾸고 있다가 감옥에 가는 바람에 모두 다 잃어버렸습니다. 몇 달째 자취하고 있어요.

첫눈이 내리는 날 그는 큰 봉투 세 개를 들고 우체국에 찾아왔다. 등기로 보내는 우표를 꼼꼼하게 붙이는 그의 손을 바라보며 정혜는 봉투 겉봉에 쓰여 있는 신문사의 이름들을 눈여겨보았다. 신춘문예에 응모하는 모양이었다. 미스 임이 잠깐 화장실에 다녀오겠다고 자리를 떴다. 비좁은 공간에 그와 함께 있게 되자 정혜는 잠시 숨이 막히는 것 같았다.

저기, 그녀는 서둘러 말했다. 우리 집에 오늘 저녁 오셔서 같이 식사하시지 않겠어요? 그는 놀란 듯 그녀를 응시했다. 그녀는 눈을 내리깔고 그가 내려놓은 큰 봉투의 오른쪽 귀퉁이에 붙은 우표가 떨어질까 겁내듯 힘주어 누르고 또 눌렀다. 그냥 회색빛 고양이가 집에 있는데요. 한번 보여 드리고 싶어서요.

고맙습니다. 그는 잠시 머뭇거리다가 대답했다. 지금은 너무 지쳐서…… 사흘 밤을 새웠거든요. 정혜의 얼굴이 붉어지자 그는 얼른 말했다. 좋습니다. 오늘 가겠습니다. 정혜는 지친 그를 자기 집의 식탁에 앉게 하고 맛있는 음식을 먹게 하고 싶었다. 그리고 향이 좋은 따뜻한 차를 마시게 하고 싶었다. 여기에는 아무런 추잡한 감정이 없는 거야. 나는 전혀 부끄러워할 게 없어. 그녀는 자기를 타일렀다.

어째서 이렇게 순수한 사람보다 비양심적이고 부도덕한 사람이 뭐든지 더 많이 가지고 있는 걸까. 사회적으로 출세해서 가끔 신문에도 이름이 나는 그 친척 아저씨의 번들거리는 얼굴을 새삼스레 생각하며 정혜는 자기 이름과 집 주소를 그에게 적어 주었다. 그는 일곱 시에 오겠노라고 하고 우체국을 떠났다.

정혜는 서둘러 제시간에 일을 끝내고 집에 오는 길에 슈퍼마켓에 들려 고기와 생선, 야채를 샀다. 이렇게 여러 가지를 한꺼번에 사 들기는 오래간만이었다.

고기는 양념해 굽고 생선은 무를 넣고 조렸다. 야채는 싱싱한 채 씻어 물기를 빼고 바구니에 담아 놓았다. 샐러드를 만들 참이었다. 일곱 시가 가까워지자 정혜의 가슴은 뛰기 시작했다. 멀리 지나가는 발자국 소리가 들리거나 엘리베이터 벨이 울릴 때마다 다시 옷매무새를 다듬었다.

그러나 일곱 시가 지나도 그는 오지 않았다. 조금 늦는 게지. 여덟 시, 아홉 시가 넘도록 그는 오지 않았다. 그녀는 힘없이 일어나 구운 고기를 고양이의 밥그릇에 넣었다. 그녀 자신은 아무것도 먹고 싶지 않았다. 그녀는 상보를 꺼내 식탁을 덮었다. 비참하고 절망적인 기분이 들었다. 갑자기 귓전을 울리며 구둣방에서 듣던 남자들의 폭소가 들렸다. 그 꼴에 남자를 초대하다니. 못생기고 더러운 게…… 그것도 밖이 아닌 자기 집에……. 정혜는 그가 했을

지도 모르는 상상에 몸을 떨며 오래 앉아 있었다.

어떻게 그런 기가 막힌 용기를 내었을까.

회색 스웨터 색이 참 좋다고…… 요새는 무슨 책을 읽느냐고 묻던 그의 목소리. 그는 내게 그저 책을 팔기 위한 고객의 하나로 접근했던 것일까.

사람을 사귀는 일은 물건을 사는 일보다 훨씬 더 어려웠다. 정혜는 그저 이야기를 하고 싶었다. 이상하게도 그는 자신을 이해해 줄 것 같았었다. 그 일이 있고 난 후 정신과 의사가 아닌 다른 남자가 괜찮아요 하고 말해 주는 소리를 듣고 싶었다. 그는 정혜를 조금만 친절한 남자에게도 정신없이 다가서는 여자로 생각했을까.

그러면서도 그녀는 기다렸다. 전혀 필요 없다고 생각해 놓지 않았던 전화가 이럴 때는 있었으면 싶었다. 이렇게 비참한 기분으로 누구에게도 위로받지 못한 채 앉아 있는 것이 괴로웠다. 무엇 때문에 혼자 잘 지낼 수 있는 방법을 다 배웠다고 생각해 놓고도 다시 사람과 마음속 이야기를 해 보려고 했을까.

열 시가 지나자 정혜는 기운 없이 일어나 방과 부엌과 거실에 다 켜놓았던 불들을 껐다. 스위치를 내릴 때마다 마음속의 불도 하나씩 꺼졌다. 정혜는 잠들지 못하고 늦도록 앉아 있었다. 오늘 일어났던 모든 일들이 꿈만 같았다. 새벽에 겨우 잠이 든 정혜는 회색빛 전화기가 사방에서 시끄럽게 울리는 꿈을 꾸었다.

자는 듯 마는 듯 아침에 일어나 까칠한 얼굴을 쓰다듬고 집 열쇠를 챙기며 정혜는 자신에게 다시 다짐했다. 변한 건 아무것도 없어, 아무것도……. 뭐가 더 나빠질 게 있는가.

길 건너 우체국 출장소 문 앞에 그가 서 있었다. 신호등을 기다리며 서 있는 동안 그와 눈이 마주쳤다. 정혜는 도망치고 싶었다. 그가 자기를 위로하기 위해 준비해 놓았을 어떤 변명도 듣기 거북했다. 그는 몇 발짝 걸어 내려와 정혜가 건너려는 횡단보도 바로 앞에 섰다. 초록빛으로 신호가 바뀌자 거의 무의식적으로 정혜는 걸음을 앞으로 내디디었다.

정말 미안하게 되었다고 그는 말했다. 한 시간쯤 눈을 부치려고 누웠다가 깨어보니까 괘종시계가 울리지 않은 채 시간이 벌써 열한 시가 다 되었더라는 것이었다. 서둘러서 집을 나와 아파트 십이 층을 올려다보았지만 어디에도 불이 켜져 있지 않아서 잠을 깨울까 봐 가지 못했다고 그는 말했다. 불을 끈 채 울고 앉아 있었던 자신의 모습이 새삼 생각났다. 됐어요. 정혜는 담담하게 말했다. 그저 사정이 있으시려니 했어요.

언제 다시 찾아뵐 수 있을지요. 그의 당황한 표정에 부딪히며 정혜는 약해지려는 마음을 추슬렀다. 됐어요. 그녀는 마른 웃음을 띠워 보이며 출장소 앞으로 뒤따라 온 그를 등지고 서서 말없이 열쇠를 꺼냈다. 출근하셔야지요. 잠깐 고개를 돌리고 정혜가 말하자 그는 무안한 듯 한 번 더 고개를 숙이고 멀어져 갔다.

우체국 문밖으로 버스를 기다리고 있는 그의 모습이 희미하게 보였다. 오고 싶지 않았던 거야. 내가 여자로 자기를 대할까 봐 겁났던 거야. 정혜는 걸레를 빨아 카운터와 책상에 내려앉은 먼지들을 닦아내었다. 문 옆에 걸린 작은 거울에 밤사이 몇 년은 더 늙어버린 듯한 여자의 얼굴이 보였다. 그 얼굴은 준엄하게 정혜를 타일렀다. 망상을 버릴 것. 누군가 내게 관심을 가질지도 모른다는 헛된 생각을 잊을 것.

나는 정말이지 남자가 필요했던 건 아니야. 이제 그 일은 그가 나타나지 않았기 때문에 더욱 참담한 빛을 띄우고 그녀의 기억 한 가운데 남을 것이었다. 열세 살에 겪었던 악몽을…… 대낮에 빈집에서 친척 아저씨가 옷을 벗기고 그녀에게 행했던 더러운 짓에 대해.

그때 방 밖의 골목길, 해가 쨍쨍 내리쬐는 길에서 고무줄놀이를 하며 소녀들이 부르던 어색한 고음의 노래, 착한 아기 잠 잘 자는 베갯머리에…… 그 음성이 지금도 잠이 오지 않는 밤에 그대로 떠오른다는 이야기를…… 방문 열리는 소리. 어머니의 비명과 그 이후 불 꺼진 삶에 대해서…….

정혜는 그 사람에게 저녁을 차려주고 차를 찻잔에 따라 주며 그 이야기들을 하고 싶었다.

이제 나는 여기서 밖을 오가는 사람들을 바라보기만 하고 그 안에 끼어들 생각을 버려야 해. 12층의 창을 통해 바라보는 세상으로 그만 호기심을 잠재우는 것이 좋겠어. 인간관계는 텔레비전이나 책을 보는 것으로 족해. 누구를 돌볼 생각은 그만두고 너 자신이나 잘 돌봐. 이제 한동안 소홀했던 광고 보기도 다시 시작해야지.

정혜는 손가락으로 문질러도 먼지 하나 묻어나지 않을 때까지 걸레를 빨아 구석구석 닦았다. 미스 임이 출근하면서 호들갑스러운 소리를 내었다. 어머, 내가 할 일을……. 왜 그렇게 다 닦으세요. 걸레를 빼어 가는 그녀에게 등을 돌리고 그녀는 책상 속에 있는 우표들을 정리하기 시작했다. 작은 네모 안에 갇힌 사람의 얼굴이며 동식물의 모습, 눈 내린 산의 경치들이 그 작은 공간을 있는 대로 펼쳐내며 정혜를 위로하려고 들었다.

그는 한동안 나타나지 않았다. 그렇지 않다고 자신에게 매일 말했지만 정혜는 그를 기다리고 있었던 셈이었다. 저녁 무렵이면 그녀는 스스로에게 되뇌었다. 그는 오지 않는다. 그리고 오지 않는 것이 더 나에게 좋다. 그는 쓸데없는 감정만을 일깨워 줄 뿐이다.

크리스마스 이틀 전 눈을 인 구름이 무겁게 드리우고 습한 기운이 도시를 덮었다.

갑자기 우체국 문이 열리고 그가 들어섰다.

그는 회색 옷을 입고 있지 않아 낯설고 다른 사람처럼 보였다. 얼굴은 활기와 기쁨에 넘쳐 있었다. 보세요. 그는 밤색 외투 주머니에 손을 넣어 종이를 꺼냈다. 당선되었어요. 편지가 왔어요. 소년처럼 자신이 있는 눈빛으로 그는 우표를 만지작거리며 말없이 앉아 있는 정혜를 내려다보았다. 아직도 그 초대가 유효한가요?

이 남자가 아니야. 정혜는 생각했다. 이제 그는 그녀의 이야기를 들어줄 사람이 아니었다. 이 사람은 행복한 사람들의 틈에 끼인 것처럼 보였다.

정혜는 냉정한 얼굴로 말없이 고개를 저었다.

그는 잠시 혼자 서 있다가 무어라고 말을 하려는 기색이더니 우표를 사러 다른 사람이 들어서자 그대로 돌아서 나갔다.

그날 밤 텔레비전 뉴스는 크리스마스가 다가와 온정을 베푸는

지방 풍경 속에 그 친척 아저씨의 모습을 비춰 주었다. 고아 소녀를 안고 다른 고아들에 둘러싸인 채 웃고 있는 그는 착한 산타클로스처럼 보였다. 그러나 그는 닫힌 문이 있는 작은 방에서 가엾은 고아 소녀의 옷을 벗기고 그 영혼에 독을 부어 넣을 인간이었다.

다음날 근무가 끝난 오후 그녀는 우체국 출장소에서 몇 걸음 떨어진 스포츠 센터에 들렀다. 유리 진열장 안에 접는 칼들이 나란히 놓여 있었다. 점원은 친절한 미소를 지으며 다가왔다. 선물하시게요? 아드님한테요?

정혜는 몸을 꼿꼿이 폈다. 아니요. 아들이 없어요. 그 점원은 약간 머쓱한 듯했지만 곧 친절을 되찾았다. 그녀는 자기가 가게 문을 나선 뒤에 그가 큰 소리로 웃을까 봐 두려워 얼른 말했다. 내가 쓰려고 해요. 아주 간단한 걸로 하나 주세요. 선물포장을 해 드릴까요. 정혜는 고개를 저었다.

집에 돌아온 정혜는 저녁 내내 온 집안을 닦았다 혹시 집안에 남아 있을 머리카락 하나, 손톱 하나라도 그녀의 혼을 붙들어 안고 있을까 봐 신경이 쓰였다. 열세 살 이후 그녀에게 가장 두려운 말은 더럽다는 표현이었다. 정혜는 잠들기 전에 목욕을 하고 공들여 머리를 감았다.

크리스마스 날 아침, 집을 나서기 전 그녀는 중간 크기의 부드러운 가죽 핸드백 속에 아끼던 우표 책 두 권과 어제 산 칼을 담았다. 아파트 문을 잠그고 그녀는 고양이를 문밖에 내려 놓았다. 회색 고양이는 정혜가 들어선 엘리베이터 문 앞에서 유리알 같은 눈으로 정혜를 응시했다. 너도 이제 어딘가를 찾아서 다시 살아갈 수 있게 되겠지. 엘리베이터 문이 닫힐 때까지 내다보이는 고양이 때문에 마음이 아파 정혜는 눈을 감았다. 그리고 안에 들어 있는 접는 칼의 무게와 감촉을 다시 확인하려고 손으로 가방 한 귀퉁이를 꼭 쥐었다가 놓았다.

자기의 인생을 다 부서트린 그 친척 아저씨가 사는 곳을 알고 있었다. 그는 이제 자리 잡은 지방의 유지였다. 가해자가 떳떳하고 행복한데 피해자가 우울하고 불행한 일은 이제 그만 일어나야 했다. 무표정하게 서 있던 정혜의 얼굴로 슬픈 미소가 스치고 지나갔다. 어깨에 멘 부드러운 가죽 백에 담긴 우표 책과 칼의 감촉이 허리께에 느껴졌다.

눈이 내리고 있는 밖으로 나서다가 정혜는 놀라 그 자리에 멈추어 섰다. 주차장으로 통하는 계단 아래 그가 서 있었다.

정혜 씨를 기다리고 있었어요. 그가 말했다.

그의 음성은 따뜻했다.

정혜는 눈물이 핑 돌았다.

한동안 아무 말도 하지 못하고 서 있던 그녀는 그저 걷기 시작했다.

그도 뒤따라 걸었다.

눈은 그치지 않고 내려 걸어가는 두 사람의 모습을 덮었다.

＊ 소설 후기

정혜는 우체국 카운터 뒤에서 조심스럽게 세상을 내다본다.
어린 시절의 상처를 안고 정혜는 사랑하지도 사랑받지도 못하여 혼자 메마르게 살아간다. 처음으로 스며드는 사랑의 감정을 느끼며 슬픔을 알게 되는 그녀를 나는 가만히 바라본다.

러브 레터

유춘강

난 이십 대 절반을 사랑은 없다는 생각을 하면서 보냈다. 생각해 보건대 그건 정말 아주 용감한 생각이었다. 왜 그런 생각을 하게 되었는지 그 이유는 지금 생각해도 잘 모르겠다. 그냥 사랑을 생각하면 머리에 떠오르는 그림이 하나도 없었다. 어떤 때는 사랑이란 그저 찍어 놓은 필름을 실수로 햇빛에 노출시켜 일순간 모두를 날려버리는 것처럼 찰나적인 것이라고 생각했다. 어쩌면 그건 내가 귓가에 심벌즈가 징징거리면서 울리는 사랑과 운명적인 만남, 너무나 고전적인 사랑을 꿈꾸고 있어서 그랬는지도 모른다.

물론 날 좋아하는 몇몇의 대학 동기와 또 몇 명의 남자가 스쳐 지나가기는 했다. 나는 그들에게서 필연이라는 운명의 향기를 맡아보지 못했다. 아마 나는 그때 사랑은 장미처럼 향기가 분명히 날것이라고 생각을 했었나 보다. 그래서 괜찮은 사람을 놓쳤는지도 모른다. 또 어쩌면 내가 생각하는 사랑은, 아주 특별한 느낌이라고 기대했기 때문에 나도 모르게 너무나 평범하게 다가온 사랑을 눈치 채지 못했을 수도 있다.

얼마 전 결혼한 친구의 집들이에 갔다가 그런 소리를 들었다. 여자가 결혼을 안 하고 살려면 최소한 열 가지 이상의 요리는 할 줄 알아야 하고, 요일마다 바꿔서 만날 수 있는 일곱 명의 남자 친구가 반드시 필요하다고. 하지만 나는 그런 점에서 볼 때 자격 미달이었다. 내가 아는 요리라고는 냉동식품 해동해서 먹거나 아니면 인스턴트 식품을 전자레인지에 데워서 먹는 수준이고, 나에게 남자 친구라고는 시인 지망생인 초등학교 동창생 이준 한 명이 있을 뿐이다. 그는 아마도 일찌감치 각서를 써준 죄로 내 곁에서 십수 년을 맴돌고 있는지도 모른다. 하지만 나는 그에게 남자 친구라기보다는 허물없는 초등학교 동창생 정도의 감정 외에는 느낄 수가 없다. 그와 나 사이엔 절대 전기가 통하지 않는 부도체가 깔려 있어서 사랑이란 스파크가 튈 수 없다고나 할까?

그가 내게 각서를 써준 이유, 엄밀히 말하자면 그와 그의 부모님이 우리 엄마에게 각서를 써준 이유는 순전히 어린애들 장난이 부른 유치한 사고 때문이었다. 그 사고는 초등학교 3학년 때 그와 내가 짝이 되면서 발생했다. 그는 소심하고 키가 작은 남자 애였던 반면에 덩치 크고 극성스러웠던 나는 이준을 꽤나 괴롭혔다. 책상에 줄을 긋고, 넘어오면 사정없이 연필로 내려찍어 버리고, 키가 작다고 공개 망신 주는 게 예사였던 나의 횡포에 대한 보복으로 그는 어느 날 중대하고도 평소엔 상상도 못할 엉뚱한 사건을 일으켰다. 그 사건이란 다름 아니라 애들 사이에서 한참 유행하던 똥침을 주기였다. 문제는 그가 나무 걸상 사이에 연필을 꽂아 두었다는 데 있었다.

체육 시간이 끝나자마자 교실로 뛰어들어와 수선스럽게 앉던 나는 이 세상에서 제일 끔찍한 아픔에 돌아버리는 줄 알았다. 나는 새파랗게 질린 이준의 얼굴을 노려보며 그대로 기절했다. 그 아픔은 세상에 태어나서 처음 경험해 보는 종류의 아픔이었다. 울음을 터트린 사람은 내가 아니라 이준이었다. 나중에서야 선생님은, 혼비백산해서 엉겁결에 당신이 사정없이 나의 뺨을 두드린 덕분에 겨우 깨어나 아파서 울고불고하는 나를 둘러업고 한낮에 산부인과로 달려가야만 했다. 아마 그날, 아니 그 이후와 이전에도 그 산부인과에서 내가 제일 나이 어린 손님이었을 것이다. 의사는 어머니와 선생님에게 어쩌면 커서 문제가 발생할 수도 있고 그 가능성은 70퍼센트쯤 된다고 했다.

그때나 지금이나 극성스러움에 있어서는 둘째 가라면 서러운 우리 엄마가 노발대발한 것은 너무나 당연지사였다. 엄마는 문병을 온 준이 부모님에게 각서까지 쓰게 하셨다. 내용인즉 '만약에 일이 발생할 시에는 당연히 책임진다. 그리고 이준은 홍지수가 결혼하기 전까지는 절대 결혼하지 않는다.' 뭐 그런 식의 각서였던 것으로 기억되는데 엄마는 준이의 손도장까지 찍어가면서 진지하게 작성하고 공증까지 받아 두셨다. 살벌한 분위기에 나는 어리둥절했고, 엄마 손에 잡혀서 강제적으로 손도장 찍힌 준이는 울음을 또 한 번 터뜨렸다.

아무튼 그런 일 덕분에 나는 극성스런 우리 엄마의 시선에서 다소나마 자유로울 수가 있었다. 이미 언니들은 엄마가 수배한 뚜쟁이들 덕분에 중매라는 이름으로 근사하게 결혼이라는 대사를 해치웠었다. 지금은 애가 딸린 영락없는 미시족이 되어버렸는데 나는 각서 건도 있고 해서 어느 정도 봐주는 눈치였다. 더욱이 얼마 전에 오빠가 결혼을 하면서 엄마와 살게 되었다. 그 바람에 엄마는 나에게 오피스텔을 하나 마련해 주었다. 그 오피스텔에서 나는 자유롭게 살고 있다. 만약 이준이 사고를 치지 않았다면 나 역시 엄마의 야심 찬 계획에서 도저히 벗어날 수 없었을 것이다.

잘 나가는 컴퓨터 프로그래머인 덕분에 돈 걱정은 안 해도 될 만큼 벌고 있고, 휴일에는 하루 종일 팝콘 한 봉지와 함께 컴퓨터 앞에만 있으면 시간 보내기가 어렵지 않았다. 하지만 가끔 나는 그런 내 생활이 후추와 소금이 빠진 크림수프를 먹는 것 같은 기분이 들 때가 있다. 그럴 때 나는 잉위맘스틴의 기타 연주를 크게 틀어 놓고 스파게티를 삶거나 이미 고전이 되어버린 <그린 파파야 향기>라는 영화를 앉아서 보고 또 본다. 별 의미는 없다. 단지 그 영화의 색채와 신데렐라로 변해 가는 소녀의 모습이 보기 좋아서. 그리고 영화 속의 사랑이 너무 아름다워서 볼 뿐이었다. 한 달에 한 번 또는 두 달에 한 번쯤 나의 친구 이준이 안부 전화 겸 소식을 전한다. 아니면 나의 이메일에 말도 되지 않는 시를 띄워 놓거나. 그런 그의 유희를 나도 조금은 즐긴다.

스물일곱 살이 넘어서도 나는 뭔가 재미있는 일이 내게 일어날 거라는 기대는 전혀 하지 않았다. 마치 나의 이십 대 후반부는 철이 지나 문을 닫은 해수욕장처럼 조용하고 지루하기조차 했다. 너무 시시해서 내 청춘의 해안가에는 더 떠밀려올 게 없을 것 같았다. 그런 내게 재미있는 일이 발생한 것은 아주 우연한 장난에서 비롯됐다.

퇴근 후 11시쯤 오피스텔로 돌아와서 피곤하지만 왠지 그냥 잠을 자기도 그래서 컴퓨터 앞에 앉았다. 편지 한 장 쓰려면 머리를 싸매도 컴퓨터 앞에 앉으면 터보엔진을 단 것처럼 손가락을 빠르게 놀리는 내가 늘 11시 넘어서 하는 일은 인터넷이라는 기막힌 가상의 바다를 종횡무진 누비고 다니는 것이었다. 그 안에서 나는 물속을 헤엄치는 물고기처럼 자유롭게 돌아다닌다. 해외 팝스타 마돈나와 저스틴 팀버레이크의 홈페이지도 들락거리고 얼마 전 희한한 병으로 순회공연을 중단한 밥 딜런의 소식도 새삼 알아보고, 심지어는 미국의 온갖 잡지도 인터넷을 통해 보는 덕분에 힐튼의 상속녀가 어떤 강아지를 샀는지조차 알고 있다. 모르는 게 있다면 오직 나의 연애 전망뿐이다.

내가 그의 홈페이지를 발견한 것은 아주 우연이었다. 아마 프로작이란 이름이 아니었다면 나는 그냥 지나쳤을지도 모른다. 얼마 전 다큐멘터리에서 프로작이란 약에 관해서 다루는 것을 우연히 본 적이 있었다. '행복해지는 약'이라고 불리면서 캐나다를 비롯한 서구의 예술가나 젊은 층이 습관적으로 복용한다는 그 약은 부작용이 별로 없어서 단속하기에도 애매한 약이라고 한다. 행복감을 느낄 수 없어서 약을 복용하는, 물리적인 방법을 통해 행복해지려는 사람들…… 약국에서 돈을 주고 행복을 사려고 애쓰는 사람들의 이야기가 머릿속 한구석에 박혀 있지 않았다면 나는 그가 만든 홈페이지에 들어가 보려는 시도를 하지 않았을 것이다. 일본

동경의 한 남자가 만든 홈페이지는 그렇게 사람들의 시선을 끌만큼 특징적이진 않았으니까.

프로작을 찾습니다.
잉위맘스틴을 좋아하고 스팅을 좋아합니다.
연락을 주시면 마카로니웨스턴이라는 특제 스파게티 비법을 알려 드리겠습니다. 이메일로 편지를 남겨 주십시오. ─ 다나까 야스무사

동경에 산다는 야스무사란 일본 남자와의 만남은 그렇게 시작되었다. 행복해지는 약을 찾는다는 야스무사에게 나는 왠지 모를 호기심을 느꼈다. 그 역시 행복해지기 위해서 인터넷상에서까지 프로작을 찾는 건 아닐까 하는 생각에 나는 그에게 이메일을 띄웠다. 그는 어쩌면 단순히 육체적으로 행복해지는 약을 찾는 게 아니라, 정신을 행복하게 해줄 수 있는 사람을 찾고 있는지도 모른다는 생각과 왠지 모를 호기심 그리고 약간의 염려가 내 안에서 생겨났기 때문이다. 어쩌면 그가 나처럼 잉위맘스틴을 좋아한다고 해서 그에게 이메일을 보냈는지도 모르겠다.

프로작을 남용하지 마십시오. 행복해지려면 약국이나 슈퍼마켓 약 판매 코너에서 돈을 주고 사느니 발리로 여행을 떠나십시오. 행복해지기 위한 치료법 중의 하나를 발견하실 수 있을 겁니다. ─ 치료사 홍지수

나는 그에게 그렇게 행복해지고 싶으면 발리로 여행을 가라고 권했고, 발리에 대한 자세한 소개도 적어 보냈다. 분명히 우울증 말기 환자일 거라는 상상을 하면서.

그가 나의 이메일에 답신을 할 거라는 상상은 하지도 않았다. 나는 그냥 단지 간호사 흉내를 내보고 싶었다. 누군가에게 나의 충고 한마디가 도움이 된다면 그것도 괜찮을 거라는 기분도 들었고, 그런 기분이 들었던 이유는 아마 그때가 모두 잠든 새벽 3시쯤 이어서 그랬는지도 모른다. 아주 가끔 나는 감상에 빠질 때가 있는데 바로 그때였던 것 같다. 그가 이메일로 편지를 보내온 것은 그로부터 일주일쯤 지난 후였다. 그는 희한한 이름의 마카로니웨스턴 스파게티 조립법도 함께 적어 보냈다.

나의 프로작에게

당신이 알려준 발리로의 여행은 한번 생각해 볼 만한 것 같습니다. 언젠가 우리가 만나게 된다면 함께 발리로 여행을 떠나고 싶다는 생각을 했습니다. 당신이 보낸 이메일을 잘 받아 보았습니다. 지금 이곳은 온통 하늘이 벚꽃으로 가득 차 있습니다. 갑자기 벚꽃 밑에는 시체가 있다는 말이 생각납니다. 하지만 개인적으로 난 이 꽃을 별로 좋아하지 않습니다. 왜냐하면 결핵에 걸린 16살짜리 소녀의 웃음처럼 허무해 보이니까. 아, 잠깐 감상적이 됐습니다. You는 별로 감상적인 사람이 아닌 것 같습니다. 스미마셍.

약속대로 마카로니웨스턴 조리법을 알려 드립니다. 나의 이메일에 답신을 주신다면 다음엔 머핀을 맛있게 굽는 법을 알려 드리겠습니다. 당신에게 고마움을 전합니다. 난 어제 당신 때문에 행복해지는 약 프로작을 먹지 않았습니다. 왜냐하면 하루 종일 발리에 관한 책만 들여다보고 있었기 때문입니다.

나는 그가 보내온 이메일을 보면서 낯선 소년에게 편지를 받은 소녀처럼 설레는 감정을 느꼈다. 그것은 첫 미팅을 나갔을 때조차도 느껴보지 못했던 설렘 같은 것이었다. 블라인드 데이트를 해본 적은 없지만 꼭 그런 느낌일 것 같았다. 그는 내게 잉위맘스틴 기타 연주를 가장 멋지게 들을 수 있는 방법은 자정이 넘어서라든지, 나팔꽃을 멋지게 키우는 방법 등 여러 가지 시시콜콜한 방법들을 이메일로 보내곤 했다. 갑자기 새벽에도 이메일을 보내기도 했고, 어쩔 땐 일요일 날 아침에 일어났느냐면서 모닝커피를 맛있게 끓여 먹는 방법에 대해서 알려줄 테니 바로 시작해 보라고 재촉을 하기도 했다. 나는 일요일엔 늦게까지 침대에서 빈둥거리곤 했는데 일본에 사는 야스무사란 남자 덕분에 일요일 아침부터 편의점으로 원두커피를 사러 갔고, 결국에는 원두커피와 눈처럼 고운 제빵용 설탕을 듬뿍 뿌린 프렌치토스트를 만들어 가지고 창가에 앉아서 천천히 먹기 시작했다. 희한한 일이었다.

얼굴도 본 적이 없는 남자의 제안 때문에 일요일의 늦잠까지 집어던지고 커피에 프렌치토스트까지 해먹고 있다니. 그것도 청승맞게 혼자서. 나는 맥주잔에 한가득 커피를 부으며 쿡쿡 웃었다. 이런 나를 보면 이준은 혹시 미친 거 아냐? 라고 할지도 모른다. 어느 개그우먼의 흉내를 내며.

오후 11시쯤 나의 친구 이준이 갑자기 수선화 한 다발과 싸구려 백포도주를 사 들고 찾아왔다. 롯데월드로 스케이트를 타러 가자면서. 아직도 시인이 못 된 그는 모습과 차림새는 제법 시인처럼 보였다. 대학을 졸업한 후 대학원에 적을 둔 채 공부는 뒷전으로 팽개치고 돌아다니는 그는 정말 시인이 될 작정인 것 같았다. 이준의 일탈은 그의 어머니가 그렇게 의지하시는 예수님의 힘으로도 안 되는가 보다. 몇 년째 그러고 사는 걸 보면.

"커피 한 잔 주라. 아침부터 근사한 냄샌데…… 너도 이럴 때가 있니? 넌 캔 커피에 햄버거 수준이잖아? 하기야 나이가 들면 변하는 법이지."

"넌 여기가 무슨 간이역인 줄 아니, 가끔 생각나면 들리게? 그리고 너, 그 말도 안 되는 시 제발 내 이메일에 띄우지 마. 내가 아이디를 바꾸든지 해야지. 일요일 아침에 불쑥 나타나는 것도 삼가고……. 남들이 보면 오해해."

나는 나의 친구 이준에게 야스무사가 알려준 대로 끓인 원두커피를 가져다주었다. 역시 그가 알려준 대로 만든 프렌치토스트도 한 장 접시에 담아서.

"백화점 바겐세일 하는 것처럼 후한 척하네……. 웬일이지……."

"먹기나 해. 그리고 다시 한 번 말하는데 그 유치찬란한 시는 그만둬, 응?"

"왜. 그거 연시라는 건데……. 넌 러브 레터는 질색이라면서. 넌 끊임없이 내 상상력을 자극시키는 에스메랄다야."

"지랄하고 있네. 그럼 넌 노트르담의 꼽추 콰지모도냐? 갖다 붙일 때 붙여야지……. 중국집 스티커처럼 아무 데나 붙이긴."

나는 그가 있음에도 컴퓨터에 앉아서 작업을 시작했다. 그는 내가 없어도 언제나 혼자서 잘 지내가다 가버리곤 했으니까. 그와 나는 그런 사이였다. 있어도 없는 것처럼 편하고, 없어도 빈 것 같지 않은 느낌…….

"이게 뭐야?"

어느 사인가 그가 가스레인지 옆에 걸어둔 프린트물을 가지고 와서 흔들었다. 그것은 야스무사가 이메일로 띄운 편지를 프린트한 것이었다.

"보는 그대로야. 스파게티 만드는 방법."

"너, 일본에 아는 사람 있니?"

"음. 지금은 세계화 시대잖아. 지구촌 한가족 몰라?"

나는 짧게 대답하고 다시 컴퓨터 작업에 열중했다.

"너 일본에 간 적 없잖아."

"무식하기는. 그래서 너는 시인이 못 되는 거야. 상상력이 거의 빙점 이하 수준이니. 난 너랑 이야기하면 내가 비무장 지대에 혼자 서 있는 것처럼 지루한 느낌이 들어."

"어떻게 만났는데? 얘기나 좀 해봐라."

"인터넷."

"뭐 그럼 너두 채팅 같은 거 하다가 만났냐? 야, 홍지수 참 유치하다. 그리고 이건 또 뭐야? 커피를 맛있게 끓이는 법? 이 친구 요리사야? 되게 할 일 없는 놈이네……."

"이준……, 조용히 말할 때 입 다물어. 너 그런 상상력으론 백 날 응모해도 시인되기는 글렀으니까, 은행에 취직이나 해라. 너는 그냥 재무제표나 만들고 있는 게 딱이야."

그는 나의 신랄한 말투에 약간 기가 꺾인 듯했지만 다시 나를 걸고넘어지려고 했다.

"나의 프로작? 이건 또 뭐야? 프로작? 이거 포커 판에서 쓰는 단어 아냐?"

그가 이죽거렸다. 이제 그는 내게 똥침을 넣고 울음을 터트리던 남자애가 아니었다.

"증말 비엔나소시지 비닐 터지는 소리 하고 자빠졌네. 이준, 너 10초 안으로 이 집에서 나가지 않으면 경비 아저씨 부른다."

"설마…… 너 연애하냐? 허구한 날 컴퓨터하고 씨름하고 살더니 이젠 연애도 저 걸루? 아서라. 절대 안 돼. 너 그럼 약속 이행 방해죄로 증말 고소한다."

그가 드디어 우리 엄마에게 써준 각서 건을 들고 나왔다.

"너, 그거 명심해라. 우리 집 이사 가면 동사무소보다 너네 어머님한테 제일 먼저 주소 변경 알렸고, 혹시 안 알리면 사람 풀어서 뒷조사를 하셨다는 걸. 난 대학 때 미팅 한 번 못 해봤다. 니 뒤 따라다니느라고. 이건 증말 너무나 억울한 일이야. 어떤 식으로든 보상받아야 돼. 여차하면 위자료 청구한다."

"내가 언제 그러라고 그랬어? 니가 그런 식으로 장난만 안 했어 봐."

"어쨌든 난 너 사랑해. 그러니까 책임져야 돼. 내 인생을."

“이빨 숭숭 빠지는 소리 하구 있네. 난, 사랑 같은 건 안 믿어. 아니 그 영속성을 안 믿지. 지금까지 내겐 사랑이란 게 스쳐지나 가지도 않고. 그러니까 내게 그런 말 하지 마. 소화제 안 먹은 것처럼 부담스러우니까.”

“홍지수, 사랑은 도둑처럼 슬그머니 와서 너도 모르게 마음을 훔친다는 거 모르는구나. 언젠가 너도 그 도둑한테 보기 좋게 당할 날이 있을걸. 그땐 이 오빠가 든든한 어깨를 빌려주지. 어차피 나 이외의 사람과는 비극으로 끝날 테니까.”

“걱정 마, 그런 일이 발생할 리는 없을 테니까.”

하지만 그런 일이 발생한 것 같았다. 느낌이 왠지 그랬다. 퇴근해서 돌아오면 언제나 컴퓨터에서 그가 보냈을지도 모를 이메일을 찾았지만 일주일째 그의 이메일은 없었다. ‘나의 프로작에게……’ 라는 서두로 시작되는 그의 메시지는 어디에서도 발견할 수 없었다. 이제 그는 이메일을 띄우지 않기로 작정한 것 같았다. 행복해지는 약을 찾은 것일까? 아니면 프로작을 한 알에서 두 알, 두 알에서 세 알 그렇게 약을 늘려 가면서 행복을 얻기로 작정한 것일까? 나는 갑자기 그가 걱정됐다. 프로작이란 약이 아주 일부의 사람들에게 부작용을 가져다준다는데…….

매일 퇴근하자마자 컴퓨터를 켜고 습관처럼 인터넷 접속을 시도하는 것이 부담스러워졌다. 마치 그의 기억들이 메모판에 붙여진 포스트잇처럼 내 머릿속에 달라붙는 것 같아서 짜증스럽기 조차했다. 그것이 나 혼자서만 얽혀드는 것 같아서 더욱 그랬다. 결국 나는 인위적으로 그로부터 나를 분리시키기로 결정했다. 그 방법 중의 하나가 바로 될 수 있으면 혼자 있지 않는 것이었고, 컴퓨터 앞에도 일할 때 외에는 다가가지도 않았다. 가끔씩 내 눈에 enter, delete, return이라는 단어들이 아른거리기는 했지만 뭔가 심상치 않은 조짐이라고 생각하고 사전에 차단시켜 버렸다. 마치 퓨즈를 내리듯이.

나는 내 자신이 야스무사라는 남자에게서 서서히 희석되어 가는 것을 참을 수가 없었고, 아무런 퍼스널데이터도 없는 남자에게 끌린다는 것이 나의 상식으로는 이해가 되지 않았다.

오랜만에 만난 친구 수아가 탐색하는 듯한 시선으로 내게 물었다.

"요즘 무슨 일 있어? 꼭 시동 꺼지기 직전의 자동차처럼 불안해 보인다."

그녀는 노란 주스 빨대를 질겅질겅 씹고 있는 나를 처음부터 지켜보고 있었다.

"내가 그래 보이니?"

"약간. 너처럼 이성파가 웬일이니? 너 남자 생겼니?"

"남자는 무슨……."

"하기야 십수 년간 밀착방어를 하고 있는 이준이 있는 한……. 근데 니들 둘 결혼할 거니?"

"취미 없어. 평생을 9시 뉴스 보는 기분으로 산다고 생각해 봐……. 지금부터 지루해진다."

"그래도 결혼은 할 거 아냐?"

"글쎄……."

"사랑이 운명적일 거라는 상상, 그 상상 때문에 니가 연애를 못하는 거야. 너, 그런 사랑은 별로 없어. 영화 속에서나 가끔 있을까. 그것도 현실은 아니지. 머리가 띵하고 돌 것 같은 사랑이 있을 것 같으니? 그런 건 <캔디>나 <베르사이유의 장미> 같은 만화에서나 나오는 거야. 적어도 그래. 귓가에서 종소리가 울리는 사랑만 찾다가 이 버스 저 버스 다 놓치고 마을버스까지 놓치는 신세가 되어서 아, 역시 사랑은 없다는 헛소리하지 말고 가까운 데서 찾아."

"넌 어떤데?"

수아는 연애는 신물 나게 해놓고 계산기 두드리면서 한 중매결혼으로 성공한 모범 케이스라고 소문이 짠하게 나 있었다.

"내 결혼, 글쎄 나중에 인생 결산을 해보면……. 아무튼 중간결산을 해봤더니 그럭저럭……."

"만약에 말이야……. 이건 가정인데, 얼굴 한 번도 본 적이 없는 남자에게도 좋은 감정을 가질 수 있는 걸까? 얼마 전에 신문에서 보니까, 인터넷상으로 만나서 결혼한 사람이 인터뷰했던데."

"글쎄……. 다른 사람은 모르지만 너는 절대 안 되지. 예리하게 선 니 머릿속을 한번 갈아낸다면 또 모를까."

맞다. 수아의 말이 정답이다. 나는 그런 사람이 아니고, 그래서도 안 된다. 수아와 헤어져 돌아오면서 나는 그런 생각을 했다. 이메일을 열 번쯤밖에 안 받은 남자에게 내 마음을 고장 난 수도꼭지 물 새듯 조금씩 흘려도 되는 건지. 나는 그 사람에 대해서 아는 게 별로 없었다. 이름이 다나카 야스무사라는 것, 나처럼 한밤중에 잉위맘스틴의 기타 연주를 듣고 스파게티 만드는 것을 좋아하고…… 그런 단편적인 것으로만 그 사람의 이미지를 형상화시키고, 빨려드는 것은 아닌지. 키가 몇 센티미터인지도 모르고, 안경을 썼는지, 또 혈액형이 뭔지도 모르는 그런 남자에게, 더구나 엄마가 들으면 그 자리에 드러누워 버릴 일본인이라는 사실…… 이 모든 것들이 별로 중요하지 않게 느껴지는 건 왜일까? 수아 말대로 나라는 인간은 절대 그렇게 프로그래밍 되어 있지 않았다. 그러나 가끔, 인생의 한 번쯤은 그런 일이 발생하지 않으리라는 법도 없을 거라는 생각이 슬그머니 머릿속에서부터 들기 시작했다. 순간 꼭꼭 동여맨 내 마음을 모른 척 한 번쯤 풀어 보는 것도 괜찮을 거라는 생각이 들었다. 물론 이것은 내 감정에 대한 합리화인지도 모른다.

나는 그가 이메일을 띄웠을 거라는 기대를 하면서 컴퓨터를 켰다. 다시 한 번 나는 그의 홈페이지를 확인하려고 했지만 그의 홈페이지는 삭제되어 있었다. 왜일까? 왜 스스로 홈페이지를 삭제했는지 궁금해졌다. 공허한 자신을 메워 줄 '프로작'을 이젠 더 이상 필요로 하지 않게 되어서인가? 그래서 내게도 이메일을 띄우지 않는 건가? 나는 그의 주소도 모른다. 아는 거라곤 그의 아이디뿐이었다. 하지만 그것도 별 의미가 없었다. 내가 그에게 이메일을 띄워도 그가 답을 하지 않으면 그만이니까. 그래서 나는 아무것도 하지 않고 그냥 기다리기로 했다. 그리고 기다리는 동안 나는 그가 가르쳐준 마카로니웨스턴이라는 스파게티만을 해 먹었다.

참 다른 느낌이었다. 나는 내가 이런 느낌을 갖게 될 거라고는 상상하지 않았다. 숨을 한 번도 쉬지 않고 코카콜라 한 병을 다 마셨을 때처럼 가슴이 가끔씩 찌릿했다. 그리고 담배를 처음 배울 때처럼 가슴을 흰 연기 같은 구름이 뭉쳐서 꽉 막고 있는 듯했다.

불공평하고 약간 불행하다는 기분에 사로잡혔다. 왜냐하면 나는 스물일곱 살씩이나 돼서 이런 감정을 느끼게 됐다는 게 쑥스럽고 약이 올랐다. 너무 늦게 오는 바람에 안 올 줄 알고 사랑은 절대 없다면서 서리 맞은 수숫대처럼 처연히 버티고 있었는데 한 방 맞은 듯한 기분이었다. 그날 이후로 나도 모르는 사이에 입에서 '젠장'이란 단어가 떠나지 않았다. 그야말로 젠장이었다.

컴퓨터 앞에서 턱을 괴고 앉아 있는 내게 지나가던 선배가 물었다.

"왜 그래?"

"막혔어요."

"하수도가 막혔으면 트레펑으로 뚫고 가슴이 막혔으면 담배연기로 뚫고……. 간단하잖아, 뭘 고민해? 지그재그로 가지 말고 직선으로 가. 산뜻하게. 근데 홍지수 연애해?"

"연애는 무슨…… 내가 남부끄러워서……."

나는 갑자기 뾰족한 시선으로 바라보는 선배의 얼굴을 비켜가면서 실없이 웃었다.

"그럼 짝사랑!"

"선배님! 이 나이에 무슨……."

"왜? 그게 얼마나 좋은 건데. 가장 완벽하지. 주기만 하는 사랑……."

그녀는 아주 내 옆자리에 앉아서 연애학개론을 강의할 작정인 것 같았다. 하기야 그녀야말로 사랑학의 대가라고 해도 남을 만큼 화려한 연애 경력을 갖추고 있으니까. 그녀의 말에 의하면 사랑이란 삶의 에센스이고 섹스는 존재를 위한 강력한 에너지라고 했다.

"하지만 내가 해본 사랑 중에서 가장 아름다웠던 것은 초등학교 1학년 때 짝꿍 남자 아이었던 것 같어. 정말 둘이서 나눠 먹던 솜사탕처럼…… 물론 금방 녹아버렸지만."

"그럼 다른 사랑은?"

"글쎄…… 세월이 흐를수록 때 묻은 강도가 진해지니까, 나중엔 내가 질리겠더라. 때 빼고 광 내봤자야. 거품이 꺼지니까 구정물밖엔 없드라구."

"좋겠네 선배는. 거창한 이론까지 세울 수 있을 만큼 화려한 연애경력이 있으니까. 나, 아직 첫사랑도 제대로 못 해봤는데……."

"그러니까 만날 사랑은 없다라구 외치지. 하지만 기대해 봐."

선배는 내게 야유하듯이 웃으면서 어깨를 두드렸다.

"글쎄…… 서른 다 돼서 찾아오는 첫사랑은 좀 구질구질하지 않아요?"

"찾아오기라도 하라고 그래. 그럼 홍지수 어떻게 변하나 좀 보게. 참, 오늘 저녁 시간 있어?"

"글쎄…… 할 일이 태산인데 뒤엉켜서 풀리지 않고. 뭐 좋은 일 있어요?"

"<첨밀밀>이라는 영화 티켓이 한 장 생겼는데 한 번 가서 자기가 볼래? 예전에 상영했던 영화인데, 워낙 골수 팬들이 많아서 소극장에서 재상영 한다는데. 이 영화는 사랑을 아주 우습게 아는 인간들이 봐야 할 영화거든. 그런 면에서 볼 때 홍지수라는 인간도 아마 그런 축에 속하지?"

"난 사랑이라는 걸 너무 경외스럽게 여겨서 탈인 사람인데……."

"그런 척하는 것뿐이지. 자기 이때까지 살아오면서 누구에게든 밤새워서 러브 레터 쓴 적 있어? 써 놓고 붙일까 말까 망설이면서 주머니 속에 넣고 다닌 적 있냐구?"

"없지."

"거봐, 그러니까 <첨밀밀>을 가서 봐."

퇴근길에 나는 선배가 건네 준 영화 티켓 한 장을 들고 마지막 회를 보러 갔다. 오피스텔로 들어가 보았자 컴퓨터 앞에 앉아서 이메일이나 훑어보고 있을 테니까. 팝콘 한 봉지와 생수 한 병을 들고 자리를 더듬어서 들어갔을 때는 막 영화가 시작되려고 하고 있었다. 장만옥이란 중국 여배우와 여명이라는 남자 주인공 그리고 프랑스인 남자 친구랑 여행을 떠났다가 갑자기 죽은 등려군이란 여가수의 '첨밀밀'이란 노래가 인상적인 영화를 보면서 나는 인연이라는 것을 생각했다. 이미 연출되어 있기 때문에 결국은 어떤 식으로든 사랑하는 사람은 만난다는 줄거리가 왠지 의미심장했다. 그리고 두 남녀 주인공이 등려군의 노래를 좋아해서 서로에게 호감을 갖게 되는 것도. 야스무사란 남자와 나는 잉위맘스틴의 기타 연주를 좋아하고, 스팅을 좋아하고 또 스파게티를 좋아한다는 공통점이 있었는데…….

집에 들어가기 싫어서 오랜만에 엄마를 찾아간 내가 불쑥 말을 꺼냈다.

"엄마, 일본 사람을 어떻게 생각해?"

엄마는 먹던 수박씨를 급하게 손바닥에 뱉어내고는 눈이 휘둥그레졌다. 마침 텔레비전에서 정신대 문제를 언급하면서 일본에 대한 뉴스가 나왔기에 슬그머니 해본 얘기였는데 서슬이 시퍼레지면서 눈에 날이 서는 엄마 때문에 덩달아서 옆에 있던 오빠까지 사레가 들렸다.

"죽고 싶다면 고이 죽고 싶다구 그래. 가뜩이나 지 멋대로 사는 거 보면 천불이 솟는데."

"엄마 내가 말하는 건 객관적인 입장에서……."

"객관 같은 소리 하구 자빠졌네……. 게다짝 근처도 가지 말어. 어디 사람이 없어서……. 깜둥이랑 쪽발이는 절대로 안 돼."

"엄마 그건 좀 사대주의다. 그럼 백인은 된다는 소리네."

"막내딸 하나 있는 게 아주 속을 문드러뜨린다."

"그래, 우리가 뭐 특별히 애국자라서가 아니라 좀 그렇잖냐?"

옆에서 오빠가 눈치 보면서 슬그머니 거들었다.

"증말 사람 이상하게 만드네……. 난 그냥 국긴적인 관점에서……."

"국민적인 관점이고 나발이고 간에 절대 안 돼. 안 그러면 호적 파는 줄 알어. 알았냐?"

엄마는 일본이 과거에 우리에게 얼마나 나쁜 짓을 했는가라는 주제로 나름대로의 생각을 강조하면서 한 시간 이상을 말했다. 물론 그 모든 것들은 엄마가 당한 것이 아니라 '그랬었다'는 식의 말이었다. 하긴 나도 일본에 대해서 야스무사란 남자를 알기 전까지는 별 관심도 없었으니까. 사실 지금도 일본에 대한 관심은 없다. 오직 야스무사라는 남자에 대해 확인되지 않은 관심이 있을 뿐이지.

밤새도록 집요하리만큼 송곳처럼 파고드는 엄마를 피해 다시 오피스텔로 돌아가기로 했다. 그것도 엄마 빼고는 모두 잠든 새벽 2시에. 안 그런다면 아마 엄마는 아침에 눈을 뜨자마자 커피 한 잔을 핑계 삼아 들고 와서 이준에 관해서 물어볼 테니까. 엄마의 취조 솜씨는 국가정보원 뺨칠 수준이라서 한마디라도 하지 않으면 빠져나올 수가 없었다. 살그머니 현관을 나서려는데 방에서 엄마가 나왔다.

"지금 가는 거냐?"

"네, 할 일도 있구. 잠깐 엄마 보구 싶어서 들린 거야."

"이상하구나. 엄마를 속물처럼 보더니……. 넌 괜찮은 거냐?"

"내가 뭘? 너무 지루해서 죽겠어. 나한테는 왜 그 흔한 연애 사건도 없지, 엄마?"

"울고불고 난리 쳐야 진짜 사랑이냐? 소리 없이 방귀 뀌고 냄새 슬그머니 퍼트리듯이 은근하게 퍼지는 정두 사랑이야. 내가 이준이나 잡으라니까 너 뭐라구 그랬냐? 사랑은 없다며?"

"아무튼 우리 엄마는 용감해."

"그래 나 초등학교밖엔 안 나와서 눈에 뵈는 게 없으니까. 왜 그런 말도 있잖냐. 무식하면 용감하다고. 그래도 난 내 새끼들 위해서 최선을 다했다. 니들도 그건 할 말 없을걸."

"알어. 우리 엄마 극성 빼면 엔진 고장 난 자동차 신세라는 거. 엄마, 나 갈게."

"잘 챙겨 먹어. 그리고 틈만 있으면 샛길로 빠질려구 그러지 말구. 니 길은 이준이를 향해 고속도로처럼 뚫려 있어."

"엄마 근데 이준이란 버스를 잡아탔는데 우등고속이 뒤따라오면 어떡하지?"

"지랄한다. 어서 가기나 해. 일 때문만 아니면 자구 가라고 할텐데. 내가 데려다 주랴?"

"내 차 있는데 뭘. 저, 가요."

우리 뒤에 언제나 장승처럼 서서 든든하게 버텨주는 엄마가 아니었다면 인생이 어땠을까 하는 생각을 가끔 한다.

"지수야."

"왜?"

"너, 아까 그 말 별거 아니지?"

"그냥 해본 소리야 엄마."

새벽 2시가 넘은 밤거리를 질주해서 오피스텔로 돌아왔다. 깜깜한 어둠 속에서 창가 쪽으로 달빛이 흘러들고 있었다. 일주일째 별 연락도 없는 야스무사라는 남자에게로 향하는 나의 호기심은 식을 줄 몰랐다. 갑자기 왠지 가슴 한구석에서 그리움 같은 것이 스멀거리면서 피어올라 왔다.

나의 프로작에게

나는 잘 있습니다. 감기 조심하십시오. 환절기라 감기가 유행입니다. 지금 나의 거실에는 활짝 핀 노란 장미의 꽃잎이 떨어져 있습니다. 나는 그것을 밟지 않으려고 살금살금 비켜서 다닙니다. 아! 오늘은 프로작을 한 알 먹었습니다. 잠깐 동안 기분이 좋아졌습니다. You 덕분에 요즘은 한 알 정도면 하루쯤 지냅니다. 어떤 때는 이틀씩이나 갑니다. 그럴 때 도서관엘 갑니다. 자전거를 타고 벚꽃이 흩날리던 언덕을 힘차게 페달을 밟으며 올라갑니다. 오직 그 일 외엔 할 일이 없는 사람처럼. 하지만 오늘은 오전 내내 실비가 내리는 창 밖을 내다보고 있습니다. 가끔 프레베르의 바르바라라는 시를 천천히 암송합니다. 불어로. 대나무 위로 떨어지는 빗방울이 얼마나 아름다운지 보여주고 싶은데 그러지 못해서 미안합니다. 혼자서 여행을 떠나게 될 것 같습니다. 스미마셍.

그가 보내온 마지막 이메일을 통해서 어렴풋이 나는 그가 불문학을 배운 적이 있거나 아니면 전공했을 거라는 추측을 했다. 그의 집 창가에는 대나무가 자라고 있고, 동네 어귀에는 벚꽃이 흩날린다는 것, 그리고 그가 그곳을 미키마우스가 그려진 까만 야구모자를 푹 눌러쓰고 달려갈 거라는 것…….

그런 것들이었다. 내가 아는 야스무사란 남자에 대한 것들은. 컴퓨터 앞에 앉아서 작은 달력에 동그라미가 쳐진 것을 세어 봤다. 동그라미는 10개였다. 발리로 여행을 떠난 걸까? 아니면…….

밤새 뒤척인 덕분에 머리가 띵했다. 아침부터 이준의 전화가 날 시끄럽게 깨웠다. 가끔 그는 모닝콜이라고 하면서 나의 아침을 사정없이 두들겨 깨웠다.

"늦잠 잤니?"

"음…… 웬일이야?"

"음, 보고할 게 하나 생겨서."

"싱겁긴. 내가 니 상관이냐? 일일이 보고하게. 난 관심 없어."

"아냐, 있을걸. 내가 말이다 드디어 고시촌엘 들어가기로 작정했다는 거 아니니. 다 홍지수란 인간 하나 때문에."

"시인이 될 거라면서?"

"홍지수에게는 시인 남편보다는 고시 패스한 남편이 어울릴 것 같아서. 이 정도면 쇼킹하지 않니?"

"막무가내 파구나. 내 인생에서 널 어떻게 처리했으면 좋을지 참 난감해. 하긴 이 나라 문단을 위해서 너는 결정을 잘한 거야. 너한테는 돈 잘 버는 법, 백만장자가 되는 지름길 같은 책들이 어울려. 할 말 그것뿐이니? 그럼 전화 끊어."

"아직 하나 더 있어. 참, 경고 하나 하려구. 변신은 무죄지만 변심은 죄악이다. 이상한 냄새 나는데, 나는 내 밥그릇은 절대 안 뺏긴다. 그리고 남의 밥그릇 노리는 놈은 절대 용서 안 하지. 내가 옛날의 이준이 아니라는 것만 기억해."

"아침부터 썰렁하구먼……. 전화 끊어. 나 출근해야 돼."

"그래? 그럼 내가 회사 앞으로 가지 뭐 점심시간에."

나의 친구 이준이 요즘 밀고 나오는 수준이 가히 불도저급이었다. 어디서 그런 용기가 생겼는지. 남자가 나이를 먹으면 얼굴 밑에 깔린 피하 지방층도 함께 두터워지는 걸까?

그는 요즘 뻔뻔스럽기가 삼중 스테인레스 수준이었다. 누가 그를 여자 짝에게 똥침 넣고 겁에 질려서 울음을 터뜨린 그때 남자애라고 믿을 수 있을까? 그는 이미 나보다 머리 하나는 더 큰 남자로 변해 있었다. 그와 전화를 끊은 후 우유 한 잔에 커피 가루를 붓고 설탕을 세 스푼 넣어서 흔든 후 급하게 마시려다가 갑자기 멈췄다. 우유를 먹기 싫어한다고 그랬더니 그가 가르쳐준 방법이었기 때문이다. 아직 커피 가루가 풀어지지도 않은 차갑고 지독히 단 우유를 입 안에 문 채 나는 컴퓨터 앞으로 다가갔다. 어쩌면 하는 마음에. 혹시라도 내가 잠든 사이에 그가 이메일을 띄어놓았을지도 모른다는 생각이 무심결에 들었기 때문이다.

컴퓨터를 켜고 이메일을 확인하는 동안 나는 채 녹지 않은 씁쓰레한 커피 가루를 혀로 굴리면서 녹였다. 세 번째와 네 번째 손가락으로 키보드 가장자리를 두드리면서 조용히 기다렸다. 조금은 다르지만 눈에 익은 이메일이 들어와 있었다. 그는 언제나 '나의 프로작에게'라고 했는데 이번엔 '프로작에게'로 시작되고 있었다.

프로작에게

스미마셍. 오랜만에 이메일을 띄웁니다. 여행에서 돌아왔습니다. 발리는 좋았습니다. 신들의 정원이라는 발리는 축제를 위해서 사는 사람들로 가득 차 있는 곳 같았습니다. 우리도 매일매일 축제를 하는 사람처럼 살아간다면 얼마나 좋을까요. 도쿄라는 도시의 한가운데서 살아가는 나나, 서울이라는 도시에서 사는 You가 그렇게 살아간다는 것은 불가능하겠지요. 얼마 전 친구를 잃었습니다. 그는 아주 잠깐 동안 행복이라는 단어의 의미를 체험하고 떠났습니다. 그에게는 아주 특별한 여자 친구가 있었습니다. 그의 죽음을 그 여자 친구는 아마도 영원히 모를 겁니다. 그리고 그가 아주 짧았지만 잠깐 동안 사랑했었다는 것도. 나는 친구와 한 약속을 지켜줄 생각입니다. 나는 당신 말대로 프로작을 먹지 않을 생각입니다. 이제는 프로작을 먹어서 억지로 행복해지고 싶지는 않기 때문입니다.

감기 조심하십시오. 나는 지금 독감에 걸려 있습니다. 당신이 멀리 있어서 다행입니다. 왜냐하면 곁에 있다면 당신에게 키스하고 싶을 테니까. 물론 당신이 내 독감 바이러스를 두려워하지 않는다면 말입니다.

나는 그가 보낸 이메일을 읽으면서 왠지 가슴이 따뜻해지는 걸 느꼈다. 아직 첫 키스도 못해 봤다는 걸 그가 알까? 나는 정말 첫 키스도 해보지 못했다. 하지만 그가 띄운 이메일을 보면서 나는 그가 내게 키스를 한다면 어떤 느낌일까 생각해 봤다. 그리고 조금 후 나는 내가 상상한 것에 대해 당황스러움을 느꼈다.

야스무사

나는 당신이 조금은 달라진 것 같다는 생각과 함께 당황스러움을 느낍니다. 감기는 조심하십시오. 이곳에서는 감기가 걸리면 콩나물국에 매운 고춧가루를 듬뿍 쳐서 마시고 뜨거운 방에서 잠을 자면서 땀을 푹 흘립니다. 이 방법을 당신의 나라에서는 할 수 없겠지만 비슷하게라도 가능하다면 한번 해보십시오.

당신의 발리 여행이 좋았다니 다행입니다. 한동안 당신의 소식을 들을 수 없어서 걱정했습니다. 프로작이란 약을 계속 복용하는지도 걱정됐고……. 하지만 안심입니다. 당신이 이제는 프로작을 먹지 않을 거라고 해서 기쁩니다. 뭐든 인공적으로 만들어지면 부작용이 있는 법이니까. 요즘은 대나무를 키워 볼 생각입니다. 실내에서 대나무가 잘 자랄지는 두고 봐야겠지만 지난번에 당신이 말한 대나무의 영상이 쉽게 지워지지 않아서 그러기로 했습니다. 다음번에는 대나무 키우는 법에 대해 자세히 알려주십시오.

나는 그와 점점 가까워지고 있었다. 컴퓨터라는 작은 매체를 통해서 우리는 만나고 있었다. 아주 가까이 있는 사람들처럼. 그는 이메일을 정기적으로 보내왔고, 그는 종종 스미마셍이란 말을 썼다. 나는 그가 왜 내게 미안해하는지 신경을 쓰지 않았다. 그저 예의 바른 일본인의 습관이려니 여기고 있었다.

"홍지수. 일본에 아는 사람 있어?"

갑자기 선배가 묻는 바람에 나는 약간 당황스러워하면서 혹시나 하는 마음에 가슴이 철렁 내려앉았다.

"왜요?"

"이게 배달됐는데."

선배가 내민 것은 금어초라는 꽃이었다. 언젠가 내가 그에게 말한 적이 있는 금어초는 꽃배달 서비스에 의해서 내게 전달된 것이었다. 그 의미는 생각하고 싶지 않았다. 그냥 그가 내게 보냈다는 사실만 기억하고 싶었다.

"참, 장미도 아니고 이런 꽃을 배달하는 사람은 어떤 사람일까? 한번 만나 보고 싶네."

그가 보낸 금어초는 하루 종일 책상 한쪽에 얌전하게 놓여 있었다. 나는 그 꽃을 볼 때마다 야스무사라는 남자가 내게 갖는 의미에 대해서 생각하게 됐다. 그리고 얼마 후 나는 그와 나 사이의 금기를 깨고 그를 만나러 가야겠다는 결심을 했다. 적어도 나는 그를 한 번쯤은 눈으로 봐야 되지 않을까 하는 생각 때문이었다.

만약에 내가 회사에서 일주일간의 컴퓨터 프로그램 개발 워크숍을 참관하는 사람으로 결정되지 않았다면 아마 나는 그런 생각을 접어두었을지도 모른다. 하지만 아침에 발표된 문서에는 내 이름이 기재되어 있었다. 나는 야릇한 흥분을 느꼈다. 운명의 냄새가 내 주변에서도 슬슬 나기 시작하는 것 같았다.

모처럼 만에 고시원에서 내려와 회사 근처까지 찾아온 이준에게 내가 일본엘 간다고 들뜬 마음인 채로 말하자 그는 마시던 커피를 내려놓았다.

"뭐라구, 일본을 가? 누구 맘대로."

"회사에서 일 때문에 가는 거야. 왜 그렇게 긴장해?"

"젠장, 잿밥에만 맘이 있는 거 아냐? 가는 김에 그 치도 만나보고 오지 그래?"

"안 그래도 그럴 참이야."

"홍지수 너 증말……. 나 동포한테 너 빼앗기는 건 참아도 쪽발

이한테 뺏기는 건 증말 자존심 상해서 못 본다."

"이준! 커피 마시구도 취하니?"

"나 대단히 기분 나쁘다. 동족상잔의 비극은 참을 수 있어도 왜구의 약탈은 정말, 참을 수 없어."

"점점……."

급하면 말을 더듬는 습관이 있는 그가 갑자기 귀여워졌다. 그는 어릴 때부터 화가 나거나 참을 수 없을 땐 말을 더듬어서 종종 나의 놀림감이 되곤 했다.

"너, 지금 너도 모르는 사이에 바람이 반쯤 빠진 풍선처럼 물렁물렁해져 있어. 그거 아니?"

"진정해. 성난 소처럼 씩씩거리지 말고. 내가 일본엘 가는 건 첫째, 일 때문이야. 내가 원해서 가는 것도 아니고, 회사가 가래서 가는 거야. 그리고 또 그를 보러 가는 건, 그래 두 번째는 솔직히 얼굴도 모르는 채 이메일만 주고받은 그가 보고 싶어서야. 왜 너는 그런 적 없었니?"

"이메일? 니들이 무슨 사무적인 관계냐? 차라리 러브 레터라구 그래라. 암튼 난 홍지수에게 껌처럼 평생 붙어 다닐 거니까 맘대로 해."

나는 그에게 떠나기 전날 이메일을 띄웠다.

야스무사!

우리 사이에 금기가 깨질 것 같습니다.

이번에 나는 일본엘 갑니다. 당신을 보러 가는 것이 아니라 일 때문에 갑니다. 하지만 솔직히 말하면 당신을 만나보고 싶기도 합니다. 물론 당신이 아직은 나를 만나길 원하지 않는다면 제게 연락을 주지 않아도 됩니다. 우리는 언젠가 결국은 만나게 될 테니까. 하지만 혹시라도 제게 연락을 주고 싶다면 제가 묵고 있는 리코 호텔로 메시지를 남겨주십시오. — 치료사 홍지수

서슬이 시퍼레져서 입에 거품까지 물 것처럼 떠들어대던 이준은 결국 내가 일본으로 가는 날 아침 일찍 그의 아버지 차를 빌려 가지고 왔다. 새벽부터 비가 내려서 왠지 기분이 우울했는데 그가 싸들고 온 커피 때문에 약간은 기분이 좋아졌다.

"고맙다."

나는 앞만 보고 운전하는 이준의 옆모습을 보면서 말했다.

"팔자려니 생각하고 하는 짓이니까 걱정하지 말아라."

"넌 증말 좋은 친구야. 죽 그랬어."

"그만 해. 우린 어머니가 뭐라시는지 아니? 점을 봤더니 내가 말몰이꾼이었단다. 그리고 너는 싸가지가 없는 말이었고, 그래서 내가 지금까지 죽자사자 너만 쫓아다니는 거란다. 그러니 팔자지 안 그러니?"

"그 싸가지 없는 말이 잡혔대니?"

"모르지 뭐. 암튼 너, 일본에서 멀쩡하게 돌아와야 된다."

"너나 공부 잘해라. 고시가 무슨 운전면허 필기 시험이나 되는 사람처럼 굴지 말고."

모든 수속을 마치고 출국대로 들어서려는데 그가 검은 비닐봉

지에 든 물건을 건네었다.

"뭔데?"

"기내식이 있겠지만……. 이건 특별하니까 먹어라. 김밥이야. 우리가 만난 이후 바다를 두고 헤어지는 건 처음이잖니."

나는 그렇게 유난을 떠는 이준의 배웅을 받으면서 텔레비전 드라마에서 본 것처럼 유유히 그의 시야에서 사라졌다. 순간 나는 내가 아주 근사한 여자처럼 느껴져서 웃음이 저절로 나왔다. 나는 정말 나를 사랑하는 것 같았다. 이제야 나는 나에게 애정을 갖기 시작한 것이다.

일본에 도착했을 때도 비가 내리고 있었다. 다른 거라면 실비라는 점이었다. 나는 야스무사가 사는 동경에서의 첫 번째 밤을 혹시 그가 전했을지도 모를 메시지를 확인하면서 맞이했다. 메시지는 없었다. 그래도 나는 실망하지 않았다. 내가 돌아갈 날은 일주일이나 남았고, 그 역시 생각할 시간이 필요할 테니까! 1년이 넘을 때까지는 서로에 관한 어떤 것도 기대하지 말고 오직 이메일 속에서만 만나자는 약속을 깨려고 한 것은 나니까.

이번엔 내가 먼저 스미마셍이라고 해야 할 차례였다. 그는 언제나 습관처럼 스미마셍이라고 했으니까.

하지만 나는 내가 돌아갈 날짜가 하루밖에 남지 않았을 땐 지금까지 여유 있었던 마음과는 달리 우울하고 초조했다. 하루 종일 나는 외출도 하지 않고 커피만 마셨다. 그래도 무료해서 나는 호텔 쇼핑센터에서 담배 한 갑을 사 가지고 로비로 갔다. 오랫동안 피우지 않은 담배였다. 그것을 나는 도쿄의 호텔 로비에 앉아서 천천히 피웠다. 자꾸만 실망스러움이 쌓여 갔다. 물론 이럴지도 모른다고 생각은 했지만 정작 사실로 되어 버리니까 왠지 씁쓸했다. 그와 나 사이에 연결되어 있다고 여겼던 고리의 몇 개쯤이 끊어져 나가는 듯했다.

나쁘게는 생각하지 말자. 어쩌면 좀더 나중에 좋게 만날 수 있을지도 모른다. 아니면 그가 지난번처럼 오랜 여행을 떠나서 내가 띄운 이메일을 보지 못했을 수도 있다. 그런저런 생각을 하면서 로비를 서성거렸다. 그리고 이왕이면 후자이길 은근히 바라면서.

아침에 나는 오랜만에 피운 담배 탓으로 목이 심하게 잠겨서 고생을 했다. 그에게서 어떤 메시지도 전달되지 않았기 때문에 연거푸 담배를 피운 탓이었다. 잠을 잘못 잤는지 목까지 뻣뻣하고 가벼운 두통이 왔다. 준비해 간 타이레놀을 먹었더니 괜찮아졌다. 하지만 아주 잠깐 괜찮았다가 다시 두통이 시작됐다. 아무래도 타이레놀로 해결될 두통이 아닌 것 같다.

출발 시간을 6시간쯤 남겨두니까 그때서야 그에게서는 연락이 없을 거라고 체념을 했다. 약간의 기대감도 없지는 않았지만 왠지 씁쓸해져서 어떤 상상도 하지 않기로 했다. 대신에 쇼핑을 하기로 마음먹었다. 낯선 땅에서 두리번거리다 보면 생각이 지워질 거라는 이기적인 계산 때문이었다.

쇼핑에서 이준을 위한 선물로 넥타이를 하나 골랐다. 생각해 보니까 지금까지 그에게 어떤 선물도 한 적이 없었다. 그게 미안해서 나는 약간 무리해서 프랑스제라는 실크 넥타이를 샀다. 그리고 가족을 위한 몇 개의 열쇠고리도 사고.

호텔 로비로 들어서자마자 나는 어제 마신 커피가 다시 마시고 싶어져서 커피 한 잔을 주문하고 로비로 갔다. 로비에는 고객을 위해 탁자와 소파가 정갈하게 준비되어 있었다. 나는 방금 전에 쇼핑해온 것 중에서 이준을 위해 산 넥타이를 꺼내서 조심스럽게 살폈다. 밝은 햇살 아래서 색을 다시 보고 싶었기 때문이었다.

한 손에는 담배를 들고 한 손에는 넥타이를 들고 구부정하게 앉아서 들여다보는 내가 신기한 듯이 한 남자가 쳐다보고 있었다. 유난히 눈이 깊어 보이는 남자였다. 나는 그 남자를 보면서 야스무사의 눈도 저럴까 하고 생각했다.

그 남자는 천천히 일어나서 인포메이션 데스크로 다가갔다. 그리곤 내 쪽을 보더니 되돌아왔다. 나는 그때까지도 넥타이의 색을 보고 있었다.

그 남자는 내게 다가와 영어로 말했다. 내가 홍지수냐고, 순간 나는 내 손에 들린 넥타이와 담배를 번갈아 보다가 그를 보면서 일어났다.

"야스무사?"

그가 나와 주었다는 사실이 신기하고 즐거워져서 나의 목소리는 높아져 있었다.

"그렇기도 하고 아니기도 합니다."

"아니 이게 무슨!"

나를 차분하게 바라보면서 웃는 그의 모습은 내가 생각했던 야스무사의 얼굴인데 갑자기 그런 해괴한 대답에 나는 잠깐 동안 어리둥절했다. 세상에 그런 대답이 있을 수 있나?

그는 나를 일본 전통 찻집으로 안내를 했다. 나는 혼란스러움 속에서 그를 따라갔다. 따라가면서 나는 흰 셔츠에 낡은 리바이스 청바지를 입은 그의 뒷모습을 바라봤다. 리바이스라는 상표명이 흐릿해진 걸 보니 꽤 오래 입었구나라는 생각을 무심히 하면서.

자리에 앉고, 차가 나올 때까지도 그는 그가 방금 전에 한 말에 대해 설명을 하지 않았다. 나는 차를 따르는 그의 손만을 바라보고 있었다. 갑자기 머릿속에 거미줄이 잔뜩 채워져 엉긴 듯한 기분이었다.

그가 입을 연 것은 스미마셍이란 이야기와 함께였다. 그는 내 앞에 한 남자의 사진을 내밀었다.

“다나까 야스무사입니다.”

순간 어리둥절해졌다. 그럼 내 앞에 앉아 있는 남자는 누구인가? 동생, 아니면?

“그럼 제게 이메일을 띄운 야스무사 씨는 지금 해외여행 중인가요?:

“그 사람은 접니다. 저는 와타나베입니다.”

“네?”

와타나베와 야스무사 사이에는 어떤 관계가 있기에 혼돈스럽게 하는지 불쾌하기 조차했다. 두 사람이 나를 상대로 장난을 했다는 생각이 들자 나는 화가 났다.

“무슨 이유에선지 모르지만 저로선 이 상황이 기분이 나쁘군요. 그럼.”

내가 자리를 차고 일어나서 나오려는데 그가 나의 팔을 잡았다.

예의 바르다고 소문난 일본인답지 않은 행동이었다.

"스미마셍. 우리의 이야기를 좀 들어줬으면 합니다."

그는 아주 정중하고 심각하게 말했다. 나는 그의 시선에 붙들려서 자리에 앉았다.

"야스무사와 나는 대학 동창입니다. 그리고 고등학교, 중학교 동창이기도 하고, 그는 아주 오래전부터 근육 무력증을 앓고 있었습니다. 아무것도 할 수 없고, 아무 데도 혼자선 갈 수 없는…… 그가 살아가기 위한 방법은 프로작을 먹는 게 유일한 것이었습니다. 몹시 외롭고 고단해했습니다. 별로 행복한 기억이라곤 갖고 있지 않은 친구였습니다. 그런 그를 위해 제가 홈페이지를 만들어 줬습니다. 그는 키보드 하나 누를 수 없는 처지였기에 언제나 제가 대신했습니다. 그래서 언제나 매일 이른 아침이나 자정에 보냈던 겁니다. 야스무사는 당신을 참 만나고 싶어 했습니다. 지금까지 보낸 것은 그의 마음과 나의 마음을 정리해서 보낸 것이었습니다. 그러니까 저는 야스무사이기도 하고 아니기도 합니다."

"그럼 마카로니웨스턴이란 스파게티와 머핀을 굽는 방법은 당신의 생각이었나요? 아니면 야스무사 씨였나요?"

나의 목소리에는 약간의 분노와 힐난이 담겨 있었다. 그게 무슨 소용이 있겠냐 싶었지만 왠지 그것은 묻고 싶었다.

"그건 제가 야스무사를 위해 해주었던 요리였습니다."

"그럼 그는 어디에 있습니까?"

"그는 자살했습니다. 가장 행복할 때 죽고 싶어 했습니다."

그의 목소리는 낮고 깊게 가라앉고 있었고 눈가는 안개가 낀

듯 젖어 있었다. 나는 그런 그에게 할 말이 없었다. 적합한 영어 단어조차 생각나지 않았다. 갑자기 빨리 돌아가고 싶어졌다. 한동안 두 야스무사에게 연락이 없었을 때, 하나의 야스무사가 세상을 떠난 거였다. 그렇다면 다른 야스무사는 왜 이메일을 그 이후로도 오랫동안 띄어 왔을까? 나는 그게 궁금해졌다. 하지만 나는 또 하나의 야스무사에게 어떤 질문도 하지 않고 자리에서 일어났다. 왠지 그래야 할 것 같아서였다.

공항에서 나는 앞만 보고 앉아서 끊임없이 담배를 피워댔다. 낯선 사람들 틈새에서 나는 섬처럼 외롭게 앉아 있었다. 발리로 가야지. 발리에 가서 머릿속에 담긴 모든 것을 다 쏟아버리고 와야지. 한 번쯤 머릿속도 대청소가 필요해. 발리에 갔다 와야지. 역시 사랑의 99.9%는 환상이라니까…….

모르겠다. 내가 그에게 앞으로도 이메일을 띄워야 할지. 그리고 그가 이메일을 띄운다고 해도 내가 그에게 나의 소식을 전할지. 그건 두고 봐야 할 일이다. 그는 내게 사요나라라고 하진 않았다. 스미마셍이라고 했을 뿐.

나는 고집스럽게 주위를 돌아보지 않았다. 앞만 보고 있었다. 출발을 해야 할 시간이 되자 거침없이 자리에서 일어났다. 그리고 씩씩하게 걸어갔다. 하지만 마지막 순간에 나는 뒤돌아보고 싶은 충동에 사로잡혔다.

야스무사 아니 와타나베였던가? 그가 사람들 사이에 서 있었다. 나는 그를 외면한 채 탑승구로 들어가려고 하다가 다시 한 번 뒤를 돌아봤다. 어느 사이엔가 또 그는 거기에 없었다.

젠장…… 환상이었나. 내가 어느 쪽의 야스무사를 바라봤었는지 모르겠다. 확실하게 구분이 된다면 아마 나는 어떤 식으로든 그에게 이메일을 띄울 것이다. 하지만 그 정리는 꽤나 오래갈 것 같다.

그리고 얼마쯤 후 그가 나에게 이메일을 보냈다.

LOVE LETTER

스미마셍.

그는 여전히 사요나라라고 말하지 않았다.

* 소설 후기

모든 것은 시한부(時限附)! 수명만큼 돌다 멈추면 그만이다.
사람 역시 시한부! 동력이 멈추면 세상이여 안녕 하는 법.
그동안 사랑이란 윤활유를 부지런히 친다면 하나로도 끝낼 수 있고,
가슴 아파도 서너 개쯤은 각오를…….
헌데 사랑도 슈퍼마켓에서 카레를 사듯 순한 맛, 깊은 맛, 매운맛으로
나눠 고를 순 없는 걸까?
사랑은 인생을 위한 필수품인데.

엄마는 베네치아로 떠났다

유덕희

1

김포공항에 내렸을 때, 나를 잠시 멈칫하게 한 것은, 아무것도 달라진 게 없다는 것이었다. 고작 석 달 동안 무엇이 변했을까 만은, 나는 뭔가 확실하게 다른 느낌일 거라고 기대했었다. 하지만 흐릿한 공기. 익숙한 사람들의 표정, 말소리, 개성 없는 옷차림, 모든 게 그대로였다. 어쩌면 나는 가시적인 것, 외적인 것에서가 아닌, 나 스스로의 변화, 내면적인 어떤 것이 변모하지 않았음에 실망하였는지도 모른다. 나가 있을 때는 뭔가 달라졌으리라는 착각에 빠져 지냈는데, 돌아와 보니 또 암담함이, 아무런 해결책이 없는 자신을 고스란히 발견하고 발걸음이 무거워졌던 것이다.

내 방문은 석 달 동안 굳게 채워져 있었다.

열쇠를 넣어둔 마룻장 밑에 빈 화분도 그대로였다. 주인집 아주머니는 내 방문을 한 번도 열어보지 않았던 것일까. 나는 화분을 들어내고 그 아래 흙 속에 반쯤 파묻힌 키를 찾아내어 문을 열었다. 방문 열리는 소리, 그리고 내가 배낭을 방 안으로 집어넣는 소리, 그런 소리들이 들렸는지 주인집 주방에서 아주머니가 얼굴을 내밀었다.

"아이쿠, 이게 누구야? 이게 누구야? 상철이 학생 아냐!"

아주머니는 죽었던 사람이 살아 돌아온 것 모양 호들갑을 떨며 펄쩍 뛰었다. 그것은 내가 상상하지 않았던 반응이었다. 평소의 주인아주머니는 그다지 다정다감하지 않고, 뚱한 편이었다. 학교 앞 자취방이 대개 그렇듯 많은 학생들이 드나들기 때문이라고 하였다. 그런 아주머니가, 내가 석 달 동안의 배낭여행에서 돌아오니 예전에 없던 특별한 감회라도 생겼단 말인가.

내가 멍해 있는 사이에 아주머니는 현관문을 활짝 열고 뛰어나와 내게로 달려오더니 마구 나를 야단치는 것이었다.

"아이쿠, 학생! 그렇게 안 봤더니 사람이 한없이 무정한 거야? 나에게는 말하기 성가셔서 어디 석 달쯤 여행을 다녀오겠습니다, 하고 후딱 나가버려도 그만이야. 그렇지만 가족들에게까지 그러면 그건 사람의 도리가 아니지. 가족들 중에 누가 석 달이나 나가서 소식이 끊어졌다고 가정을 해봐. 얼마나 애간장이 녹겠어? 사람 찾는 일, 애타게 찾아 헤매는 일만큼 보기 딱한 일이 또 있는 줄 알어? 그러면 못써. 다신 그러지 말라구! 어디에 있는지 그때그때 틈틈이 연락을 해야지!"

아주머니는 그냥 말로만 그러는 것이 아니라 도저히 못 참겠다는 듯 내 어깨며 팔죽지를 때리기도 하였다. 나는 어안이 벙벙하였다.

가족이 나를 찾는다니……. 내가 석 달이 아니라 3년을 사라졌다 한들 누가 나를 안타까워할 것인가? 내가 없어져 주는 것이 그 모든 가족들에게 홀가분한 일이 아니었던가. 나는 그때까지 줄곧 그렇게 생각해 온 편이었다. 그랬으므로 가족들이 나를 애타게 찾았다는 아주머니의 말. 그중에서도 가족들이라는 낱말에 특히 강한 의혹을 품지 않을 수 없었다.

"……가족들이 저를 찾아요?"

"찾다마다. 얼굴이 네모지고 안경을 끼고…… 미인은 아닌데 여자가 기품 있어 보이더라……."

"큰이모인가?"

"그래 그래. 큰이모도 여러 번 다녀가시고, 큰이모랑 꼭 닮았지만 얼굴이 좀더 새치름한 작은이모인가, 그분도 찾아오고……. 그래 한 주일 전에는 학생 아버지라는 신사 어른도 다녀가셨어……."

"아버지가요?"

그 말에는 나도 적지 않은 충격을 받았다.

아버지까지 나타나셨다니……. 고등학교 1학년 여름방학 때 아버지 곁을 떠나고는 다시 만나지 못하였다. 그러니 햇수로는 벌써 6년째가 아닌가. 아버지까지 나를 찾으셨다면 이건 예삿일이 아니다.

"어머니가, 어머니에게 무슨 사고라도……?"

그 순간 내 머릿속을 스치는 일은 그것 말고는 달리 없었다.

아주머니는 내 질문에 허를 찔린 듯이 얼른 뒤로 물러서는 기색을 했다.

"난 모르겠어. 학생이 어서 전화를 해봐. 큰이모에게 전화를 해보면 모든 걸 자세히 알 수 있을 거야."

틀림없구나, 틀림없어…….

나는 휘청 넘어지려는 몸을 벽에 기대었다.

인도를 방랑하던 중에 어느 밤, 몹시 우울했던 적이 있었다. 까닭 없이 눈물이 흐르던 그 밤, 그 고독과 외로움 중에 내가 애타게 불렀던 그 이름…….

하지만 나는 어서 전화해 보라는 아주머니의 채근에도 불구하고, 한동안 그 자리에 붙박인 듯 서 있었다. 전화하기가 두려웠다. 아무 일도 일어나지 않았다고 공항에 내리면서 투정 비슷한 기분을 느꼈던 것을, 하느님이 아시고 이토록 준열한 꾸짖음을 내려주시는 것인지…….

나는 아주머니에게, 내가 알아서 처리하겠다고 따돌린 뒤 옷을 갈아입고 다시 방문을 잠그고 집을 빠져나왔다. 이제부터 쉴 수도 없구나, 하는 생각이 뒤통수를 쳤다. 화해를 하고 모든 일을 잘 마무리를 지은 뒤에 군대로 가려고 했었다. 3년을 썩고 나오면 더 성숙한 나 자신이 되어 있을 줄 알았었다. 그런데 예기치 않은 결말이 미리 지어지려고 하고 있다니…….

학교 앞 공중전화 부스로 내려가다, 어둠 속의 희미한 불빛처럼 마지막 본 엄마의 모습이 떠오른다. 그냥 훌쩍 인도로 떠나버릴까

하다가 그래도 나를 낳아준 어머니 아닌가 고뇌하다 인사차 어머니를 찾아갔었다. 군대를 가기 전에 화해를 하고 홀가분한 마음이 된다면 얼마나 좋을까! 하지만 내 뼈아픈 말을 어머니가 전혀 받아들이지 않을 것이다.

어머니는 화장대 거울 앞에서 눈썹 수정을 하다 그대로 앉은 채 나를 맞이하였다.

"뭐 어딜 가겠다구? 군대에 가기 전에 배낭여행이나 다녀오겠다구?"

"예, 뒤엔 시간도 안 날 것 같아서요."

"어딜 갈 건데?"

"어딜 가면요?"

"아냐. 난 그냥 물어봤을 뿐이야. 나는…… 만약 가게 된다면 베네치아로 가고 싶다."

웬 베네치아? 내가 뭐 호사를 부리려고 인도에 가려는 줄 아는가? 나는 거울 속의 엄마에게 사나운 눈길을 퍼붓고 있었다. 당신 때문에 나는 골치가 아파서 정신의 나라, 인도를 방랑하려는 것입니다. 아세요?

"베네치아에는 말야. 곤돌라라는 아름다운 배가 있어서 운하를 오르내린다고 하더라. 미국이나 유럽의 부호들이, 특히 자살하려는 사람들이 베네치아로 가서 마지막 호사를 부리고는, 석양의 운하 속으로 풍덩, 몸을 던진다는 거야. 멋있지 않니?"

"엄마도 그곳에 가서 자살하고 싶으세요?"

"그래. 그런데 난 돈이 없잖니?"

"글쎄요. 나중에 제가 돈을 벌게 되면 엄마가 베네치아로 가서 죽을 수 있는 여행 경비만은 마련해 드리지요."

내 말투에 숨어 있는 뾰족한 가시를 느끼는 건지, 어머니는 눈썹 수정을 하던 손을 잠깐 멈추고 내 얼굴을 뚫어지게 바라보았다. 하지만 그뿐, 어머니라기보다 누나라고 보여지기를 기대하는 듯, 유행하는 염색머리를 한 어머니는 거울 속의 자신의 미모에 빠져 있을 뿐이었다. 어머니에게는 아무런 다른 관심거리가 있을 수 없다. 그저 자신의 육체와 얼굴만이 있을 따름. 나는 어머니에게 배낭여행을 떠난다는 그 말이라도 전하려고 찾아간 내 행동을 스스로 꾸짖으며 쓸쓸히 돌아 나왔다. 그래, 몸조심하고 재미있게 잘 다녀오거라 하는 따뜻한 말 한마디를 초등학생처럼 기대하고 갔던 나……. 때로 어머니에게 과도한 돈을 요구한 적도 있었다. 그것이 늘 부족한 사랑에 대한 허덕임이었음을 어머니는 알까!

그런데 베네치아! 왜 베네치아를 어머니는 가고 싶어 했을까?

어둠이 내린 학교 앞 거리에는 사람들의 통행이 뜸해져 있었다. 나는 익숙한 거리의 냄새를 맡으며, 공항에서 마지막으로 샀던 담배를 꺼내 피워 물었다. 그리고 공중전화 부스로 들어가려는데, 갑자기 천둥번개가 치더니 비가 죽죽 내렸다. 조금만 늦었더라면 그대로 비에 흠뻑 젖고 말 것을 나는 가까스로 피한 것이었다. 나는 약간 어이가 없어져서 삽시간에 천지를 두들기고 있는 비를 바라보며 갇힌 듯 부스 안에서 담배 한 대를 다 태운 뒤에 전화를 돌렸다.

큰이모가 전화를 받았다.

“큰이모, 나야, 상철이.”

어머니에게는 존댓말을 쓰는 나는, 이상하게도 어머니의 언니인 큰이모에게만은 정다운 반말을 쓰고 있다. 그것은 큰이모만이 유일하게 내가 어리광을 부릴 수 있는 상대였기 때문이다. 이모는 내 목소리에 화들짝 놀란 모양이다.

“상철아! 상철이가 맞니? 아이고, 이 나쁜 자식아. 어디 갔다 이제 나타난 거니? 대체 거기가 어디니?”

“학교 앞이야. 나 돌아왔어, 큰이모.”

“어딜 돌아다녔어? 어딜 다니느라고 소식이 두절이었어?”

“석 달쯤 방랑하고 다니다 오겠다고 엄마에게 말했는데, 엄마가 큰이모에게 그 말을 안전한 모양이군. 엄만 내 말을 영 귀담아듣질 않으니까.”

“네 엄마는 네가 그냥 어디 바람 쐬러 간다더라는 정도로 말해서 나는 국내에 있는 줄 알았다. 하도 심드렁하니 말하길래.”

“엄마는 나에게 관심이 없었잖아? 나, 군대 가버리면 속 시원해할 거다 싶었지. 그래서 일부러 별 연락을 안 취했던 거야. 좀 돌아다니다가 군대로 훌쩍 가버릴 심사였거든.”

“그래도 그렇지.”

“날 찾은 걸 보니 엄마에게 무슨 사고가 난 거 아냐? 그렇지, 큰이모?”

“그래. 그래서 널 찾느라 애간장이 다 녹았어. 얼마나 애태웠던지!”

“무슨 일인데? 엄마가 죽기라도 한 거야? 그것 말고는 나를 찾을 일이라곤 없을 텐데?"

내 말투는 다분히 비아냥거리는 투였다. 큰이모는 그것에 마음을 기울일 여유조차 없는 듯 보였다.

"그, 그렇단다. 상철아, 네 엄마가, 엄마가 죽었어……."

"뭐 엄마가 죽어……?"

그 순간 또 한 번 천둥이 쳤다. 천둥 뒤에 비가, 검은 바탕에 흰 빗금을 치듯 죽죽 쏟아졌다. 나는 마치 이 모든 게 장난 같았다. 이 빗속에서 악을 쓰며 어머니의 생사를 묻고 있는 것 자체가…….

"말도 안 돼. 이모! 엄만 날 떠날 때 보니까! 새로 시집이라도 가도 될 만큼 젊고 건강하고 예쁘더라. 죽긴 왜 죽어? 나보다 더 행복하게 사랑받으면서 살고 싶다는 꿈에 부풀어 보였는데……. 엄마, 소녀 같은 데가 있잖아?"

"그래, 그, 그래……."

이모는 흑흑, 흐느끼고 있었다. 전화 송수화기 저 너머로 어머니와 닮은, 그러면서도 어머니와는 전혀 다른 이모가 얼굴을 일그러뜨리며 눈물을 찍어내고 있는 모습이 보이는 듯했다. 나는 심장이 죄어들고 마비되는 기분이었다.

"너, 너는 어디 있는지도 모르는데, 초상은 치러야 하지, 말이 아니었다."

"엄마가 왜 죽었는데? 어떻게 죽었는데?"

나는 벌컥 짜증을 냈다. 이렇게 나를 놀리다니……. 끝까지 어머니는 아들을 무시하는구나. 어머니가 철이 없다는 것은 가족들 사이에 소문난 일이긴 하지만.

"교, 교통사고란다."

"엄만 운전면허증도 없는데 무슨 교통사고야?"

"새벽에 차를 타고 가다가 차가 전복되어서 그만……."

"왜 새벽을 차를 타? 오라. 그 남자와 같이 있었겠구나! 그렇지, 이모?"

"……."

나는 그만 키들키들 웃고 말았다.

"잘했어, 정말 엄마답군. 다이애나비 안 부러웠겠네. 아냐, 엄만 다이애나비를 흉내 냈는지도 모르지, 그런 허영이 강한 엄마니까."

"상철아, 너……!"

"이모, 인도를 방랑하고 있었지만, 다이애나비 죽은 거, 성녀 테레사 돌아가신 거 다 듣고 있었어. 여행객들끼리 만나면 서로 소식을 주고받거든. 그런데도 우리 엄마 돌아가신 것만 감쪽같이 몰랐군. 엄마가 돌아가셨을 줄이야!"

"상철아, 너 그러지 말고 지금 당장 집으로 오너라. 큰이모 집으로 와. 와서 의논할 게 있어. 지금 당장 택시를 타고 오렴. 와서 말하자꾸나."

"아니야, 아니야, 그럴 필요 없어, 큰이모."

나는 강하게 고개를 젓고 있었다.

"어차피 엄만 돌아가셨고, 이미 초상도 치렀어. 내가 간다고 달라질 것도 없겠지? 게다가 엄만 나 같은 건 상관도 안 했어. 생전의 엄마가 나를 상관하지 않았는데, 죽고 난 뒤엔 더 말할 필요가 없겠지? 난 뒤에 갈 거야. 좀더 생각해 봐야겠어. 예전에도 엄마는 나를 쉽게 버렸는데, 이번에는 아예 영영 버리셨잖아? 난 용서 못 해. 난 좀더 생각해 본 뒤에 엄마를 만나겠어. 지금은 싫어. 내가 없을 때 엄마의 초상을 치른 거 다행인 줄 알아. 엄마의 초상날 눈물을 흘리지 않는 아들이라면 남 보기에 민망할 거 아냐? 차라리 잘 된 일이야."

"상철아, 상철아, 그러지 말구 제발 이모 말을 좀 들어. 응? 제발 집으로 와."

"이모, 아버진 오셨지? 불쌍한 아버지는, 그래도 나타나셨겠지? 그러면 된 거야. 이모, 잘 있어. 다시 연락할 게."

나는 일방적으로 말하고 전화를 끊어버렸다.

허탈했다. 나는 아직 어머니를 이해하지도 용서하지도 않았는데, 어머니는 가버린 것이다. 무정한 어머니는, 내가 여비를 마련해줘서 베네치아로 갈 시간조차 남겨주지 않고 먼저 가버리셨다. 내 모든 고통과 풀리지 않는 숙제 같았던 어머니가, 어느 날 엉킨 실타래를 가위로 툭 끊어버리듯, 그렇게 내게서 마지막 기회조차 박탈하고 사라져버렸다.

으흐흐, 흐흐흐……. 나는 빗속을 기묘한 웃음을 흘리면서 걷기 시작했다. 이런 소식을 인도에서 들었더라면 얼마나 좋았으랴. 낯선 이방인들, 그 시꺼먼 살갗과 커다랗고 투명한 눈망울을 가진 사람들 사이를 누비면서 나는 미친 듯이 웃어 젖혔을 것이다. 그런데 이 땅에서, 내 땅에서 나는 지금 미쳐가고 있는 모양이었다.

2

잠결에 몹시 신경을 거슬리게 하는, 툭탁거리는 소리에 잠이 깬다.

아직도 눈꺼풀이 잠으로 짓눌려 무거운 눈을 간신히 뜨고 보니, 엄마와 아빠가 또 싸우고 있다.

엄마, 아빠의 기묘한 싸움.

두 사람은 팬터마임이라도 벌이듯 말없이 이를 악물고, 밀치고, 밀어당기고 넘어지고 엎어지길 반복한다. 엄마는 아버지가 늦게 온다고, 술을 먹는다고, 돈을 적게 벌어 온다고, 화를 내고 신경질을 부리고 울어댄다. 아버지는 엄마의 짜증이 견딜 수 없다고 하소연한다. 도대체 나더러 어쩌란 말이냐. 너는 나의 모든 것이 못마땅하다고 짜증을 내는데, 내가 원래 그런 사람인 것을 어쩌라는 거냐.

너는 내가 밥을 먹는 버릇, 잠을 자면서 이빨 가는 습관, 심지어는 걸어가는 모습, 목소리, 웃음소리, 남에게 악수를 건네거나 허리 굽혀 인사하는 동작까지 낱낱이 다 미워한다. 이유가 뭐냐? 이유를 알아야 고칠 게 아니냐? 너는 네 맘에 꼭 드는 남자를, 무슨 남자 공장 같은 곳이 있으면 주문해 맞춰서 살아야 직성이 풀릴 여자다. 그러기 전에는 남자를 달달 볶아서 죽이고 말 거다. 나는 그냥 보통 남자, 공재석일 뿐이다.

너는 나를 술 많이 먹고, 늦게 들어오고, 집안일을 몰라라 하고, 월급도 적게 가져다준다고 타박이지만, 대한민국의 보통 남자, 상식적인 선에서 나는 특별한 편이 아니다. 일주일에 두어 번 술 먹는 것은 직장생활 하다 보면 다 그렇고, 술도 소주 한두 병의 주량이 심한 것도 아니고, 월급도 내 나이의 어느 기업체 사원과 비교해서 상위권이면 상위권이지 하위 수준은 아닌 것이다. 도무지 나는 네 까다로운 비위를 맞출 수가 없다. 나는 씻기를 싫어하는 지저분한 남자도 아니고, 밤의 일도 네가 거부해서 그렇지 언제라도 응해줄 만큼 정력이 넘치는 남자다.

하지만 내가 기억하는 한 어머니와 아버지는 언제나 냉전 상태였다. 우리 집이 늘 전쟁 중인 것은, 어느 한 쪽이 그것을 포기할 의사가 없는 탓이었고, 그쪽은 어머니였다. 어머니는 불퇴전의 용사처럼 끊임없이 불평불만을 늘어놓으며 집안을 얼음장처럼 식혀 놓거나 불처럼 달구어 놓았다.

신기한 것은, 아버지가 회사로 출근한 뒤 돌변하는 어머니의 모습이었다. 언제 으르렁거리며 싸웠냐는 듯이 어머니는 자신을 예쁘게 단장하고 집안을 깔끔하게 치운다. 그래서 속 모르는 이웃들은 어머니를 야무지고 알뜰한 주부로 칭송하여서, 집안의 화근은 당연히 허풍선 같은 남편일 것이라고 믿어 의심치 않았다.

아버지는 어머니의 닦달에 지쳐서 항복하였다. 아버지는 무슨 수로 어머니를 행복하게 해줄 것이며 만족스럽게 해줄 것인지를 알지 못했다. 아버지가 해줄 수 있는 방법이라곤 돈을 잔뜩 벌어서 실컷 호강을 시켜주는 것밖에 없다는 결론을 내렸다. 아버지는 다니던 회사를 그만두게 되었다. 그리고 여기저기 빚을 끌어모아 커다란 전자대리점을 개업했다. 어머니에게 월급의 세 배쯤 되는 돈을 가져다주었다. 어머니는 사치하는 재미에 조금 바가지 긁는 횟수가 줄어드는 듯했다. 우리 집의 평화는 그 5년이 최고 한계였다. 아버지가 빚을 어떻게 갚아내고, 가게를 어떻게 운영하였는지 7년 만에 깡그리 말아먹고 말았다. 마지막 1년을 정말 무시무시하게 싸워댔다. 나는 초등학교 6학년이 되었다. 그리고 당연한 귀결처럼 다가온 엄마, 아빠의 이혼……. 그날을 지금도 생생히 기억한다.

나는 당시 초등학교 육 학년이지만 엄마와 아빠가 이혼하는 것이 정확히 어떤 결과를 낳는 것인지를 예측할 수 없었다. 다만 나는 막연하게 이제 두 분이 싸우지 않아도 되겠구나 하는 것만을 기뻐하고 있었다. 그런데 그뿐만이 아니었다.

큰이모와 작은이모, 외삼촌이 나타나서는 엄마가 혼수로 장만해 온 화장대 따위의 농짝들을 트럭에 싣고 가는 일이 벌어졌다. 그게 이혼의 실제적인 모습이었다.

엄마는 아빠와 헤어지는 것이 가뿐한 모양이었다. 들뜨고 설레기까지 하는 표정이다. 그 가벼운 모습……. 남편과 아들을 버리고 떠나가는 여자의 모습이 그토록 화사했으랴! 나의 충격과 놀람과 슬픔과 치유되지 않는 마음의 병은 거기서 비롯되었다.

아, 엄마가…… 엄마가…… 나까지 버리려는구나…….

큰이모만이 나를 끌어안고 눈물을 글썽거렸다. 불쌍한 것, 부모를 잘못 만나서, 부모를 잘못 만난 것밖에 네가 무슨 죄가 있니? 큰이모의 밥 냄새 나는 가슴……. 큰이모는 나에게 이모의 집 주소와 전화번호가 적힌 쪽지를 몰래 쥐여주면서 언제건 힘들 때면 찾아오라고 당부하였다. 그 큰이모만이 그때의 나, 풍랑의 바다에서 익사 직전의 내게 비치는 항구의 등대였었다.

엄마는 나와 싸늘하게 일별하고 떠났다. 엄마는 혹시라도 내가 치마꼬리에 엉겨 붙을까 잔뜩 경계를 해서 차가운 안개를 뿌리며 접근을 금지시키고는 냉랭히 사라졌다. 엄마는 네게 조금의 정도 붙이지 않으려 했다.

나는 앓고 있었다. 누워서 커다란 눈을 끔뻑끔뻑하며 단 한 가지 생각에만 사로잡혀 있었다. 아, 엄마가 나를 미워했었구나. 아버지만 미워했던 게 아니라 사실은 나까지 미워했었구나. 내가 엄마에겐 미움의 근원이었고 불행의 원흉이었구나.

아버지는 이혼 후 낙향하셨다. 아버지는 무일푼으로 아들과 함께 살아가지 않으면 안 되었다. 아버지는 앓고 있는 유약한 아들을 돌볼 겨를이 없었다. 아니 아버지는 이제 중학교 1학년이 될 아들을 위해서라도 돌볼 새 아내가 필요했다.

금방 아버지는 재혼을 하셨다. 돈을 좀 모아 놓은 노처녀였다. 그녀는 순박했다. 두 사람은 한적한 길모퉁이에 기사를 위한 식당을 열고는 억척스럽게 일을 해 나갔다. 1년 뒤에 새엄마는 아들을 낳았다. 그리고 식당도 소문이 나서 잘 되었다. 늘 어두웠던 아버지의 찌든 얼굴에 비로소 웃음이 실리기 시작했다. 아버지는 가정이 무엇인지, 아내의 따뜻한 내조가 어떤 것인지 새 아내를 얻고 나서야 맛보았다. 아버지는 이제 제대로 결혼을 잘한 것이었다. 만족한 아버지는 점점 가장다운 품위가 잡혀갔다.

그러나 전처의 아들은, 새 가정에 개밥에 도토리 같은 존재였다. 그는 섞이지 못했다. 아버지는 아들을 사랑했지만, 전처를 사랑하는 방법을 몰랐듯이 이번엔 전처의 아들을 어떻게 다루어야 좋을지 곤혹스러워했다.

나는 연례행사처럼 가출을 단행하였다. 내가 가는 곳은 언제나 큰이모 집이었고, 나는 몇 번이고 시도한 끝에 어머니와 살게 될 것을 꿈꾸고 있었다. 어머니만 나를 받아준다면, 공부도 열심히 하고, 말도 잘 듣는 모범적인 인간이 될 수 있을 것 같았다. 어머니만 나를 받아주고 사랑해 준다면. 나를 버리지 않고 받아준다면…….

어머니는 큰이모 집에서 살지 않고 약국의 판매원으로 취직해서 혼자 살면서 생활을 영위하고 있었다. 어머니는, 내가 3년 동안을 들락거려도 어머니 집으로 부르지 않았다. 어머니는 나를 회피했고, 내가 가도 큰이모 집에서 잠깐 만나는 게 고작이었다. 어머니는, 돈이 많은 것 같지 않았고, 그럼에도 사치스런 치장을 즐겼으며, 어느 해 여름방학 때는 거의 1년 만에 올라온 아들을 만나지 않고 다음날로 예정된 휴가여행을 떠나버렸다. 그럼에도 나는 어머니와 사는 것만을 소원했다. 나는 아버지와 새어머니와 시골에서 사는 삶을 벗어나고 싶어 했다. 나는 어떤 구박을 받더라도 어머니 옆에서 살고 싶었고, 나의 애원은 큰이도에 의해서 받아들여져, 결국 고등학교를 서울에서 다니게 되는 데 성공했었다.

누군가 내 어깨를 가만가만 흔들고 있다. 나를 흔드는 그 부드러운 손은 이마에 배어 있는 진땀도 가만가만 훔쳐 준다. 눈앞이 부옇다. 나는 내 눈앞에서 어른거리는 손을 구명대를 붙잡듯 허우적거리며 붙잡는다. 겨우 눈이 떠진다.

"오빠아, 이제 잠이 깬 거야? 웬 잠꼬대를 그리 심하게 해?"

여자가 내 눈앞에 있다.

"여기가 어디야."

"응, 여관방이야, 오빠, 좀 쳐다봐. 아직도 기억이 안 나?"

"안 나."

"그런 나는? 내가 누군지 알겠어?"

여자애가 내 코앞까지 얼굴을 바싹 들이민다. 솜털도 보이고, 긴 속눈썹에 앉은 고운 먼지까지 보일 정도이다. 예쁘고 조그마한 입술 사이로 귀여운 치아가 반짝이고 따뜻한 숨결도 느껴진다.

"그래, 은영이구나."

"흥, 내 이름은 안 잊어먹었네!"

"여기 어떻게 왔지?"

나는 몸을 반쯤 일으켜 벽에 기댄다. 네모난 벽의 낡은 벽지. 알루미늄 쟁반에 담긴 물컵과 휴지 한 통, 바퀴벌레가 숨어 살 듯한 화장대……. 나는 여기가 어디쯤 있는 여관인지 겨우 짐작이 간다.

"그래 기억이 안 나는 게 당연해. 어젯밤 거의 인사불성 수준이던걸 뭐. 술에, 비에 떡이 되도록 취해서는……. 그리구 이게 뭐야? 누구랑 다퉜어? 이 이마에 상처 봐! 쓰라리지도 않았냐구? 피를 철철 흘리고 거기로 들어오는 바람에 나 기겁을 했어. 얼마나 놀랐는데! 참, 말도 안 나오더라니까!"

"모르겠어. 아무것도 기억 안 나. 내가 널 찾아갔었니?"

"응, 그랬으니까 우리가 지금 함께 있지. 아님 내가 오빠가 돌아왔는지 그냥 군대로 훌쩍 가버렸는지 알 게 뭐야. 내겐 소식 하나 없었잖아? 날 그렇게 막 무시해도 되는 거야?"

"널 찾아갔었구나."

어쩐지 쓴웃음이 나왔다. 그 와중의 그 정신에도 너를 찾다니……. 그런데 나는 언제부터 필름이 끊어졌던가. 기억해 보려 하니 머리에 둔중한 통증이 올 뿐이다. 빗속을, 휘청휘청 걸었던 기억밖에 없다. 빗줄기가, 마치 왕소금처럼 굵었었고, 내 살갗을 아프게 때렸기에 어디 근처의 술집으로 피신해 갔을 것이다. 그리곤 필름이 끊겼다. 언제 내가 너를 찾아갔었니?

은영이 담배에 불을 붙여 내 입술에 물려주었다. 입술도 부어서 터졌는지 순간 찌르르한 통증에 나도 몰래 인상이 찌푸려진다.

"오빠, 많이 아파?"

"아냐, 이젠 괜찮아."

"입술까지 깨졌으니……. 아유, 흉측해!"

말은 그랬으나 은영은 조금도 흉측하지 않은 표정이었다. 아니 오히려 그런 꼴로라도 저를 찾아준 것에 감동하고 있는 듯했다.

"오빠, 인도에 나체촌이 있다더니 혹시 거기 갔다 온 거 아냐? 어쩜 그렇게 태웠대? 희한해. 발가락 끝까지 새까만 거 있지? 거기두……."

은영이 이불을 들치고 들여다보며 킬킬거렸다.

"오빠, 인도에서 딴 여자 만난 거지? 그러니까 석 달 동안 소식

한 장이 없었지? 그치, 내 말이 맞지?”

그녀의 조잘거림이 오늘 아침만큼은 조금도 귀엽지 않았다. 나는 담배를 깊이 빨았다. 머릿속이 어지럽다. 나는 아직도 현실감이 들지 않는다. 어머니가 어떻게 되셨다구? 그 소식은 사실인가? 아니면 나는 아직도 꿈속을 헤매고 있나?

은영이 상체를 가리고 있던 이불 한 자락을 활짝 젖혔다. 뭉클한 젖무덤이 쏟아진다. 날씬한 몸매에 비해서 잘 발달한 은영의 나신은 볼 때마다 나를 황홀케 했었다. 하지만 오늘은 아니다. 그것은 그냥 허연 고깃덩어리일 뿐이다.

“오빠, 나 안아 줘. 어젯밤 우린 그냥 잤단 말야. 오빠가 엉망진창이니까 뭐가 돼야 말이지. 우린 석 달 만에 겨우 만났는데……. 나 오빠가 엄청 그리웠어……. 오빠가 없으니까 서울이 텅 빈 것 같이 허전했어…….”

“아냐. 이러지 마.”

나는 은영을 밀쳐낸다.

“왜, 왜 그래? 응?”

은영은 장난인 줄 알고 더욱 키들거리며, 내게로 파고든다. 그녀는 자신의 젖꼭지를 내 배꼽에 맞추고는 서서히 위로 밀착해 온다. 금세 색색거리고 숨결이 가빠지는 은영의 얼굴이 꽃잎처럼 붉다.

“더러워!”

내 입술에서 신음처럼 그 말이 쏟아진다.

은영의 얼굴이 순간 하얘진다. 뭉클거리며 따뜻한 물처럼 풀려 있던 은영의 육체가, 젖가슴이 석고처럼 딱딱하게 경직된다. 그녀는 천천히 내 가슴에서 몸을 일으킨다. 나는 그제야 뭔가가 잘못되었음을 깨닫고 서둘러 담배를 비벼 끈다.

"은영아."

내 나직한 부르짖음에서 은영은 대꾸없이 일어나더니, 빠른 속도로 옷을 주워 입었다. 청바지와 셔츠와 헐렁한 재킷을 순식간에 꿰다.

"은영아!"

나는 허겁지겁 몸을 일으키려고 노력하지만 온몸이 몽둥이로 얻어맞은 듯 나른하게 무겁다. 나는 휘청 무너진다.

"됐어, 오빠! 다신 날 찾아오지 않아도 돼!"

은영이 날카로운 창을 던지듯이 그 말을 뱉고는, 방문을 쾅 닫고 나가버린다. 순식간의 일이다.

나는 어떻게 해야 좋을지 난감하다. 어째서 그런 말을 한 것인지 나 자신을 믿을 수가 없다. 간신히 몸을 추스르고 목욕탕으로 들어간다. 흐린 거울 앞에 벌거벗은 내 몸을 비춰 보니 참으로 가관이었다. 찢어진 이마, 터진 입술에, 타버린 살갗……. 나는 외면하고 샤워기를 비틀었다. 물이 쏟아진다. 이렇게 더운 물 비를 맞고 나면 정신이 돌아올까? 제대로 온전한 사람 꼴이 형성될까?

…… 은영에겐 왜 그따위 소리를 했을까? 내가 그 순간 생각했던 사람은 은영이 아니었다. 은영이 아닌 다른 사람에게 그 말을 뱉고 싶었었다. 하지만 어쩔 것인가. 후려치듯 그 말을 들은 것은 은영이었으니…….

그녀는 지금쯤 울고 있을 것이다. 필경 울고 있겠지……. 나 역시 그녀의 심정이 너무나 잘 짚어진다. 버림받은 자, 사랑을 거부당한 자의 쓰라린 심정을 나만은 잘 이해한다고 느껴오지 않았던가. 오빠, 그래 봤자 법대생과 술집 아가씨의 연애 장난에 불과한 거지? 아무리 진짜라고 우겨도 이건 진짜가 아닌 거지? 자격지심 탓일까? 내 팔을 베고 누워 평화로울 때면 은영은 곧잘 그런 질문으로 불안한 제 속을 비춰 보이곤 했었다.

은영을 만난 것은 지난봄, 이사를 한 골목 앞에서였다.

짐을 대충 챙겨놓고, 무언가 마실 것을 사려고 뛰어나가다가 마침 올라오고 있던 아가씨와 부딪쳤다. 그 여자 역시 방심한 채 딴전을 피며 걸어오고 있었던 모양이었다. 여자의 가슴에서 책과 노트 한 권이 쏟아졌다.

문학개론, 그리고 노트에는 이은영이라는 이름뿐, 미안합니다. 나는 책을 주워 주는 척하며 여자의 얼굴을 살폈다. 놀랍도록 앳되고 뽀얀 얼굴. 속눈썹은 무척 길어서 처음 봤을 때에도 나는 그 눈썹에 먼지가 쌓이겠다는 쓸데없는 걱정까지 했다. 여자는 책과 노트를 받아들자, 가타부타 말없이 사라져 갔다. 국문학과 신입생일까. 사이다와 캔 맥주 따위를 잔뜩 사 들고 다시 올라오면서 나는 그 여자의 얼굴이 눈에 밟히는 것을 느꼈다. 그때까지 나는 특별히 사귀는 여자가 없었다. 여자에 관한 이유 없는 불신 따위가, 그리고 나는 아직 여자를 사귈 처지가 아니라는 자격지심 따위가 여자와 사귀려는 내 의지를 가로막고 있었다.

그리고 그 후 은영을 어디에서 다시 만났던가. 그녀가 국문과 신입생인 줄 알고 몇 번 찾았어도 보이지 않자 나는 거의 포기한 상태였다. 그런데 어느 비 오는 일요일, 학교 앞의 커피숍에 혼자 앉아 있는 그녀를 보았다. 그녀는 창가 자리에 앉아서 책을 읽고 있었다. 현대문학개론, 현대시론 따위의 책들이었다.

마침 카운터를 지키는 아르바이트 남학생—그는 같은 학교의 후배였다—에게 나는 혹시 그녀를 아느냐고 물어보았다. 접근을 쉽게 하기 위한 사전전략을 세울 심산으로, 그리고 놀라운 말을 들었다.

"형, 그 여자 가짜 대학생이에요. 가끔 학교 도서관이나 휴게실에 나타나기도 하지만 진짜 대학생이 아녜요. 대학에 들어오고 싶어서 살짝 맛이 간 여자아이라고 하더군요. 그런데 사실 진짜 직업은…… 술집 호스티스라는 말이 있어요. 소문인지 뭔지 그건 형님이 알아보세요. 내가 아는 지식은 그것뿐이니까요."

나는 은영을 반년 이상이나 옆에서 지켜보기만 했다. 그녀는 맑은 심성을 가진 여자였다. 적어도 내가 알고 있는 여자들 중에서 그녀만큼 순수하게 자신의 꿈을 간직하고 있는 여자도 없었다. 그녀 역시 나보다도 더 힘든 환경과 역경에 처해 있었는데도……. 그녀의 부모도 어린 시절 이혼하고 그녀는 고아처럼 친척집을 떠돌면서 사춘기를 보냈다고 했다. 은영은 내게 첫 여자. 타오르는 촛불처럼 내 앞에서 자신의 전부를 태워내는 단 한 명의 여자였다.

그런데 나는 그녀에게 뭐라고 말했던 것인가.

샤워기의 물줄기가 어젯밤의 비처럼 나를 때린다.

나는 아직도 멍한 채로 여관을 빠져나온다. 하지만 나는 은영을 찾아가기보다 우선 집으로 올라간다. 좀더 여러 가지로 생각을 정리할 필요가 있어서였다. 주인아주머니는 아침에 들어온 나를 보고는, 혹시 간밤에 큰이모에게 무슨 전화라도 받은 것인지, 전혀 나를 상관하지 않고 단지 방에 불을 넣어주는 것으로 친절을 대신했다. 나는 방으로 들어가 어제 내가 내던져둔 채로 있는 배낭을 베고 드러눕는다. 오래 비워 두었던 방에서는 인도에서보다 더 역한 냄새가 났다. 나는 여기가 인도였으면 싶다. 매일매일 잠자리를 걱정하고, 갈 길을 계산하고 먹을 것을 생각하는 단순한 생활…….

어머니를 어떻게 이해해야 하나?

그 한 가지 화두만을 집요하게 생각하려 했지만 그 생각마저 날려버리던 광활한 인도의 사막……. 사막에서 내가 흘렸던 눈물…….

나는 어느덧 잠 속으로 빨려들고 있었다. 이번의 잠은 깊고도 무거웠다. 큰 바위가 내 발목에 채워져서 잠의 지옥 속으로 끌고 들어가는 듯 나는 속수무책 빠져든다. 나는 잠든다. 죽음보다 깊은 잠 속에 든다. 깨지도 먹지도 마시지도 않은 채 다음날 아침까지 내리 잠을 잔다. 잠 속에서 나는 또 한 번 인도를 방랑하고 있었다. 그 거대한 대륙과 그곳에서 만나는 인도를 방랑하고 있었다. 그 거대한 대륙과 그곳에서 만나는 풍물과 사람들……. 아니, 나는 그 대륙에서도 내 뒤를 쫓아오던 키 큰 남자……. 그 남자의 실루엣을 쫓아내지는 못하였다. 내가 이미 그보다 더 키가 컸는데도…….

그 때문에 이 대륙을 방랑하고 있는데도…….

3

햇살이 창문을 넘어 들어와 내 얼굴을 때렸다.

나는 깨어났다. 어머니가 죽었다는 소식을 들은 지 이틀이 지나 있었다. 내 수첩을 뒤적여보니 어머니는 내가 인도의 갠지스 강가에서 시체를 태우는 모습을 구경하고 있을 때 벽제의 화장터에서 한 줌 재로 변해가고 있었을 듯싶었다. 나중에 큰이모를 만나면 그것을 확인하게 되리라.

…… 어쨌든 어머니는 교통사고로 죽었다.

나는 아직 어머니를 만나러 갈 용기가 없다. 아니, 용서할 수가 없다. 어머니는 내게 아무런 사전 이해나 양해를 구하지 않고 내 아버지와 이혼해 버렸듯이, 이 세상을 떠나갔다. 나는 용서하지 않았는데, 어머니는 가버렸다.

그 사실이 고통스러워 견딜 수가 없다. 그런 고통을 껴안고 세상을 살아가야 하다니 나는 힘겹다. 거친 땅, 인도를 헤매고 돌아오면 힘을 얻을 수 있으리라고 여겼던 것은 순전히 나의 착각이었다. 그보다 더 강도 높은 충격으로 세상은 나를 무너뜨리려 하지 않는가. 일단 일어나 나가보자고 나는 몸을 일으켜 세웠다. 누굴 먼저 만날 것인지 순서를 정하지 않고, 나는 막연히 인도에서 누군가에게 선물하리라고 마음먹고 샀던 은세공 팔찌와 발찌 한 세트를 호주머니 속에 집어넣었다. 그것을 선물하리라 마음먹은 여자는 누구였을까? 마흔다섯 살 소녀인 우리 엄마는 아직도 스물다섯 살 처녀인 자신을 꿈꾸고 있었으니, 엄마였을까. 아니, 나는 불행한 소녀 은영을 겨냥하고 있었는지도 모른다.

그러나 학교 앞 거리에서 탄 택시는 나를 엉뚱한 동네 앞에 내려놓았다. 언제가 꼭 한번은 찾아올 일이 있으리라고 예상했었지만, 이렇게 빨리 찾아오게 될 줄은 몰랐었다. 더군다나 이런 식으로……. 나는 낯선 동네 앞에서 어쩔 줄 몰라 하며 서 있다. 사거리 귀퉁이에 약국이 있고 제과점이 있고 슈퍼마켓과 세탁소가 있는 평범하고 흔한 동네. 부유한 주택가도 잘 다듬어진 대단지 아파트 타운도 아닌, 초라한 동네. 연립과 다세대 주택들이 다닥다닥 붙은, 함부로 아이들을 키울 듯한 가난하고 젊은 부부들이 모여 살 듯한 그 모습에서 나는 아연 슬픔과 연민에 빠져든다. 그럴 것이다. 운명적인 두 사랑의 줄타기를 해야 하는 젊은 샐러리맨이 무슨 여유로 집을 소유했으랴. 그는 서른일곱이라고 했다. 한사코 나를 피하는 대신에 나는 어머니로부터 그의 신상명세를 처음 들었다. 내가 인도로 떠나기 두 달 전……. 고등학교에 진학했던 아들조차 홀로 학교 앞 하숙집에 내팽개쳐 둔 채 어머니가 비밀스런 생활을 유지했던 까닭이 무엇이냐고 따지고 대드는 내게, 어머니는 그 연하의 남자를 아버지와 결혼하기 전부터 알아왔다고 했다. 그는 결혼한 엄마 곁에서 7년을 더 떠돌다가 마지못해 결혼했다. 그러고도 계속된 이중생활…….

그 집이 어디쯤일까 가늠하며 나는 연립주택이 밀집한 골목으로 들어선다. 대낮의 연립주택 촌에는 차들이 빠져나가서, 주차구

역의 흰 금 안에서 아이들이 뛰어놀고 있다. 예닐곱 살의 아이들은 고무줄놀이를 하고 있고, 나는 그중 누군가에게 말을 붙여보려고 하는 중이다. 바로 그때 그 여자가 나타났다. 연립의 어디쯤에서 나타난 것인지, 그 여자는 바람에 불려 날아온 흰 머플러처럼 그곳에 있었다. 미색의 바바리코트, 그리고 목을 감싼 흰색 물방울무늬의 청색 머플러……. 풀어 내린 퍼머넌트 머리에 꽂혀 있는 하얀 리본.

하얀 리본이 눈부시게 내 시선을 끌어당겼다. 나는 여자의 하얀 리본을 쏘아본다. 여자의 바바리 자락이, 머플러가, 마침 불어온 바람에 펄럭거렸다. 여자가 내 시선을 맞받아냈다.

그때 엄마! 하며 놀고 있던 아이 중의 하나가 자지러지게 비명을 지르며 여자에게로 달려가 바바리 자락에 매달렸다. 아이는 엄마의 예사롭지 않은 표정에, 우리 둘 사이에 흐르는 긴장에 놀란 모양이었다. 괜찮아, 하며 달래는 엄마의 손길을 무시하고 아이는 제 엄마를 보호하려는 듯이 또랑또랑한 까만 눈망울로 나를 쏘아보았다. 나는 그제야 표정을 허물어뜨리며 그들에게로 다가갔다.

"저 혹시 정창수 씨의……."

"네, 제가 그 사람의 안사람입니다. 당신은……."

"저, 저는 한참 아래의 후, 후배가 됩니다."

엉겁결에 나는 거짓말을 하고 있었다. 그러나 여자는 내 말을 전혀 신용하지 않는다는 듯 가만히 머리를 저었다. 창백하고 핏기 없는 얼굴, 하얀 입술, 여자는 어찌나 말랐는지, 거의 죽은 사람 같다는 느낌을 주었다. 나는 그 여자를, 불행한 여자의 대표라도 보듯 경건하게 올려다보았다.

"소식을 늦게 들으셨군요. 이제 나타나신 걸 보니……."

이 여자는 나를 알아본다는 말인가. 내 얼굴은, 아버지보다 엄마 쪽을 빼다 박았다는 소리를 들었다. 나는 어딘가 저 깊은 데서 휘청, 무너지는 소리를 듣는다.

"예, 저는 어디 나가 있었어요."

"그러셨군요. 저는 학생이 나타나길 기다리고 있었어요."

그리고 여자는 천천히 걸음을 옮겨놓는다. 나도, 치마꼬리에 매달린 딸도, 그녀를 따라 걷기 시작한다.

"학생은 어머니를 그대로 닮았어요."

제 어머니를 보신 적이 있습니까? 하고 나는 묻지 못한다.

"교통사고를 당하신 겁니까?"

나는 대신 뻔한 질문으로 둘러댄다.

여자의 얼굴이 굳어졌다. 굳어진 채 여자는 눈앞을 또렷이 노려본다. 마치 눈앞에 대답할 그 무엇이 있다는 듯이. 하지만 이제 뚜렷이 확인된 것이다. 어머니의 죽음을……. 이 여자, 피해자인 이 여자에게서……. 우리는 둘 다 같은 고통을 껴안고 살아온 사람들이었다.

"아직 아무런 이야기를 못 들으신 것 같군요. 새벽 고속도로에서 가드레일을 들이받고 전복되어 차가 불탔다고 했어요."

"무슨 영화의 한 장면 같았겠군요."

나는 순간 쿡쿡 웃는다. 베네치아로 자살여행을 떠나고 싶어 했던 엄마는 그 반대로 불 속에서 이 세상을 떠나셨다. 웃는 내 모습이 기이하게 비쳤을까. 하지만 여자는 진지한 표정으로 나를 가만히 바라보고 있었다. 그 얼굴에도 희미해서, 꼭 나 같은 사람에게나 느껴질 듯한 아주 인색한 미소가, 한겨울의 햇빛만큼이나 약한 미소가 슬며시 떠올랐다.

"그런데 참, 저를 만나고 싶어 하셨다고요? 이유가 뭡니까? 이제 그 두 사람은 이 세상에서 떠나버렸는데요."

"그 두 사람을 합장시켜 드리고 싶어서예요."

"뭐, 뭐라구요?"

"제가 어쩔 수 없는 사랑이었던 것입니다. 물론 학생도 어쩔 수 없는 사랑이었어요. 우린 그걸 몰랐고, 그걸 부정하고 싶어 했어요. 학생도, 나도. 하지만 두 사람은 한 번도 헤어진 적이 없었어요. 현실의 세상에서는 남의 부인이기도 했고 남의 남편이기도 했지만. 언제나 함께 있었어요."

"그렇겠죠. 아들까지 그 사랑을 위해 접근 금지시켰던 어머니셨지요."

"그러니 죽어서도 그 사랑을 이루도록 해 드려야죠."

여자의 목소리는 어리둥절할 만큼 담담해져 있었다. 나는 아직 그 진의를 깨닫지 못하였다.

그러자 여자가 돌연 목에 감았던 머플러를 풀었다.

그 목에 깊이 패인 자국, 그 흉측한 칼자국이 햇빛에 확 드러나는 순간, 나도 몰래 뒤로 물러섰다.

"그 두 사람을 죽인 것은 바로 저예요. 저는 남편 앞에서 칼로 제 목을 그어 보였죠. 헤어지지 않으면 죽어버리겠다고……. 그러니 그건 사고사가 아닐 것입니다. 의도된 자살이라는 것을…… 동반자살임을 저는 알아요."

여자의 굳어진 눈, 화석처럼 고정된 눈에서 눈물이 흘러넘쳤다. 그 눈물 역시 화석이 된 눈에서 흘러나오는 눈물 같았다. 나는, 나는, 도리질하고 있었다. 어떻게 그 두 모녀 앞을 빠져나왔던 것이었을까. 겨우 내가 했던 짓이라곤 내 호주머니 속에 들었던 팔찌와 발찌를 그 어린 딸의 손에 쥐여 준 것이 전부였다. 다시 찾아오겠다고, 꼭 다시 찾아뵙겠노라는 말 한마디로 나는 나보다 더 무거운 형벌 속에 빠져 있던 그 여인을 두고 그곳을 떠나오고 말았던 것이다. 그러면서도 나는, 나를 짓누르고 있었던 그 무거운 바윗덩어리가 홀연 사라졌음을 깨달았다. 나를 끝없이 방황하게 했던 그것. 나는 누구를 용서할 필요도, 미워할 까닭도 없어졌다. 그것이 불가항력이었음을, 인도가 아니라, 그 희미한 미소의 여인에게서 깨닫고 있었던 것이다. 나는 그 여인의 말에 언제 대답해 줄 것인지 지금으로선 가늠할 수가 없다. 아직은 내가 더 성숙해야만 되는 게 아닐까?

* 소설 후기

사랑은 어떤 의지로 되는 것은 아니었다. 도덕도, 윤리도, 의무도, 선악도, 미추도 뛰어넘는, 어찌할 수 없는 본능적이며 원형질적인 것……. 그러니 비난도 찬사도 아름다움도 추함도 무관할 뿐이라는……. 발가벗겨서 들여다보는 기분은 참담하였다. 찬란한 황금의 골짜기를 기대하고 찾아갔다가 누런 낙엽의 늪에 빠져버린 것이었다. 베일을 치고, 약간의 빛이 희미하게 스며드는 안개 저 너머에서, 아니면 약간의 간격을 두고 이만치에서 바라본다면, 사랑은 아름다울까. 신비하고 오묘한, 푸른 발광체로 빛난다는 천국 같지 않을까. 충분히 그러하리라고 예상되었다. 왜 그렇게 하지 못하였던가.
그랬더라면 조금이라도 더 행복해지지 않았을까.

바람 부는 날 우체국 가는 길

김정희

바람 부는 오후엔 바바리코트 깃을 펄럭이며 신촌이나 대학로의 붐비는 골목 어귀에 서 있어야 한다. 실패한 첫사랑의 기억을 떠올려 얼굴에 그림자를 드리우면 더욱 좋다. 눈물을 머금은 채 행인들을 바라보라. 아직 젊은 그들이 걸어 다니기 위해 걸어 다니는 것을 성심 성의껏 지켜보라. 당신의 시선에 도취되어 그들은 더욱 활기차게 걸을 것이다. 그들은 첫사랑의 한가운데 서 있다. 당신은 두 손을 꼭 맞잡은 그들이 지나간 후에 자신의 늙고 추레함을 발견하고 치밀어 오르는 슬픔 때문에 엷은 미소를 지을 것이다.

가끔 당신은 생각할 것이다. 당신의 인생이 시작된 것은 어머니의 자궁에서 빛을 향해 뛰쳐나오던 차디찬 고통의 순간이 아니라 예고도 없이 첫사랑이 다가왔던 달콤하고 따뜻한 순간이었다고. 인생이 쓰디쓰다는 것을 알기 전의 당신은 첫사랑의 찬란함에 매료되어 어수룩한 눈동자로 관대하게 세상을 바라보았을 것이다.

첫사랑의 순간에 당신은 진리를 깨닫기 위해 인도의 오지로 방랑을 떠난 구도자 못지않게 신성하였으리라. 당신은 이미 첫사랑의 순간이 너무도 짧다는 것을 알고 있다. 그것은 모기처럼 날아와 당신의 가슴 한 귀퉁이를 쏘아 놓고 미련 없이 떠나간다. 당신은 머큐로크롬도 없이 부풀어오른 가슴을 견뎌낸다. 상처가 모두 아물었을 때 당신은 희미하게 웃으며 말한다. 한때 모기에 된통 물렸었지.

당신이 사랑했던 그 누군가는 이미 당신의 기억 속에서 지워진 지 오래다. 그 누군가가 누구이든 상관없다. 한때는 우연히 그 누군가를 다시 만나게 되길 신에게 기도한 일도 있었다. 길을 걷다가도 당신은 어딘가에서 그가 튀어나올 것이라 확신하여 주위를 두리번거린다. 그러나 이젠 그를 만난다 해도 알아볼 수 없다는 것을 안다. 당신은 마음속에 그를 영원히 낡은 청바지에 기타를 둘러맨 키 크고 잘 생긴 청년으로 남겨두는 편이 행복하다는 것을 알고 있다. 당신은 당신의 긴 인생 동안 가장 순수하고 고결했던 첫사랑의 마음을 향수할 뿐이다. 때때로 첫사랑은 이루어지지 않을 때 비로소 아름다운 것으로 남는다고 교과서 같은 말을 막 첫사랑에 빠진 딸에게 들려줄 때도 있다.

그는 내 인생의 전부야. 그를 잃는다는 것은 상상할 수도 없어. 딸의 말에 당신은 시큰둥한 얼굴로 대꾸할 것이다. 너도 살아보면 알게 될 거야.

당신은 그렇게 늙어간다.

너는 홍익문고 앞에 서 있기를 좋아하였다. 약속이 없는 날에도 너는 그 앞을 그냥 지나가지 못하였다. 너는 기다리는 사람이 있는 사람처럼 시계를 들여다보며 다른 사람들의 틈바구니에 끼여 발을 동동 구르거나 맞은편 그랜드 백화점 꼭대기에 달려 있는 전광판을 쳐다보았다. 네가 스무 살 시절에 없던 것들이 신촌에 많이 생겼다고 너는 가끔 안타까워하였다. 모든 것이 너무 빨리 생겼다가 사라진다. 너는 변화의 흐름을 놓쳐 늘 어안이 벙벙한 얼굴로 이 거리를 거닐었다. 맛있는 헤이즐넛을 마실 수 있어 네가 특별히 좋아하였던 허름한 카페가 시끌벅적한 록카페로 변한 것을 보고 너는 가슴 아파하였다. 너는 멍청한 표정으로 전광판을 올려다보는 사람들에 섞여 아무렇지도 않게 현란한 이미지들을 받아들였다. 하루 동안 일어났던 갖가지 사건들이 펼쳐지고, 감당할 수 없을 정도로 많은 얼굴, 얼굴, 얼굴들이 지나갔다. 너는 재빠르게 흘러가는 이미지들을 쫓는 일에 제법 익숙하여 그것을 즐길 줄 알았다. 너는 한 편의 드라마 같은 정치권 보도가 지나간 후 광고가 나오는 순간을 즐겼다. 움직이는 초현실주의 회화 같은 나이키 광고가, 코카콜라의 광고가, 리바이스의 광고가 너를 즐겁게 하였다. 너는 특히 베네통 광고를 좋아하였다. 아니 무서워하였다. 도시를 집어삼킬 것 같이 거대하고 전지전능해 보이는 전광판 안에 여러 가지 피부의 얼굴들이 조그마한 점이었다가 갑자기 커다랗게 변하는 것을 보고 너는 뒤로 넘어질 뻔하였다. 그 얼굴들은 끊임없이 너를 향해 돌진해 온다. 너는 꿈속에서 베네통의 얼굴들에 쫓기기도 한다. 가끔, 그럼에도 너와 함께 그 자리에 서 있던 모든 사람들은 더 자극적인 무언가를 기대하며 건물 꼭대기를 해바라기하였다.

어느 날 너는 홍익문고 앞에 서서 전광판을 바라보다 문득 히에로니무스 보슈의 그림을 떠올렸다. '기쁨의 동산' 중에서 오른쪽 날개 부분이었다. 뿔도 꼬리도 없는 사탄은 선량한 병아리 모양의 머리를 하고 있다. 사탄은 아무 즐거움도 없는 무표정한 얼굴로 의자에 걸터앉아 죄인들을 부리 안으로 집어삼키고 있고, 별로 만족할 수 없는 듯 밑구멍으로 죄인 하나를 밀어내고 있다. 너는 그 끔찍한 그림을 떠올린 후로 홍익문고 앞에 서 있는 일이 힘겨웠다.

며칠째 때 이른 장맛비가 내렸다. 너는 비가 오는 날이면 통유리창으로 거리를 내려다볼 수 있는 카페에 앉아 커피를 마시곤 한다. 카페 주인에게 마이클 프랭스의 음반을 틀어달라고 부탁하는 일도 있다. 마이클 프랭스가 없다면 이글스나 스팅의 노래도 좋다. 너는 사람들이 음악에 맞춰 빗속을 누비는 걸 턱을 괴고 내려다보며 한 가지씩 '이루어질 수 없는' 낭만적인 상상을 한다. 이런 시간을 때로는 가까운 친구와 보낼 때도 있다. 어김없이 친구의 슬픈 사랑 이야기를 들어야 하고 너는 침울해진다. 오늘도 하루 종일 비가 내렸다. 봄비라 하기엔 빗줄기가 너무도 굵고 경쾌하였다. 네 방에서 맞은편 아파트를 멍하니 바라보고 있던 네가 카디건만 걸치고 무작정 거리로 나온 것은 순전히 비 때문이었다. 너는 신촌의 어느 카페에 앉아 커피 대신 블랙 러시안이나 카카오 같은 칵테일을 들이킬 예정이었다. 예상치 못했던 변수가 있었다. 바람이 많이 불었다. 바람을 동반한 장대비를 맞는다는 것은 괴로운 일이었다. 아파트 정문을 나서기도 전에 너의 우산은 뒤집어졌고, 흠뻑 젖은 머리카락은 너의 뺨과 목덜미를 휘감았다. 너의 군청색 리바이스 501도 기분 나쁘게 다리에 달라붙었다. 카디건 안에 소매 없는 티를 입은 너는 추위를 견딜 수가 없었고, 아파트 주차장을 꽉 채운 자동차를 비집고 다시 집으로 돌아올 수밖에 없었다.

너는 습기 찬 엘리베이터의 고약한 냄새를 맡으며 집으로 돌아왔다. 너는 봄비에게 배신당한 슬픔에 젖어 오래도록 뜨거운 물로 샤워를 하였다. 샤워를 하면서 너는 내가 상상하는 일은 절대로 일어나지 않는다고 생각하였다. 너는 비를 맞으며 신촌으로 달려가 '어떤 이'에게 전화를 걸 생각이었다. 밖으로 뛰쳐나갈 당시에 너는 행복으로 가슴이 터질 것 같았다. 비를 핑계 삼아 전화를 걸 용기가 생겼던 터였다. 무슨 일로 전화를 걸었냐고 물어온다면, 그냥 걸었다는 궁색한 대답을 하지 않아도 되었다. 비가 와서요. 비가 온다는 건 그에게 전화를 걸 수밖에 없는 필연적 이유였다. 너에겐. 너는 그 말을 엘리베이터 안의 거울을 보며 몇 번씩을 연습하였다. 비가 와서요. 그가 너의 표정을 볼 수 없음에도 너는 쓸쓸함을 감추려고 애써 어색한 웃음을 웃었다. 엘리베이터 안의 악취조차 네 위장을 헤집지 못할 만큼 너의 속은 더부룩한 기대로 가득 차 있었다.

'어떤 이'는 늘 그 자리에 있을 터였다. 너는 너와 그를 연결시킬 수 있는 암호 일곱 자리를 알고 있었다. 톤이 높은 여자가 전화를 받으면, 너는 호흡을 가다듬고 "수고하십니다. 죄송합니다만,

'어떤 이' 씨를 부탁합니다"라고 말하면 되었다. 곧 단정한 목소리의 사내가 "네. '어떤 이'입니다"라고 정중하게 전화를 받을 것이다. 너는 긴장하고 있다는 것을 들키지 않으려고 애써 태연하게 "안녕하세요. 오랜만입니다"라고 나직하게 말할 것이다. 너는 그렇게 몇 번 그 번호로 전화를 건 일이 있었다. 그때마다 너는 할 말이 없었다. 상대방도 길게 숨을 내쉬거나 침묵하였다. 너는 "그만 끊어야겠네요"라는 말을 세 번쯤 한 후에 전화를 끊었다. 너는 송수화기 너머에서 어떤 이야기들이 들려오길 바랐다. 그러나 '어떤 이'는 그만 끊어야겠다는 너의 말에 "네에"라고 또렷하게 말하였다. 전화를 끊은 너는 모든 소리들을 삼켜버린 송수화기를 한참 내려다보았다. 금방이라도 너의 전화가 다시 울릴 것만 같았다. 상상하던 일은 늘 일어나질 않는다. 너는 그에게 전화를 거는 일이 두려웠다. 정확히 말하자면 너는 '어떤 이'와 전화를 끊은 후의 공백을 견디기 힘겨웠다.

뒤집어진 우산을 힘겹게 부여잡고 전화를 걸 수는 없었다. 그건 네가 상상했던 일이 아니었다. 너는 제멋대로 뒤집어진 우산살에 신경 쓰느라 하고픈 말을 못하고 말았을 것이다.

샤워를 마친 너는 부엌으로 가서 커피를 마시려 물을 주전자에 부어 전자레인지에 올려놓았다. 로션을 바르지 않아 당기는 얼굴을 두어 번 손으로 문지르며 커피 여과지에 킬리만자로 한 스푼을 털어놓았다. 너는 '어떤 이'에게 커피를 끓여주고 싶었다. 너는 커피를 맛있게 끓이는 비법을 몇 가지 알고 있었다. 너는 한때 카페 주인이 되는 게 꿈이었다. 너는 300개가 넘는 음반을 가지고 있고, 분위기에 맞는 음악을 선별할 줄도 알았다. 네 친구들도 그다지 위대한 꿈을 꾸지 않았다. 모두 비디오 가게 주인이 되거나, 카페 주인이 되고 싶어 하였다. 영화를 마음대로 볼 수가 있고, 좋아하는 음악을 마음대로 들을 수 있기 때문이다. 네 친구들은 클로드 를루슈, 키에슬로프스키, 레오 카락스 같이 타고난 이름이 예술 그 자체인 영화감독들의 이름이나 낯선 재즈 뮤지션들의 이름을 두루 꿰고 있었다.

주전자 뚜껑이 들썩거릴 때까지 물을 끓인 후에 너는 커피 여과지에 부어 커피를 걸러내었다. 스르르 뜨거운 물이 양철 주전자의 주둥이를 통과한 최소의 순간, 불꽃이 튀기는 소리가 났다. 너는 여러 번 물을 부어 한 잔 분량의 커피를 우려나었다.

너는 네 방 창문에서 흠뻑 젖은 아파트 단지를 굽어보며 킬리만자로를 마셨다. 비는 멎었으나, 바람은 멈추지 않았다. 바람은 더욱 거세어져서 너의 방 창문을 후려칠 지경에 이르렀다. 폭풍주의보가 내린 여름 한낮 같은 풍경이었다. 봄이 채 가시기도 전에 한여름이 다가온 듯하였다. 올여름은 무척 더울 것이다. 너는 뙤약볕에 노출되기를 싫어하였기 때문에 여름날을 집에서 보내야겠다고 생각한다. 창문을 열자 바람이 힘센 손아귀로 너의 뺨을 세차게 때렸다. 너는 바람이 너를 통과해 네 방 안의 정적을 흔들어 놓도록 내버려두었다. 머그잔 속의 커피가 출렁거리는 것을 보던 너는 생각난 듯 책상 서랍을 뒤져 120분짜리 공테이프를 찾아 너의 오디오에 넣고 버튼을 눌렀다. 네가 음반을 뒤적거려 엄선한 곡들이 녹음되어 있었다. 때때로 너는 음악이 모든 것을 말해 준다고 여겼다. 음악은 귀로 듣는 것이 아니라 배로 듣는 것이라고 너는 종종 네 친구들에게 말하였다. 너는 네가 입으로 할 수 없는 이야기들을 음악이 대신해 준다고 여겼다. 네 마음의 모든 라르고, 안단테와 다이내믹한 슬픔들을 전달해 줄 수 있는 유일한 매체는 음악이었다. 네가 정성껏 녹음한 그 테이프에는 네가 하고 싶던 모든 언어들이 여덟 음계의 다양한 움직임으로 표현되어 있었다. 너는 내가 뱉어 놓은 그 말들을 120분간 되뇌인 후에 테이프를 꺼내어 가방에 챙겨 넣고 옷을 갈아입었다. 좀 긴 외출을 할 것이다. 너는 네가 좋아하는 줄리 델피와 이렌느 야곱이 나오는 '구름 저편에'와 텔레비전 다큐멘터리로 제작된 '동물의 왕국'이라는 비디오를 가방에 넣었다. 너는 가방 속을 가지런히 정리하는 일에 서툴다.

지갑과 수첩, 호출기, 열쇠까지 챙겨 넣자 가방 안은 난장판이 되었다. 너는 전화카드가 있는지 지갑을 열어 확인한 후에 부산하게 집을 나섰다.

너는 소포를 부치기 위해 우체국에 가는 길이었다. 우체국은 너의 아파트에서 걸어서 갈 수 있는 거리에 있었다. 버스를 타도 우체국 바로 앞에서 내릴 수 없기 때문에 너는 주로 걸어가는 방법을 택하였다. 우체국에 간다는 것은 오래 산책한다는 것을 의미하였다. 너는 지름길을 마다하고 늘 멀리 돌아가곤 하였다. 가끔 너는 '어떤 이'에게 편지를 부치기 위해 우체국으로 가곤 하였다. 영국에 다녀온 친구가 영국에서 가장 손쉽게 찾을 수 있는 곳이 포스트 오피스라고 하였다. 그러나 너의 동네에 우체통조차 찾기 어려웠다. 너는 '어떤 이'를 만나지 않았더라면 너의 동네에 우체통이 없다는 사실이나 우체국이 후미진 골목에 초라하게 숨어 있다는 것을 깨닫지 못하였을 것이다.

너는 먼저 아파트 게시판에 '피아노를 가르쳐 드립니다'라는 광고가 잘 붙어 있는지 확인하였다. 아무도 네가 전화번호를 써서 붙여 놓은 종이쪽지를 뜯어가지 않았다. 너는 너의 학벌이 그리 좋지 않다는 것을 알고 있었기 때문에 그리 실망하지 않았다. 줄리아드를 나왔다는 거짓말이라도 써둘 걸 그랬다며 너는 웃는다. 가끔 너는 시시껄렁하게 웃을 줄 알았다.

시간은 벌써 오후로 접어들고 있었다. 저녁 무렵처럼 하늘은 어두웠고, 바람은 여전히 거세게 몰아쳤다. 비가 오지 않는 것이 다행이었다. 나뭇잎들이 갈기갈기 찢길 듯 바람에 휘말렸다. 너의 머리카락도 바람결을 따라 나부꼈다, 너는 네 뺨을 따갑게 찔러오는 머리카락을 손으로 쓸어 넘기며 걸었다. 너는 느리게 걷는다. 한 걸음을 걸을 때마다 너는 네가 '어떤 이'에게 다가가고 있음을 상기하였다. 너는 늦은 걸음으로 먼 길을 돌아서 '그 누군가'에게 다가간다. 너는 가끔 멈추어 서서 가방 속에 음악이 녹음된 테이프가 잘 담겨 있는지 지갑이나 열쇠 따위를 챙겨 나왔는지 확인하였다. 너는 계속 걸었다.

아파트 단지 내의 초등학교에서 아이들이 쏟아져 나오고 있었다. 아이들이 하루 일과를 마치고 집으로 돌아갈 시간까지 너는 멍하니 맞은편 아파트를 바라보고 있었다. 그 어린아이들이 맑은 날씨 대신 어둡고 흐린 날씨를 좋아하게 될 날이 올 것이다. 너는 생각하였다. 그들은 고작 32평형 아파트 장만이 꿈인 보통 어른으로 늙어갈 것이다. 삶의 진실이 주는 비애를 알 턱이 없는 아이들은 잔뜩 찌푸린 날씨에도 아무런 동요 없이 해사한 얼굴로 집으로 뛰어간다. 너는 특히 노란 피아노 가방을 들고 달려가는 여자아이를 눈여겨본다. 너도 어떤 아이들처럼 유명한 피아니스트가 되는 꿈을 꾼 일이 있었다. 아파트 게시판에 '피아노를 가르쳐 드립니다'라는 광고를 내고, 혹시 광고를 보고 전화를 거는 사람이 있지 않을까 하여 하루 종일 불안하게 서성대는 너의 모습은 상상해 본 일이 없었다.

아파트 정문 앞에서 남자아이들이 공놀이를 하고 있다. 너는 몸을 움츠리며 아이들에게 될 수 있는 한 멀리 떨어지려고 노력하였다. 너는 공을 무서워하였다. 아이들이 발로 공을 뻥 찰 때마다 너는 움찔 놀라 두세 걸음 앞으로 빨리 나아갔다. 너는 그 공이 네 뒤통수를 칠지도 모른다고 여긴다. 너는 아파트 정문을 빨리 빠져나온다. 아이들의 공놀이하는 소리가 멀어지자 너는 안심하였다. 도로를 건넌 후 마주 보이는 골목을 따라가면 금세 우체국에 도달할 수 있었다. 그러나 너는 한 번도 지름길을 이용한 일이 없었다. '어떤 이'에게 다가가는 길은 왠지 망설여야 할 것만 같았다. 너는 네가 오래 기다렸던 것처럼 '어떤 이'를 기다리게 하고 싶었다. 너는 아파트 벽을 따라 내려간다. 바람이 간간이 네 목덜미를 서늘하게 스쳤고, 네 마음속에도 작은 회오리를 만들었다.

우체국으로 가는 길에는 공중전화 부스가 네 군데 있었다. 너는 그 첫 번째 공중전화 부스를 만났다. 아파트 정문 바로 옆에 있는 것이었다. 너는 그것을 못 본 척 지나치려 하였다. 너는 첫 번째 공중전화 부스를 지나쳐 스무 걸음쯤 걸어갔다. 스무 걸음을 걸으며 너는 첫 번째 공중전화 부스에서 송수화기를 부여잡고 '어떤 이'에게 털어놓았던 이야기를 떠올렸다. 직접 통화한 일은 드물었다. 그의 회사에 전화를 거는 일에 적잖은 두려움을 느끼고 있었다. 대신 너는 호출기를 통해 이야기를 할 수가 있었다. 마치 함께 대화하는 기분이 들었다. 네가 호출기 번호를 누르면 동전이 떨어지는 소리가 들린 후 짧게 인사말이 나왔다. 안녕하십니까. '어떤 이'입니다. 네가 무슨 말을 하였던가. 너는 그 수많은 언어들을 모두 기억하지 못하였다. 비가 와서요. 비가 와서 당신의 목소리가 듣고 싶었어요. 오늘은 바람도 불었어요. 당신도 이 바람 부는 소리를 듣고 계신가요. 우체국에 가는 길이에요. 당신께 편지를 썼어요. 이 편지를 부칠지는 우체국으로 걸어가는 동안 천천히 생각해 보겠어요. 너는 텅 비어 있는 사서함 안에 네 떨리는 음성을 구겨 넣곤 하였다. 제한된 시간은 1분 30초였다. 녹음되었습니다. 이용해 주셔서 감사합니다. 네가 말을 다 마치기도 전에 익숙한 기계음이 또렷하게 너와 '어떤 이'의 대화가 끝이 났다는 것을 알렸다. 어떤 날은 너는 제한된 용량이 초과되었다는 안내가 나올 때까지 음성사서함을 가득 채우기도 하였다.

그냥 무심코 지나가기 전에 첫 번째 공중전화 부스에 얽힌 추억이 너무도 많았다. '어떤 이'가 듣고 있는지 확인할 수도 없었다. 너는 그저 무슨 말이든 하고 싶었다. 너는 게처럼 옆걸음으로 공중전화 부스로 다가갔다. 너는 어젯밤에도 그곳에서 호출기에 목소리를 저장하였다. 밤이에요. 늦은 시간인데, 공중전화 부스는 만원이군요. 막 사랑에 빠진 사람들인가 봐요. 그런 사람들을 위해서 낯선 장소의 전화 송수화기가 필요한 거죠. 저도 집에선 마음대로 '어떤 이' 씨에게 사서함을 넣을 수 없어요. 이해하시죠? 너는 바람에 떠밀린 듯 공중전화 부스 안으로 들어갔다. 지금 우체국으로 가고 있음을 알리고 싶었다. 너는 잠시 망설였다. 어느새 뒤에 사람이 와 섰기 때문에 너는 할 수 없다는 듯이 전화카드를 밀어 넣고, 손가락이 가는 대로 번호를 눌렀다. 너와 '어떤 이'는 연결되었다. 너는 늘 하던 말로 시작한다. 안녕하세요. 제가 누군지 아시겠어요? 아, 시간이 너무 짧군요. 금세 끝이 나겠군요. 별다른 일은 아니라, 그냥 생각이 났어요. 오늘은 바람이 많이 불어요. 무작정 집에서 나왔어요. 우리 집은 너무 높아서 집에만 있자니 현기증이 나지 뭐예요. 저는 우체국에 가는 길이에요. 오늘은 그냥 걸어서 가요. 자전거를 타고 가면 위험하다고 엄마가 많이 걱정을 하시거든요. 회사 일이 힘들고 지겨울 시간이군요. 제 메시지가 조금이라도 위안이 된다면 좋겠네요. 너는 별표(*)를 거듭 눌러 사서함의 영역을 넓힌 후에 다시 말을 잇는다. 뒤에 사람이 있어요. 금방 끊어야 하겠네요. 저도 별일 없이 잘 지내고 있어요. 피아노 페달이 고장이 나서 제가 직접 피아노를 분해하다가 손을 다쳤어요. 조금 아팠을 뿐이에요. 지금은 멀쩡해요. 오늘은 바람이 많이 불어요. 바람 부는 날 자전거를 타면 위험할 것 같아서……. 너는 황급히 우물 정(井)자를 누른다. 녹음이 취소되었습니다. 말주변이 없는 데다 잔뜩 긴장한 탓인지 너는 앞뒤가 맞지 않는 말을 늘어놓고 말았다. 넌 항상 그랬다. 너는 뒷사람에게 민망한 생각이 들어 그 자리를 빨리 떠났다. 너는 네가 우스워 보일 때가 가장 슬펐다. 너는 우스웠다.

너는 걸었다. 너는 한 걸음을 옮길 때마다 '어떤 이'의 얼굴을 떠올리려 애썼다. 잘 기억할 수 없었다. 이상한 일이었다. 네가'어떤 이'를 또렷하게 기억하는 순간은 그를 마주 대하고 있을 때뿐이었다. 너는 신축 빌라 공사 현장 앞에서 걸음을 멈추었다. 막 그의 모습이 생생하게 살아났기 때문이었다. 가끔 그런 순간이 있었다. 비가 온 뒤의 공사 현장에 인부들이 하나둘씩 모여들고 있었다. 너는 벽돌 더미에 앉아 담배를 피우는 중년 남자의 질겨 보이는 얼굴을 흘끗 보다가 그만 '어떤 이의 기미'를 놓쳐버리고 말았다. 너는 그를 꼭 다시 만나야 했다. 어긋나 버린 사랑을 다시 시작하려는 것이 아니었다. 적어도 똑똑히 기억할 만한 한 가지 추억은 간직하고 싶었다. 찢어진 사진 한 장이라도 얻어야 했다. 너는 어느새 비디오 가게 앞까지 걸어갔다. 너는 유리문을 열고 가게 안으로 들어갔다. 비디오 가게 주인은 사십 대 남자였는데 혼자서 화투놀이를 하고 있다가 너를 흘끔 보고 어서 오세요라고 심드렁하게 인사를 하였다. 지난번에 그는 자장면을 먹고 있었다. 너는 빌려 온 비디오를 카운터에 올려놓고 가게 안을 둘러보았다. 너는 YMCA 추천 비디오라고 쓰여 있는 곳에 가서 비디오 제목을 훑어보았다. 너는 <노스페라투>나 <전함 포템킨>을 빌리려다가 그만둔다. 너는 화투놀이에 열중인 주인에게 눈물 없이는 볼 수 없는 가슴 아픈 사랑 이야기를 추천해 달라고 말하였다. 너는 주인의 추천에 따라 니콜라스 케이지가 나오는 <라스베이거스를 떠나며>를 빌렸다. 너는 그 영화를 다섯 번째 본다.

너는 비디오 가게를 나와 어디로 가야 할 것인지 잠시 머뭇거렸다. 하늘엔 시커먼 구름이 어디론가 바삐 흘러가고 있었고, 네 얼굴엔 수심이 가득하였다. 너는 두 번째 공중전화 부스를 만났다. 너는 빈 공중전화 부스가 너를 잡아당긴다고 여겨 순순히 부스 안으로 들어섰다. 너는 '어떤 이'의 회사 전화번호를 누르려다가 빈손을 말아 쥔다. 너는 몇 번의 시도 끝에 그냥 공중전화 부스에서 나왔다. 너는 매우 부끄러웠다. 너는 불면의 밤에 가끔 이별을 고하는 말을 하기도 하였다. 이젠 정말 마지막 인사를 해야겠군요. 너는 그런 말을 늘 번복하였다. '어떤 이'는 침묵에 너를 길들였다. 너는 그 침묵 속에서 어떤 언어를 유추해 내려 하였다. 마치 너에게 무어라 큰 소리로 말하는 듯하였다. 너는 그 말이 무엇인지 알고 있었다. '어떤 이'의 침묵은 말하였다. 나는 당신을 사랑할 수 없습니다. 나를 기다리지 말아요. 당신의 삶을 살아가요. 그렇게 말해 온다면 너도 할 말이 있었다. 당신을 기다리는 것이 아녜요. 나는 당신의 침묵에 화가 날 뿐이에요. 왜 당신을 놓아 달라고 말하지 못하죠? 왜 내가 계속 당신에게 내 목소리를 부려놓도록 내버려두는 건가요. 왜 회피하는 거죠? 저는 당신의 그 우유부단함이 싫습니다. 당신이 무어라고 말해 준다면 나는 당신을 괴롭히지 않을 겁니다. 너는 웃었다. 그 시시껄렁한 웃음. 어쨌거나 너는 지금 '어떤 이'의 침묵에 다가가기 위해 우체국으로 가는 길이다.

너에게 아주 '어떤 이'와 추억이 없는 것은 아니다. 너는 잊지 못할 하나의 사건을 네 가슴에 간직하고 있다. 그러나 기억하기 곤란하였다. 너는 그날 술에 만취해 있었다. 너는 술을 잘 마시는 편이 아니었다. 술을 마실 기회가 그리 많은 것도 아니었다. 그러나 너는 그날 자진해서 술을 들이켰다. 사람들이 너를 말릴 지경이 되었을 때 너는 이미 몸을 가눌 수 없을 정도로 취하였다. 너는 그 술자리에 가기 전에 '어떤 이'와 만날 약속을 하였다. 그 시간이 가까워질수록 너는 초조하였다. 너는 그를 만나러 가기까지 함께했던 사람들에게 폭발할 듯이 아무 말이나 마구 지껄였다. 너는 네 일평생 하지 못했던 말들을 다 쏟아 놓을 수 있을 것만 같았다. 나중에 생각해 보니 너는 그리 많은 말을 하지 않았다. 너는 그 술자리에서 같은 말을 여러 번 되풀이했을 뿐이었다. 달이 떴네요. 그거 아세요? 뭐 그런 내용이었다. 너는 본의 아닌 거짓말을 하고 그 술자리를 빠져나왔다.

너는 히에로니무스 보슈의 그림을 연상시키는 홍익문고 앞으로 갔다. 모든 사람들이 물결처럼 흘러가고 있었다. 너는 그들이 왜 휘청거리며 너를 스치고 지나가는지 알 수 없었다. 너는 흔들리고 있었다. 네가 길 가던 걸음을 멈추고 뒤로 돌았을 때 '어떤 이'가 너의 앞에 서 있었다. 그는 막 건널목을 건너오는 길이었다. 그는 몹시 놀란 표정으로 너를 보았다. 오랜만에 만난 그는 여느 직장인과 별반 다를 것이 없어 보였다. 그가 양복을 입고 넥타이를 맨 모습을 보니 코끝이 시큰거렸다. 네가 사랑했던 '어떤 이'는 새처럼 자유로운 사람이었다. 고작 그렇게 살아가려고 너를 외면한 거냐고, 너는 묻고 싶었다. 너는 미련을 못 버리는 파렴치한이었다. 너는 다정한 연인을 만난 사람처럼 그의 손을 잡았다. 네가 정말 '어떤 이'가 맞지? 그는 너의 말에 아무 대꾸가 없었다. 너는 보채듯 그를 흔들었다. 그래, 내가 '어떤 이'야. 그는 난감한 표정으로 말하였다. 왜 이렇게 취했지? 집에 돌아가는 것이 좋겠어. 그는 택시를 잡으려고 도로변으로 나갔다. 이대로 헤어져선 안 된다고 휘청거리는 너는 생각하였다. 너는 신촌 거리를 혼자 걸어가기 시작하였다. 멈춰선 택시 뒷문을 열던 그가 네 이름을 불렀으나, 너는 대꾸도 하지 않았다. 그는 너를 따라올 수밖에 없었다.

너는 그와 함께 차를 마신 일이 있던 카페에서 마주 앉았다. 너는 그 순간을 오래 기억하고 싶어 머리를 흔들며 술에서 깨어나려고 하였다. 너는 '어떤 이' 외엔 누구도 보이지 않았다. 네 취한 모습을 구경하는 다른 이들은 얼굴 없는 물체들에 불과하였다. 너는 그의 손을 끌어당겼다. 너는 아르바이트생이 주문을 받으러 왔을 때 '어떤 이의 따뜻한 손바닥'에 키스를 하였다. 너는 사람들이 너를 보고 웃는다는 사실을 까맣게 모르고 있었다. 그러나 그는 너에게서 손을 빼내지 않은 채로 커피 두 잔을 주문하였다.

그 따사로운 기억에 누군가 찬물을 끼얹었다. 너는 어느새 길을 건너와 있었다. 청색 모자를 눌러쓴 이십 대 중반의 남자가 너에게 무어라 말을 걸어왔던 것이다. 그가 경찰이라는 사실을 빨리 깨닫지 못한 것은 그가 차 한 잔 같이 마시지 않겠냐는 표정으로 너에게 신분증을 보여 달라고 했기 때문이었다. 대학가 근처에서 가방 수색을 당한 일이 몇 번 있었기 때문에 너는 네가 이젠 학생이 아니라고 말하였다. 경찰은 딱딱한 웃음을 지었다. 무단 횡단하셨습니다. 너는 아찔하였다. 너는 네가 걸어왔던 길을 뒤돌아보았다. 너는 비디오 가게 앞의 공중전화 부스에서 문구점에 가기 위해 2차선 도로를 무단 횡단하였다. 그러나 억울하다는 생각이 먼저 들었다. 네가 길을 건넌 곳은 횡단보도에서 겨우 10미터 떨어진 곳이었다. 처음에 너는 웃으며 봐달라고 부탁하였다. 경찰은 그럴 수 없다고 단호하게 말했다. 너무 새삼스러웠다. 이런 변두리 동네에 경찰이 등장한다는 사실이 우스웠다. 너는 한 번도 이 동네에서 무단횡단으로 딱지를 떼었다는 사람을 보지 못하였다. 그 길은 동네 사람들이 잘 다니는 길이었다. 제가 보지 않으면 몰라도 본 이상, 봐 드릴 수 없습니다. 경찰은 제법 근엄하였다. 너는 화가 났다. 너는 그 길을 벌써 10년째 걸어 다녔기 때문이다. 너는 한 번도 경찰을 만난 일이 없었다. 다시는 그 길로 다니지 않을 테니, 정말 한 번만 봐 주세요. 너는 다시 한 번 간청하였다. 신분증만 보여주시면 됩니다. 너는 네가 한 번도 무단 횡단으로 딱지를 떼인 일이 없으며, 여자로서 지붕이 없는 곳에서 담배를 피워 경범죄를 범한 일도 없으며, 배꼽티를 입어 사회를 문란하게 한 일도 없다는 것을 강조하였다. 너는 네가 선량한 모범 시민임을 경찰이 알아주길 바랐다. 오늘 건수를 올리셔서 기분이 좋으시겠군요. 급기야 빈정거림에 이르렀다. 기분 좋지 않습니다. 경찰도 이를 꽉 다물고 대꾸하였다.

결국 너는 범칙금 영수필 통지서를 받았다. 건너편에 그의 상사로 보이는 남자가 그를 지켜보고 있었기 때문이었다. 너를 보내줄 수 없는 처지임을 너는 알았다. 너는 주민등록증을 가지고 나오지 않았으므로 너를 증명할 만한 숫자를 열거하였고, 경찰은 무전기를 통해 그 번호와 네가 일치하는지 확인하였다. 너는 호기심 많은 사람들의 시선을 한몸에 받았다. 목욕탕에서 나오던 여인은 아주 너에게 바짝 붙어서 네 얼굴을 흘끔거렸다 지나가던 버스 안에 있던 사람들도 너를 내려다보았다. 너를 제외한 모든 사람들이 양심적인 시민이 되어 다 지워져 가는 희미한 건널목을 건너오고 있었다. 임무를 끝낸 경찰은 그를 지켜보던 상사가 손짓을 하자 맞은편으로 무단 횡단하여 달려갔다. 너는 경찰차에 올라타는 그를 보니 화가 치밀었다. 너는 너를 지켜보고 있는 모든 고양이 같은 관객들을 위해 어떤 행동을 취해야 했다. 너는 범칙금 영수필 통지서를 손으로 구겨 가로수 밑에 던진 후에 빠른 걸음으로 그 자리를 떠났다. 열 걸음을 옮기기도 전에 너는 다시 돌아왔다. 네가 범칙금을 내지 않는다면 네 주민등록에는 영원히 빨간 줄이 갈지도 모르고, 너는 영원히 쫓기게 될지도 모른다. 너는 관객들이 아직 떠나지 않은 자리로 돌아가 네가 구겨 던져 버린 딱지를 주워들었다. 유턴해서 달려가는 경찰차를 다시 본 것은 그때였다. 경찰차 안의 젊은 경찰은 너를 흘끔 보았다. 너 같은 인간들을 경멸한다는 눈빛. 그러나 너도 그를 한껏 경멸하는 눈을 쏘아보았다. 경찰이 떠난 후 사람들은 다시 네가 건넌 길로 걸어 다녔다.

너는 경찰에게 하고 싶은 말이 있었다. 당신이 내 행복한 기분을 다 망쳐놓았다는 것만 알아줬으면 좋겠군요. 네가 그 말을 하지 못한 것은 뭔가 재미있는 일이 일어나길 바라는 관객이 너무나 많았기 때문이었다. 너에겐 약간의 무대 공포증이 있다.

너는 문구점 쪽으로 내려 가다가 집으로 돌아가려고 사람들이 별로 없는 건널목 앞에 섰다. 이런 기분으로 '어떤 이'에게 갈 수는 없었다. 까만색 바지를 입은 여자 둘이 너의 옆에 서서 신호가 바뀌길 기다렸다. 너는 멍하니 신호등을 바라보며 생각하였다. 모범적인 삶이란 건널목이 없는 곳에서는 함부로 길을 건너지 않고, 푸른 신호등으로 바뀌기 전까지 인도 위에서 꼼짝도 하지 않는 것일지도 모른다. 모범적인 인간은 절대로 사랑 따위에 넋을 잃지 않으며, 현실을 똑바로 응시하며 하루하루를 성실하게 살아갈 것이다. 그렇다. 다른 여자를 사랑하는 남자를 사랑해서도 안 된다. 너는 '인연이 아니다'라는 세상의 언어로 아픔을 접어둘 줄 알아야 한다.

아가씨, 신호등 고장 났어요. 까만색 바지를 똑같이 입은 여자 둘이 맞은편으로 건너가서 너에게 소리를 질렀다. 너는 바삐 길을 건널 이유가 없었으므로 그곳에서 더 서 있어도 좋았다. 두 명의 여자는 네가 못 들었다고 여겼는지 다시 너를 불렀다. 아가씨, 신호등이 고장 났다니까요. 너는 알았다는 표시로 가볍게 고개를 끄덕였다. 너는 '어떤 이'에게 가던 길이었음을 상기하였다. 그대로 돌아갈 수는 없었다. 너의 가슴엔 못다 한 말이 너무도 많이 고여 있었다. 너는 건널목을 건너지 않고 길을 따라 내려가기 시작하였다.

너는 무단횡단을 하는 바람에 끊어졌던 기억을 환기하였다. 너는 '어떤 이'의 두 손에 얼굴을 묻고 입맞추던 일을 생각하고 웃고 있었다. 조금 전까지. 너는 '어떤 이'의 손을 놓아주었다. 그는 머리를 비스듬히 하고 허공을 응시하는 너를 걱정스럽게 바라보았다. 너는 그가 너를 걱정해 준다는 것에 감격하여 어린아이처럼 장난스럽게 웃었다. 어렵게 이루어진 만남이었다. 어쩌면 그는 단호하게 너에게 이별을 선언하러 나왔을지도 모르는 일이었다. 그래서 너는 입 안에 고여 있던 말들을 하지 못하였다. 커피가 나왔고, 너는 뜨거운 커피를 벌컥벌컥 마셨다. 그가 네 손아귀에서 커피 잔을 빼앗아 자기 앞으로 가져갔다. 식으면 마셔. 그의 목소리는 차분하였다. 너는 이런 날 보는 게 즐겁니? 너 그렇게 가학적인 사람이었어? 너는 내 바보 같은 마음을 다 훔쳐보고도 아무런 대답이 없었어. 왜 나를 바보인 채로 내버려두는 거지? 차라리 더 이상 널 사랑하지 말라고 말해 줘. 난 모르겠어. 내가 계속 널 사랑해야 하는 건지. 넌 날 늘 혼란스럽게 만들어. 내가 다른 사람을 만나서 새로운 사랑을 해도 좋다고 말해. 어서. 내가 널 사랑하는 것을 계속 즐긴다면 넌 정말 나쁜 사람이야. 너는 그런 말들을 하고 싶었다. 그러나 너는 고작 "달이 떴어, 너도 보았니?"라고 말하였다. '어떤 이'는 눈을 내리깔고 고민에 빠져 있었다.

그런 순간에 너는 참을 수 없는 요의(尿意)를 느끼는 우스운 여자였다. 너는 자리에서 벌떡 일어났고, '어떤 이'가 깜짝 놀라 너를 올려다보았다. 화장실에 가려고. 너는 부끄러운 줄도 모르고 그렇게 말하였다. 그는 너를 부축해 주었다. 너는 그런 식의 친절을 베푸는 그가 가증스럽다고 느꼈다. 그는 너를 화장실 앞까지 데려다 주었다. 네가 '어떤 이'의 손을 놓지 않는 바람에 그는 여자 화장실 안까지 너를 따라 들어왔다. 그는 자줏빛 세면대와 거울이 있는 곳에 서서 너를 위해 화장실 문을 열어 주었다. 너는 그를 품에 안았다. 그는 너를 뿌리치지 않았다. 그는 너의 깡마른 허리를 꼭 껴안아 주었다. 따뜻한 손을 가진 그의 몸은 따뜻하였다. 너는 참 친절하구나, 너는 속으로 울먹였다. 너는 그의 입술에 키스를 하였다. 그도 너의 입술에 키스를 하였다. 그의 혀는 너의 혀를 부드럽게 어루만져 주었다. '어떤 이'는 잔잔한 웃음을 가진 사람이었다. 그는 주머니에서 손수건을 꺼내어 너의 젖은 입술을 닦아주었다. 너는 어느 카페의 화장실에서 나누었던 '어떤 이와의 키스'를 기억해 낼 수 없었다. 그래서 너는 '어떤 이'를 다시 만나고 싶었다.

너는 어느새 문구점 앞에 다다랐다. 너는 그곳에서 테이프를 안전하게 보낼 수 있는 봉투를 살 예정이었다. 너는 문구점 주인에게 장황하게 네가 원하는 물건을 설명하였다. 문구점 주인은 너의 설명을 자기 말로 풀어서 다시 한 번 네게 들려주었다. 그러니까 안에 비닐이 달린 봉투를 원하시는군요. 그런 봉투가 애들 코 묻은 돈 받는 문방구에 있을 리가 있나요. 제 생각에는 아가씨가 상자를 만드시는 편이 빠를 것 같은데. 너는 주인에게 고맙다고 인사를 하고 꽤 넓은 문구점 안을 천천히 돌아보았다. 갖가지 모양의 액자와 양초가 있는 곳에서 너는 걸음을 멈추었다. 너도 저런 물건들을 사 모으던 시절이 있었다. 너는 가장 아래 진열되어 있는 일기장들을 발견하였다. 너는 쪼그리고 앉아 일기장들을 구경하였다. 손바닥만 한 일기장들도 있었다. 너는 제일 세련된 모양의 일기장을 하나 샀다. 그리고 주인에게 테이프와 함께 소포로 보낼 수 있게 포장해 달라고 부탁하였다. 주인은 상자를 꺼내와서 포장을 시작하였다. 너는 별다른 할 일이 없어 유명한 고등학생 가수들의 사진을 들여다보았다.

그때 예쁘장한 여자아이가 문구점으로 들어왔다. 아이는 주인에게 4천 원을 내밀며 엄마의 선물을 골라 달라고 이야기하였다. 주인은 문구점엔 엄마에게 필요한 물건이 별로 없다고 대답했다. 아이는 실망한 얼굴이었다. 4천 원으로 여자 물건을 살 수 있을까 모르겠네. 스타킹 한 박스는 살 수 있겠다. 주인이 아이에게 말하였다. 그게 좋겠다. 너는 주인과 아이의 대화에 끼어들었다. 엄마에게 제일 필요한 물건일 것 같은데? 아이는 곧 문구점을 떠났다. 아이가 엄마의 선물로 스타킹을 샀을지는 알 수 없었다. 너는 그제야 오늘이 어버이날이라는 것을 깨달았다. 아까 지나쳐온 꽃집이 붐볐던 이유를 알 것 같았다. 너는 바람이 부는 스산한 날이라 모두 감상적이 모양이라고 여겼을 뿐이다. 너는 모범적인 인간이 아니었다.

문구점을 나서자마자 너는 카네이션 두 송이를 샀다. 오월은 꽃값이 비싸지는 달이었다.

'어떤 이'가 너의 선물을 좋아할지 알 수 없었다. 일기장이란 부담스런 선물이다. 너는 그가 일기를 쓰는지 알 수 없었다. 일기장을 선물하는 일은 매우 촌스러운 일이었다. 고로 너는 촌스러운 여자였다. 너는 세 번째 공중전화 부스 앞에 와 있었다. 이번엔 동전 전화기였다. 너는 주머니를 뒤져 백 원짜리 동전을 찾았다. 네가 백 원짜리 동전을 동전투입구에 집어넣자, '금고 충단'이라는 표시가 깜박거렸다. 실컷 이야기를 하고 녹음을 취소시킬 것이 뻔하였지만, 섭섭함을 피할 길이 없었다. 너는 푸른색 공중전화기를 주먹으로 탕탕 치다가 슈퍼마켓 주인과 눈이 마주쳤다. 카네이션을 손에 든 사람이 할 행동이 못되었다 싶어 너는 잠자코 물러섰다.

쉬익, 바람이 소리를 내질렀다. 너는 네 몸 중에 바람에 흩날릴 수 있는 것이 머리카락뿐이라는 것을 발견한다. 새삼스러울 것도 없는 사실에 너는 가끔 감동하였다. 너는 마치 제자리걸음을 하는 것처럼 보였다. 너는 네가 사는 아파트단지 바로 건너편에 서 있었다. 하늘이 더 컴컴해진 것으로 보아 시간이 많이 흐른 듯싶었다. 너는 이제 우체국으로 갈 일만 남았다.

너는 조그마한 선물 가게와 옷 가게들이 즐비한 골목을 가로질러 금세 큰길로 나왔다. 너는 건널목이 있는 곳까지 열심히 걸어갔다. 너는 곳곳에 경찰차가 숨어 있는 것을 보았다. 정국에 아무런 악영향을 끼치지 않는, 남을 속일 줄도 모르는 멍청한 시민에게 범칙금 2만 원을 받아낸다고 해서 시끄러운 세상이 조용해질 수 있을까. 달라질 게 뭐가 있다고, 너는 푸른 신호등이 켜지자 건널목을 건넜다.

너는 드디어 우체국에 도착하였다. 우체국은 늘 그랬던 것처럼 한산했다. 직원 세 명만이 분주하게 자기 일을 하고 있었다. 너는 주소를 쓴 후 여직원에게 소포를 가져갔다. 여직원은 너를 쳐다보지도 않고, 끈으로 묶어오세요 하고 말했다. 여직원의 손이 가리키는 곳에 붉은색 끈이 있었다. 너는 상자를 끈으로 정성스럽게 묶은 후에 다시 여직원에게 갔다. 너는 여직원 앞에 있는 전자저울에 네 물건을 올려놓았다. 여직원은 빠른우편으로 보낼 거냐고 물었다. 그녀는 여전히 너를 쳐다보지도 않았다. 너는 보통으로 해 달라고 말했다. 네가 '어떤 이'를 오래도록 기다렸듯이, 그도 지금 이 순간부터 오래도록 우편물을 기다려야 했다. 별로 논리적이지 못한 발상이었다. '어떤 이'는 너를 기다린 일도, 너의 우편물을 기다린 일도 없었다. 너는 대답을 이미 알고 있는 질문을 여직원에게 던졌다. 며칠이면 도착하나요. 여직원이 사흘이라고 대답할 것을 미리 짐작하고 있었다. 여직원은 내용물이 무엇이냐고 물었다. 너는 책과 테이프라고 이야기하였다. 일기장이라고 말하면 그녀가 하던 일을 멈추고 너를 올려다볼 것만 같았기 때문이었다. 새로 퍼머넌트를 한 여직원은 네 우편물 위에 내용물 확인이라고 적힌 도장을 찍었다. 너는 돈을 지불하고 소포 우편물 수령증이라는 쪽지를 받았다. 그것으로 모든 일은 끝난 것이다. 3분도 되기 전에 모든 일이 끝났다. 너는 마음속이 텅 비는 기분이었다. 너는 이 순간을 이루기 위해 그 먼 길을 돌아왔을지도 모른다.

너는 우체국 문을 나서다가 다시 여직원 앞에 섰다. 너는 2만원의 범칙금을 지불하였고, 여직원은 비로소 너를 유심히 쳐다보았다.

너는 마침내 마지막 공중전화 부스 앞에 섰다. 너는 이제 우체국에 오는 일이 없을 것이다. 테이프는 네가 '어떤 이'에게 주는 마지막 선물이었다. 너는 받아들여지지 않는 사랑 때문에 아파하며 들었던 음악들을 전함으로써 너의 아픔을 정리할 생각이었다.

이것이 마지막입니다 하는 말을 너는 여러 번 하였고 여러 번 번복하였다. 그러나 이번엔 다르다. 너는 먼 길을 걸으면서 내 뱃속의 구슬픈 선율들을 바람결에 흘려버리고 긴 이별 의식을 치르지 않았는가. 너는 사랑하지도 않은 여자에게 키스를 할 수 있었던 그를 이젠 정말 잊을 수 있을 것 같았다. 이제 너의 여행은 끝이 났다. 이젠 이별을 통고할 차례다.

너는 마지막 공중전화 부스에 들어서서 심호흡을 한 후에 손가락이 가는 대로 번호를 눌렀다. 톤이 높은 여자가 사무적인 어투로 전화를 받았다. 여보세요. '어떤 이' 씨를 부탁합니다. 잠시 후에 낯익은 목소리의 사내가 전화를 받았다. 네, '어떤 이'입니다. 한 차례 강한 바람이 공중전화 부스 안에 휘몰아쳤고, 너의 머리카락이 네 뺨을 휘갈겼다. 너는 네 몸 중에 바람결에 나부낄 수 있는 것이 머리카락뿐이라고 생각하며 실없이 웃었다. 아, 안녕하세요. 제가 누군지 아시겠어요? 너는 이때쯤 그가 전화기 너머에서 예의 바른 미소를 짓는다는 것을 알고 있었다. 그의 미소엔 소리가 있었다. 그럼요, 잘 알죠. 그동안 별일 없으셨어요? 그는 네가 호출기에 떠들어댄 말들을 못 들은 사람처럼 말하였다. 무슨 일이 있으신가요? 전화를 다 주시고. 너도 이런 때 소리가 있는 미소를 지을 수 있다면 좋겠다고 생각하였다. 바람이 불어서요. 오늘은 바람이 많이 불어요. 그냥 산책하러 나왔다가 전화를 걸었어요. 아, 그러세요? '어떤 이'는 너의 뻔한 이야기를 신기한 것처럼 받아들였다. 다시 예상했던 침묵이 이어졌다. 너는 고체처럼 딱딱하게 굳어버린 침묵을 견뎌내면서 그와의 어긋남을 실감하였다. 너는 그와 나눌 말이 없었다.

바람이 몹시 불던 어느 봄날 오후, 너는 잔뜩 젖은 바람에 머리카락을 휘날리며 빈 공중전화 부스 안에 서 있었다.

* 소설 후기

소설을 다시 살펴보며 핸드폰이나 인터넷이 없던 시절을 돌이켜보게 되었다. 홍익문고와 그랜드백화점이 있던 90년대 신촌 거리도 생생하게 떠오른다. 호출기, 비디오 가게, 호출기 때문에 늘 붐볐던 공중전화 부스, 엄선한 음악이 녹음된 공테이프, 편지가 가득 찬 빨간 우체통…… 아날로그적인 것들은 이제 모두 옛이야기가 되었다. 느리고 촌스러운 것들이 풋풋했던 스무 살 시절을 추억하게 한다.

길은 가야 한다

권혜수

언제나 그러하듯 베개에 반듯하게 머리를 눕히고, 그녀는 잠들어 있다. 밤 두 시의 어둠까지도 반사할 듯한 희다 못해 창백한 피부와, 독특한 감동을 주는 섬세한 얼굴과 목의 선, 하루도 그 아름다움에 질투를 느끼지 않은 적이 없었던 얼굴이 무방비 상태로 지금 나의 살의 앞에 잠들어 있다. 그녀가 오만하게 고개를 쳐들고 스스로 원하는 곳을 다녔을 때에도, 그 요요한 목 깊숙이 비프스테이크 포크를 꽂고 싶은, 그리하여 그 생명의 정점으로부터 뿜어져 나오는 붉은 피를 보고 싶은 욕망에 나는 자주 몸을 떨었었다.

죄란, 문 뒤에 교활하게 숨어 있는 한 마리 맹수와 같다. 어느 때고 문을 여는 인간을 덮치려고.

나는 과도를 쥔 오른손에 쥐가 나도록 힘을 준다. 내 손은 어쩔 수 없이 떨리고 있었다. 조금이라도 이 떨림을 방치했다가는 나는 다 준비된 살인을 감행할 수 없을지도 몰랐다. 나는 그녀 앞으로 한발 더 다가선다. 이제 내 운명은 여기서 돌이킬 수 없다는 것을 느낀다. 돌아서기엔 그녀가 너무 가까이 있었다.

나는 잠시 호흡을 가다듬기 위해 눈을 감는다. 나는 지금 내가 악마에 사로잡혀 있다는 것을 너무나 명료하게 알고 있다. 아니, 사로잡혀 있는 것이 아니다. 악마는 인간이 그에게 허용해 준 힘밖에 가지고 있지 못하니까. 죄가 아무리 문 뒤에 도사리고 앉아 인간을 덮치려는 욕망을 가지고 있다 해도, 인간은 죄를 다스린다.

나는 눈을 뜬다. 그리고 그녀의 목 깊숙이 칼날을 꽂았다. 모든 것은 순간에 끝났다. 그녀가 비명을 질렀는지, 붉은 피가 솟구쳤는지는 알 수 없었다. 내가 느낀 것은 오직 암흑뿐이었다. 그 속에서 나는 생각했다. 내 손으로 준비되기 전부터 이 살인은 존재하고 있었다고 말이다. 신은 이 문제를 참작해야 할 것이다.

탁, 아파트 문의 투입구 닫히는 소리에 나는 번쩍 눈을 뜬다. 앞을 가로막는 어둠. 나는 잠시 멍멍한 채로 어둠 속에 눈을 뜨고 있다. 눈이 어둠에 익으면서 서클 라인을 씌운 둥근 갓이 서서히 들어오고, 반쯤 커튼이 드리워진 창의 희미한 윤곽과, 다시 탁, 투입구 닫히는 소리, 그 소리는 현실의 소리였다.

나는 비로소 내가 내 방, 내 침대 위에 누워 있다는 것을 안다. 나는 눈앞에 오른손을 들어 본다. 과도도 들지 않고, 죽음의 피도 내 손엔 묻어 있지 않았다. 꿈이었다. 꿈이었다는 것을 안 순간 아, 나도 모르게 깊은 안도의 숨이 새어 나오고, 온몸에 뒤늦게 진땀이 배어난다. 조금 전의 살의가 너무 생생해서이다. 더구나 그

살인은 내가 날마다 눈을 뜨고 꾸는 꿈이기도 했다.

세 번째 투입구 여닫히는 소리에 나는 침대 사이드 테이블 위에 놓인 시계를 본다. 새벽 4시 10분, 4시 11분을 전후해서 세 개의 조간신문은 어김없이 현관에 떨어진다. 신문을 가져오기 위해 나는 몸을 일으킨다. 냉장고에서 꺼낸 보리차 한 컵을 단숨에 다 마시고 현관으로 가다가 그녀의 방문을 돌아본다. 방문은 고요하게 닫혀 있다.

나는 잠깐 그녀의 방문을 바라보고 섰다. 그러다가 급히 방 앞으로 다가가 방 안의 기척에 귀를 기울인다. 평소처럼 안에서는 아무런 기척도 없다. 자지 않을 때도 그녀의 생활은 그림자 같다.

조심스럽게 손잡이를 돌려본다. 문은 잠겨 있지 않았다. 나는 문득 실망과 안도를 동시에 느낀다. 문을 닫아걸고 그녀가 싸늘한 시체로 누워 있기를 바랐을까.

문을 밀고 들어서자 방 안의 목소리가 먼저 나를 맞는다.

"나 죽지 않았어."

아무런 감정도 무게도 느낄 수 없는, 그래서 오히려 이쪽을 긴장시키는 음성. 다음 순간 코를 찌르는 냄새에 나는 고개를 돌린다. 나는 발작적으로 스위치를 누르고 그녀가 덮고 있는 이불을 확 걷어챈다. 냄새는 더 고약하게 코를 찌른다. 속이 울렁대며 뒤집어진다.

"내가 미쳐. 내가 미쳐."

악취는 이삼일에 한 번, 어느 때는 하루에도 두어 번 내 인내심을 시험하듯 일어난다. 이럴 때마다 내 신경은 핵폭발을 일으킨다. 그러나 미치겠다는 내 짜증이 얼마나 웃기는 일인가는 내가 더 잘 안다. 짜증으로 개선시킬 수 있는 것이 아니기 때문이다. 제발, 이 배설만 없어도 그녀와의 동거가 훨씬 쉬울 것 같다. 내 살의는 이때 더욱 격렬한 것이 된다.

그녀는 눈을 감고 여전히 고요하게 누워 있다. 그녀가 지금 치르고 있는 처절한 절망과 수모감을 나는 모르지 않는다. 내 폭발을 고스란히 견디고 있는 그녀에게 나는 차츰 무색해지고 이윽고 체념하고 만다.

이럴 때 그녀 옆에 놓인 성경은 차라리 희극이다. 나는 그녀가 아직도 신에게 구할 은총이 남아 있는지 의아스럽다. 내가 보기에 그녀는 은총에 대한 희망 자체에서조차 내던져진 인간이었다. 하기야 인간에게 희망을 포기한다는 것은 슬프게도 죽은 뒤에나 가능한 일일 터였다. 이것은 모욕이다.

게다가 신의 실체를 보자. 그는 휠체어에 앉아 보지도 않았고. 그 인생을 오로지 타인의 자비와 증오심에 의지해 본 적도 없다. 그에겐 고통에 대한 경험이 없고, 그것을 극복하고자 한 훈련도 없다. 그는 가벼운 변덕만으로도 앉은뱅이를 일으킨다.

인간의 고통을 위로하는 데 있어서 종교 지도자들이 가장 도움이 안 된다는 통계는 무엇을 말하는가.

방금 전의 불 맞은 것 같은 발작과는 달리 나는 그녀 옆에 준비해 놓은 일회용 비닐장갑을 낀다. 화장지와 물티슈도 사용하기 쉽게 옮겨 놓는다. 이 순간 그녀와 나의 역할은 누구도 대신해 줄 수 없는 것이다. 짜증으로 해결될 수 있는 문제도 아니었다. 배설

물을 치우는 내 손길은 따라서 조용하고, 능숙하고, 일상적이다.

그녀도 벗겨진 아랫도리를 아무런 저항 없이 내게 맡기고 있다. 비정상적으로 가느다란 다리, 어린아이같이 희고 연약한 피부, 최소한의 반항조차 잃어버린 육체가 때때로 나를 슬프게 한다. 그럼에도 유일하게 살아 있는 듯한 검고 무성한 체모.

기저귀와 뒤를 닦아낸 티슈, 장갑을 비닐봉지에 싸서 쓰레기봉투에 버린 뒤 나는 그녀를 벗긴 채로 휠체어에 앉힌다. 휠체어에 옮겨 앉히는 데도 요령이 필요하다.

창문과 베란다까지 다 열어 놓고 휠체어를 밀고 나는 욕실로 간다. 베란다 유리문 밖에는 비구승의 머리 같은 새벽빛이 머물러 있다. 그녀를 변기 위에 옮겨 앉히고 나는 샤워기로 온몸에 물을 뿌린 비누칠을 하고 씻긴다. 때로는 거칠게, 때로는 그래도 성의를 다하여 씻긴다. 머리도 감긴다.

그녀의 피부는 찐 달걀의 속살처럼 아름답다. 그리고 진달래꽃빛 같은 젖꼭지. 손은 사용할 수 있기 때문에 아리를 씻는 것은 그녀가 한다. 뒷물을 할 때는 나는 밖으로 나와 잠시 다른 일을 본 척하고 들어간다. 적어도 겉모양이 이런 일상적이 관계가 되기까지 내가 그녀와 치른 분노와 증오의 전쟁은 치열한 것이었다.

그녀를 휠체어에 들어 앉히다 말고 털썩 놓아 버리고는 바닥에 두 다리를 뻗고 울부짖은 시간들. 끼니조차 주지 않았던 증오, 머리를 감기면서 수없이 잡아 흔들었던 그 머리채. 너 때문에 내 인생이 이게 뭐냐고, 너 때문에 내 인생이 뭐냐고 말이다.

결코 내가 맡을 배역이 아님에도 억지로 내게 주어진 역할. 그

배역과 나는 5년째 전쟁을 치르고 있는 중이다. 그것은 내 운명과의 사투이기도 했다.

다시 그녀를 침대에 눕혀 새 기저귀를 채운다. 편한 홈웨어를 입혀 휠체어에 앉게 했을 때는 4월의 아침이 환하게 밝아있었다. 나는 지쳤다. 싱크대 서랍에서 담뱃갑과 라이터를 꺼내 거실벽에 두 다리를 세우고 기대앉는다. 담배 연기를 내뿜을 때는 희로애락을 다 초월한 것 같다. 나는 시간을 들여 담배를 피운다.

내 시선은 망연하다. 머릿속에는 아무 생각도 없다. 맞은편 아파트의 닭장 같은 베란다들이 담배 연기 속에 환영처럼 아득하다. 담배 한 개비를 다 피우고 나서도 나는 한참을 그렇게 앉아 있다. 그러다 거실 바닥에 쪼그리고 눕는다. 현관에는 아직도 신문과 우유가 그대로 떨어져 있다. 나는 깜박 잠이 든다. 스팀이 들어와 따뜻한 거실 바닥에서 나는 한 시간 동안 잤다.

우거지 된장국과 병어구이로 그녀와 나의 아침을 준비했다. 그녀는 아침을 먹지 않겠다고 했다. 배설은 그녀의 선택이나 의지 밖의 것이지만, 식사 거부는 그녀가 유일하게 할 수 있는 선택이고 의사 표시이다. 하기야 밥이 넘어간다는 것도 모욕이다. 나도 내 밥숟가락에, 먹고자 하는 욕구에, 모욕을 느낀다.

두어 번 거절에도 불구하고 나는 그녀의 휠체어를 끌어다 식탁 앞에 앉힌다. 속으로 꼴값한다는 생각이지만 여기까지는 참는다. 내가 밥 한 공기를 비울 때까지 그녀는 수저를 들지 않고 있다.

내 증오가 또 폭발한다. 다른 때 같으면 그래, 굶고 싶으면 어디 굶어봐라, 무시하고 나 혼자 먹고 만다. 그러나 오늘 아침엔 속에서 불길이 치솟는다. 나는 급기야 그녀 자리로 건너가서 숟가락을 강제로 그녀 입에 쑤셔 넣는다.

"먹어, 먹으란 말이야. 나도 당신이 죽어 없어졌으면 좋겠지만, 굶어 죽게 놔둘 순 없어. 당신 때문에, 당신 먹여 살리느라고 내 인생이 이 모양인데, 내 앞에서 굶어 죽겠다고? 하, 어림도 없지. 당신은 끝까지 살아서 내 저주를 견뎌야 돼. 내가 착한 인간이 아니라는 건 당신이 더 잘 알 거야. 그리고 당신이 없으면 내 인생이 너무 심심해. 앞으로 내가 당신한테 어떻게 하는가 당신 눈으로 똑똑히 봐. 알았어?"

밥을 받지 않으려고 그녀는 꽤 완강하게 도리질을 한다. 그 바람에 국그릇이 식탁 밑으로 퍽석 엎어진다. 모노륨 바닥을 제멋대로 미끄러져 간 국물이 내 발을 적신다. 의외의 반항이다.

내 공격은 한층 감정적이 된다. 나는 다시 한 숟가락을 떠서 그녀의 입을 강제로 벌린다. 그녀는 여전히 입을 앙 다물고 도리질을 한다. 밥알이 여기저기 흩어진다. 밥을 넣으려 하고, 받아먹지 않으려 하는 실랑이가 한순간 격렬하게 이어진다. 그런 어느 순간 그녀가 입속에 들어간 밥을 확 내 얼굴에 내뱉는 뜻밖의 사태가 벌어진다.

나는 멈칫했다가 그녀의 뺨을 얼굴이 돌아가도록 세차게 후려쳤다. 그리고 씹어 뱉었다.

"개 같은 년. 아무리 앙탈을 부려도 니 운명은 나 거야, 한순간도 잊지 마."

성경을 읽으며 앉아 있는 그녀의 곧은 목덜미를 볼 때마다 나는 그녀가 신을 저주하며 쓰러지길 바랐다.

그녀는 한순간 얼굴이 돌아간 채 가만히 앉아 있다. 얼굴에 묻은 밥풀을 뜯어내며 나는 모욕감을 쉽게 삭이지 못한다.

"다시 한 번 말하지만 잊지 마. 니 운명은 내 거야. 내 맘대로 한다구. 죽여도 내가 죽일 거야."

내 악쓰는 소리를 뒤로하고, 얼굴은 든 그녀가 휠체어를 밀어 주방을 나간다. 그 장면은 마치 내게 소리가 끊어진 텔레비전 화면의 슬로 모션을 연상케 한다. 갑자기 싸움의 상대를 빼앗긴 나는 우르르 달려가 휠체어를 낚아채 패대기치고 만다. 휠체어와 그녀가 거실 바닥에 함께 나동그라진다. 내가 일으켜 주지 않으면 그녀는 평생을 그렇게 누워 있어야 할 것이다.

그래도 내 울분은 삭아들지 않는다. 남은 것은 내가 나를 찢는 것이었다. 나는 그 자리에 털썩 주저앉아 어린애처럼 두 다리를 바동거리며 짐승 같은 울음을 터뜨렸다. 그러나 내가 나를 찢는다고 해서 운명이 그녀의 똥을 치워주지도 않고 휠체어에서 일으켜 세워 주지도 않는다는 것을 너무도 잘 알았다.

청바지에 티셔츠를 걸치고 원고가 든 가방을 메고 나는 11시쯤 집을 나선다. 아침 대신 두통약을 두 알이나 먹었다. 울고 난 뒤의 두통은 쉽게 가라앉지 않는다. 엘리베이터 안의 거울에 비친 화장기 없는 얼굴이 버썩 메말라 있다. 침으로 입술을 축여 본다. 루주라도 바르고 나올 걸 그랬나 싶다. 지하철역 플랫폼에서 영화 주간지 하나를 사 들고 전철에 오른다. 출근 시간이 지난 뒤의 지하철 안은 빈자리가 여기저기 남아 있다. 대충 넘겨보던 영화 기사 안에서 문득 시 하나를 발견한다.

아침마다 밥벌이를 위하여
거짓을 파는 장터에 간다.
희망을 품고 나는
장사꾼들 틈에 끼어든다.

마치 이 아침 나를 두고 쓴 시 같아서 실소가 나온다.

커피숍에는 감독 외에 뜻밖에도 사장이 나와 있었다. 내가 통유리 앞의 자리에 앉자마자 사장이 말했다.

"아니 우리 예쁜 이 작가 얼굴이 영 못쓰게 됐구먼. 내가 영양보충 좀 해줘야겠는데."

감독은 말이 없다. 색 바랜 카키색 모자 아래서 그의 얼굴은 피곤해 보인다. 그는 과묵한 사람이다. 그가 포르노 비디오 감독이란 것이 나는 자주 슬프다. 그의 과묵과 때때로 언뜻언뜻 드러나 보이는 고급 취향과 지금 그가 몸을 담고 있는 저급한 외설이 어울리지 않아 보여서다. 그의 피곤은 기본적으로 그의 삶 자체에 대한 피곤이라는 것을 나는 안다.

반면에 50대 초반의 사장은 작고 당당한 체구에 에너지가 넘친다. 어디로 튈지 모르는 럭비공 같다. 나는 사장의 말에 대꾸하지 않는다. 그런 유의 대사는 무시하는 게 최고니까.

"안녕하세요."

사무적인 인사만 한다.

"이 작가하고 신 감독이 너무 수고하는 것 같아서 내가 점심 사주러 나왔어."

사장이 말한다.

나는 실소한다. 그는 그렇게 선심을 쓰는 사람이 아니다. 무슨 꿍꿍인가. 사장은 철저한 장사꾼이다. 아니, 장사꾼의 정당한 철학조차 없다. 그에게 있어 작가나 감독은 단순히 머슴일 뿐이다. 자기 밥상에서 떨어진 밥 부스러기를 주워 먹는 개다. 여기서 더 깊이 생각하진 말자. 너무 많이 생각하는 건 비극이다.

감독은 역시 말이 없다. 그는 뭔가를 생각 중인 것 같다. 그의 눈이 그 생각을 따라가느라 안으로 향해 있다. 사장은 나와 감독의 의견을 묻고 커피 석 잔을 주문한다. 나는 가방에서 시나리오를 꺼내 감독에게 준다.

"많이 넣었지? 이 작가."

영화에 있어 그의 유일한 관심은 섹스 신이 몇 번 나오느냐이다. 나와 처음 만났던 날도 그는 엄지손가락을 검지와 중지 사이에 쑥 넣어 보이며 감독에게 말했다.

"이번엔 몇 번이야?"

너무 노골적이어서 나는 구토를 느꼈었다. 포르노 비디오에 각본 자체로서의 가치를 따진다는 것은 웃기는 일이다. 그것은 단지 섹스 신이 들어갈 부분을 지정해 주는 작업표 정도다. 100만 원의 내 극본 값은 스무 번에 가까운 섹스 신 값이다. 회당 5만 원 정도?

"그거야 제가 할 일이 아니죠."

나는 정직하게 대꾸한다. 얼굴이 붉어졌던 처음의 무안함 따윈 이제 내게 없다. 그러나 구토는 점점 심해진다. 어느 날엔가는 한꺼번에 왕창 토해냈었다. 너무 많은 것을 보고 듣는 것도 비극이다. 나는 감독을 본다. 그는 대충 시나리오를 넘겨보고 있다. 역시 피곤한 자세다. 촬영을 시작하기 전 암중모색을 할 때의 감독들은 몹시 게을러 보이는 특징이다. 나는 그의 얼굴을 살핀다. 원고를 넘겨주고 바로 옆에서 감독이 그것을 읽을 때의 긴장은 고약한 것이다. 이 긴장이 싫어 이 짓 그만 해야지, 생각할 정도로.

감독이 시나리오를 덮는다. 반쯤 읽은 것 같다. 별말이 없다. 이렇다 할 표정도 없다. 작품 내용은 이미 그와 내가 충분히 상의를 했었다.

셋은 각기 딴생각을 하며 커피를 마신다.

나는 2년째 포르노 비디오 극본을 쓰고 있다. 네 번의 신춘문예와 세 번의 장편소설 공모에서 낙선을 한 뒤였다. 그만큼 생계가 절박했기 때문이었다. 작가가 되는 문제는 유보할 수 있어도 먹고 사는 일은 유보할 수 없는 문제였다. 처음 안면을 내세워 극본 제의를 받았을 땐, 말한 사람을 잡아먹을 듯이 펄펄 뛰었었다. 그러나 결국 가명을 내세워 쓰기로 했다. 눈 뜨고 아웅이었다.

이름만 감추었을 뿐, 나는 치열했다. 배가 고팠기 때문이다. 배가 고픈 동물은 아름답다. 살고자 하는 욕구의 정수에 서 있기 때문이다. 여기에는 어떤 사치나 치기도 없다. 동시에 나는 고독했다. 모든 생존은 철저하게 혼자의 것이기 때문이다.

그 바닥에서 신 감독을 만난 것은 작은 행운이었다. 그는 충무로의 제도권 영화에서 실패하고 이곳으로 들어왔다. 역시 먹고 살아야 했기 때문이다. 아내와 두 아이를 먹여 살리는 일이 그의 예술이고 우주였다.

우리는 서로에게 연민을 느꼈다. 그는 나의 생존의 조건을 동정했고, 나는 그의 생존의 조건을 이해했다. 세상이, 어느 의미에서는 삶 자체가 엔터테인먼트화 되는 판국에 그와 나는 아직도 단순히 먹는 자체를 고민한다. 무얼, 어디서, 어떻게 먹을까가 아니다. 지금 내 관심은 오로지 세끼 밥을 어떻게 조달해야 하느냐이다.

예술? 숭고? 나는 어느 때부턴가 그것을 똥이라고 생각하게 됐다. 그러나 오해하지 말라. 이것은 먹을 수 없는 포도를 시어서 먹지 않겠다는 것과 같으니까. 나는 그것들을 너무나 소망한다.

섹스 신은 몇백 번을 집어넣는다 해도 내 스스로 생각하는 윤리의 마지노선은 있다. 삶이 영화의 모델이 아니라 영화가 삶의 모델이 된 세상이다. 그걸 생각한다면, 내가 하는 작업에 최소한의 두려움은 가져야 하니까.

"점심 하러 나가지."

세 사람은 커피숍에서 가까운 한식집으로 자리를 옮긴다. 감독은 피곤한 표정을 풀지 못하고 있다. 사장의 의외의 선심에 신경이 쓰이는 기색이다. 혹시 어디 불편한가 해서 내가 어디 아프냐고 물었다.

"아니."

그는 선선히 대답했다.

"그럼 얼굴 좀 푸세요."

"풀지 뭐."

그는 자기의 얼굴을 쓱쓱 문지른다.

"시나리오 어때요?"

"집에 가서 차근히 읽어 봐야지. 신경 쓰지 마."

시나리오를 크게 고치는 일은 별반 없다. 어차피 격조를 포기한 작업이어서 편하게 풀어놓고 쓴다. 조금 미흡한 부분은 필력이 꽤 있는 신 감독이 콘티를 짜면서 고친다. 한 달에 한 편 정도의 시나리오를 나는 쓴다. 그 작업을 거의 신 감독과 하고 있다.

포르노 시나리오를 쓰면서 나는 가끔씩 엉뚱한 생각을 하곤 한다. 밤마다 이 지구를 뒤덮는 섹스의 양은 얼마만큼의 무게일까? 따위의, 한순간에 지구의 표면을 기하학적인 무늬로 수놓을 섹스의 다양한 체위들에 대해서, 땅콩 한 알의 영양가밖에 없다는 정액의 가공할 힘에 대해서. 날마다 지구는 그 비릿한 냄새로 구토를 하지 않을까 따위의.

한식집은 꽤 이름이 있는 집이다. 홀은 없고 별반 넓지 않은 정원을 가운데 두고 방들로만 이루어져 있다. 방마다 손님들이 들어 있다. 주인 여자가 안내해 준 방에 겨우 자리를 잡고 앉았다. 이미 한켠에는 네 사람으로 이루어진 다른 팀이 식사를 하고 있다. 사장은 삼인 분의 식사 외에 맥주와 수육 한 접시를 더 주문한다.

"무슨 내용인지 알아야 밥이 넘어갈 것 같은데요."

내가 말했다. 가시가 있다.

"역시 이 작가는 빨라."

그는 내가 먼저 운을 뗀 것에 흔쾌해한다. 손님을 대접해야 할 때 외에는 사장은 이런 집에 잘 오지 않는다. 그의 인간 다루기는 놀랍다. 일단의 충무로 기성 감독들에 대한 그의 공손함과 깍듯함은 소문이 나 있다. 일종의 미끼다. 그들이 장차 그의 밥상에서 떨어진 밥 부스러기를 먹으러 올 날을 위해. 그들이 오히려 그를 개새끼로 보거나 말거나.

"낚싯밥 같애?"

"……."

"낚싯밥이라도 먹고는 봐야지. 자, 자, 이 작가부터 한 잔 받지."

사장이 먼저 나온 맥주병을 든다. 이 작가, 이 작가, 하지만 그가 나를 어떻게 생각하고 있는가는 잘 안다. 감독들이 데려온 여배우마다 따먹는다는 소문이 있는 그가 나를 보는 시선도 꽤 불쾌하다. 나는 미모는 아니지만 균형 잡힌 몸매에 탄력 있고 가무잡잡한 피부가 매력적이라고들 했다. 속된 말로 색께나 쓰게 생겼다는 뒷소리를 듣고 있다. 점점 예뻐지느니 하는 사장의 실없는 소리에도 그런 색깔이 있어서 경계한다. 신 감독과 나를 두고.

"두 사람은 별일 없는 거지."

하는 말을 농담만은 아니게 하고 다닌다. 이것도 너무 깊이 생각하진 말자. 이 하수구 문화에 대해서는 더구나 그렇다. 지하 속 썩은 물살에 떠내려가지 않기 위해서는 여기에 둔감할 필요가 있다.

어느 날인가 나는 저 무대 위에 객석을 깨우는 총소리를 울리며 나타날 것이다. 당장 눈앞의 사장이 나를 어떻게 생각하든 상관하지 않을 수 있다. 기꺼이 감내한다. 지금 내가 하는 일을 경멸하지도 않는다. 내 일용할 양식을 경멸하는 것은 곧 내 삶을 경멸하는 것이다. 무엇보다 이 하수구에는 충분한 건전함이 있다.

룸살롱에서 딸 같은 아이의 몸을 더듬느니, 가끔씩 <젖소부인 바람났네>를 빌려와 아내와 그 짓을 한다면 좋은 일 아닌가. 그들이 '타르코프스키'의 영화나 <전태일>이나 <꽃잎>을 보지 않는다고 경멸할 권리는 누구에게도 없다. 이 16밀리 세계는 분명 또 하나의 거대한 문화다. 이 빨간 딱지 영화는 비디오 가게의 매상을 확실하게 올려 준다. 작년에 선풍을 일으켰던 신 감독의 비디오들은 넥타이 부대에서부터 입소문이 났었다.

그러나 이것으로는 부족하다. 충분한 건전함만으로는, 그래서 유행가의 가사처럼 하루에도 몇 번씩 나는 초라해지고, 하루에도 몇 번씩 나는 또 위대해진다.

사장은 우적우적 새우젓에 찍은 수육을 먹고, 감독은 맥주를 마시고, 나는 우거지 된장국의 국물을 뜬다. 세 사람의 식사는 영 보조가 맞지 않는다. 무생선 조림, 고들빼기 김치, 계란찜, 곤쟁이젓이 젓가락 오기를 기다리고 있다.

"무슨 얘긴지 하시죠."

신 감독이 먼저 운을 뗀다. 사장은 수육을 한 점 더 먹고, 나는 따라 놓은 맥주를 마신다. 맥주는 이미 시원한 맛이 사라졌다.

"신 감독 작품도 이번에는 상하로 만드는 게 어때?"

사장이 말했다. 만드는 게 어때? 정중하지만 이건 곧 '만들라'이다. 사장으로서는 신 감독을 대접하는 것이다. 그의 집에서 신 감독이 제일 작품을 많이 만들었고, 그의 비디오가 제일 인기가 있다. 신 감독은 비디오 업계의 이를테면 스타 감독이다.

"그럼 시나리오를 다시 써야죠."

신 감독은 순진하다. 아니, 순진한 척한다.

다른 회사에서는 대개의 감독들이 이미 상하 편을 만들고, 나와 신 감독이 속해 있는 '인필름'에서도 몇몇 감독이 상하 편으로 출시를 하고 있다. 제대로 된 시나리오에 제대로 된 상하 편을 만들라면 그거야 거절할 이유가 없다. 문제는 한 편 분량을 같은 제작비로 조금 넉넉하게 찍어서 편집 과정에서 두부 모 자르듯 반으로 딱 자른다는 것이다. 그것이 상하 편이다. 사장은 지금의 시나리오에 섹스 신 몇 개 더 넣으면 상하 편이 되는 것으로 생각하고 있다. 대개의 사장들이 그렇다.

신 감독이 이제까지는 그렇게는 못한다고 버텨왔다. 결국 올 것이 온 것이다. 여기서 더 버틴다면.

'그럼 신 감독하고 우리 회사는 맞지 않는 것 같구먼.'

그것으로 그만이 될 수도 있다. 스타 감독이라고 그래도 마음에 드는 작품을 하도록, 이렇게 정중하게 제의를 하는 걸 오히려 감사해야 할 판이다. 점심을 사면서 그의 의견을 얘기할 만큼 사장은 정중한 사람이 아니다. 실상 그렇게 정중해야 할 사항도 아니다. 정중함으로써 사장은 신 감독이 더 이상 거절하지 못하도록 덫을 놓고 있다.

"신 감독, 내 사정 좀 봐줘."

사장이 짐짓 하소연한다.

“나도 어쩔 수 없어. 제작비도 그렇고, 다른 감독들 눈도 있고.”

다른 감독들 핑계는 짐짓 해보는 것이다. 제작비 타령도 설득력이 없다. 신 감독은 담배 연기를 푹 내뿜는다.

“일단 이번 작품만이라도 그렇게 하자고.”

신 감독이 더는 버틸 자리는 없어 보인다. 배우들도 개런티 문제만 들고 나오면 ‘다른 회사로 가 보시지’ 하면 그만이었다.

처음 포르노 시나리오를 쓰면서 편당 제작비가 2천만 원 정도라는데 나는 너무나 놀랐다. 비록 고정 지출을 제외한 액수라고 해도 나로선 이해할 수 없는 액수였다.

2천만 원으로 비디오 한 편이 가능한 이유는 이랬다. 감독료 150만 원, 주연 배우 200만 원에서 300만 원, 그리고 열흘간의 촬영 진행비였다. 그 외 촬영이니, 조명이니 하는 스태프들은 거의 회사에 속해서 월급을 받는 월급쟁이들이었다. 130만 원짜리 월급쟁이 감독도 있었다. 월급쟁이 감독은 촬영이 없을 때면 박스 나르는 막일꾼도 되어야 한다. 같은 상영 시간이면서 극장용 영화가 몇십 억씩 드는 것에 비하면 비교조차 할 수 없는 제작비다. 내 원고료도 그들과 단순논리로 비교한다면 20분의 1이었다.

포르노 비디오 시장은 땅 짚고 헤엄치는 곳이다. 이곳 사장들은 대부분 돈을 벌어 자기 빌딩을 가지고 있다. 사장도 을지로에 7층짜리 빌딩을 가지고 있다. 그 빌딩에 녹음실, 편집실 등의 방과 카메라 같은 기자재를 모두 갖추고 있어 일부 인건비 외에는 돈 나갈 것이 없다. 실내 촬영은 또 사장이 회원권을 가지고 있는 강원도의 한 콘도에서 이루어졌다.

7층짜리 빌딩 안에서 사장은 제왕이다. 그 제왕이 보기에 조금 빛나는 별 하나쯤 별것 아니다. 그보다 더 빛나기를 바라는 별들이 주위에는 얼마든지 있으니까.

언제부터인가 2천만 원의 제작비도 많은 것이 되어버렸다. 배우들 개런티가 일당제로 바뀐 것이다. 촬영기간도 일주일로 단축되었다.

주연배우의 하루 출연료가 20만 원, 그걸 일주일 합하면 140만 원이다. 200만 원이나 300만 원에 비해서 어처구니없이 내려간 액수다. 극장용 영화와는 달리 포르노 비디오에는 굳이 비싸거나 알려진 배우를 쓸 필요가 없다. 배우 보고 비디오 빌려 가는 경우는 거의 없기 때문이다. 주로 배우학원에서 배우들을 데려오는데, 때로는 그 출연료조차 없어도 되는 술집 아이들 중에서 데려오는 경우도 있다.

"대신 우리도 해외로 나가자구."

강원도의 콘도에서, 콘도의 이미지 나빠진다고 촬영을 거부하는 바람에 지금은 잘 알려져 있지 않은 콘도들로 옮겨다니며 촬영을 하고 있다. 그게 성가셔서 제작비 조금 더 들여 아예 해외로 나가는 회사도 있다.

'……뭐, 하는 수 없죠."

신 감독은 어쩔 수 없이 승낙한다. 싫으면 떠나는 수밖에 없다, 그렇게는 절대 못 합니다, 하고 박차고 일어날 수 있을 정도로 삶이 영웅적이거나 낭만적이 못 된다는 것을 그는 이미 알고 있다. 나도 알고 있다. 그는 사장의 밥 부스러기를 먹을 수밖에 없다. 조금 인기 있는 비디오를 만들었다고 해서 그게 영원한 보증수표는 되지 못한다.

"이봐, 여기 맥주 두 병 더."

사장이 맥주 두 병을 더 주문한다.

삶을 구걸하게 하고 그 존엄성을 모독하는 인간에게 저주 있으라. 그래도 나는 희망을 품고 내일 또 이 거짓을 파는 장사꾼들 틈에 끼어들어야 한다.

식탁은 오전에 집을 나갈 때의 어지러운 모습 그대로 나를 기다리고 있다.

빳빳하게 말라 있는 병어, 물기가 날아가서 겉잎이 쪼그라진 김치, 개울물 잦아들 듯 엎어진 국물, 여기저기 튀어가 지저분하게 말라붙어 있는 밥풀. 그것들은 폐허처럼 적막하게 제자리를 지키고 있다. 저녁에 쓴 연애 편지를 아침에 찢어버리듯, 갑자기 그 모습이 나를 수치스럽게 한다. 나의 발광에 대해서.

옷을 갈아입고 나와서 먼저 담배를 찾아 벽에 기대앉는다. 담배 연기를 내뿜을 때만큼은 다시 평화롭다. 멀리 야트막한 언덕 위의 작은 교회에서 울리는 종소리를 듣는 것 같다. 운명과, 그 운명의 동아줄을 쥐고 있는 신과 모두 화해한 느낌이다. 이 위안의 신화를 누가 말살하려 하는가.

밤중에 독한 소주를 마시며, 산이라면 넘어 주고 강이라면 건너 주마, 혼자 유행가를 흥얼거리는 것도 괜찮다. 그래, 산은 넘어 주고 강은 건너 주지 뭐. 그거 간단한 거 아냐.

담배 한 개비를 더 피운다. 이것은 특히 일전을 불사해야 할 때의 준비 자세다. 눈앞에 있는 지저분한 것들과 나는 지금부터 일전을 치러야 한다. 담배를 끄고 독립운동하듯 분연히 일어서며 그녀의 방문을 열어 볼까 하다가 그만둔다. 죽어도 상관없다는 오기가 순간적으로 팽팽해진다. 너의 지옥은 네가 만든 것이다. 너는 괴로워할 만큼 괴로워해라. 그보다 그녀가 다시 향기롭지 못한 냄새를 풍기고 있을까 봐 나는 더 겁난다. 지금 그 냄새를 맡았다가는 아침보다 더 폭발할 것 같기 때문이다.

그렇다고 내가 그녀를 끝도 없이 증오만 하는 것일까. 증오하면서도 우리는 서로의 삶 속에 너무 깊이 녹아들었다. 아니, 증오하고 증오해도 지쳐 껴안을 수밖에 없는 숙명 같은 것. 그녀와 나는 그것이다.

그렇다고 해서, 내가 그녀에 대해서 문득문득 이런 위대한 포용력을 가지고 있다고 해서, 그녀에 대한 나의 맹렬한 증오와 원망이 덜해지는 것은 아니다. 나는 그녀를 여전히 증오하고 그녀에 대하여 여전히 분노한다. 그녀가 내 인생에 가한 어처구니없음에 대하여, 참을 수 없음에 대하여.

밥풀이 묻어 있는 병어와 김치, 고두밥이 된 대궁을 한꺼번에 비닐봉지에 싸서 버리고, 그릇들을 개수통에 담가 놓은 뒤, 나는 씩씩대며 청소를 시작한다. 겨우 23평의 공간이지만 한 번 시작했다 하면 청소 하나도 땀을 뻘뻘 흘리며 해야 직성이 풀린다. 이 맹렬함에 내 스스로 숨이 막히지만, 이 맹렬함이 나를 지탱시켜 주는 힘임에랴.

굶어서 얼어 죽더라도 산정 높이 올라가는 표범이고 싶다고? 똥 같은 소리다. 산기슭의 썩은 고기를 먹고서라도 철저하게 그 생존을 책임지는 하이에나, 그 하이에나가 나는 더 좋다. 나는 하이에나다. 시골 천방이나 논둑길에 숨 막히게 뻗어 있는 며느리밑씻개풀의 그 징그러운 생명력은 또 어떤가.

그녀의 방도 청소는 하지 않을 수 없다. 방문을 열며 청소기를 밀고 들어간다. 다행히 냄새는 나지 않는다. 그래도 하루에 세 번은 기저귀를 갈아 채워야 한다.

그녀는 휠체어에 앉아 고요하게 성경을 읽고 있다. 아, 그 찬란한 고요함. 청소기가 들어가자 그녀는 휠체어를 밀고 거실로 나간다. 펼쳐진 페이지를 힐끗 보니 '욥기'다.

나는 그녀의 뒷모습을 잠깐 본다. 한 아름다운 여인이, 휠체어를 타고 대소변을 가릴 수 없게 되기까지, 그 인생을 오로지 타인의 증오와 자비심에 의지하게 되기까지, 그 고통의 근원은 과연 어디일까.

어떤 작가는 그 고통이 아무런 원인 없이 무작위로 온다고 했다. 그러면서 그는 아름다운 주단을 펼쳐보였다. 주단의 앞면은 길이와 색깔이 서로 다른 실들이 합쳐져서 정교하고 감동적인 그림을 나타내지만, 그것을 뒤집어보면 많은 실들이 무질서하게 얽혀 있다. 어떤 실은 짧고, 어떤 실은 길고, 어떤 실은 끊어져 있고, 어떤 실은 매듭져 있고, 실마다 각기 다른 방향으로 뻗어 있다. 그 이유는 어떤 실이 다른 실보다 특별히 더 나은 대접을 받을 만해서가 아니라, 단지 주단의 무늬가 각 실의 역할을 그렇게 필요로

해서라는 것이다.

그렇다면 특별히 짧고 아름답지 못한 무늬에 선택된 실의 불운은 어떻게 설명할까. 행운, 불운의 문제는 여전히 남는다.

10년 전 그날, 스무 살의 그녀가 빨간 기와를 인 2층 우리 집 대문 안에 들어섰을 때 나는 순간적으로 아뜩했었다. 그 아뜩함 속에 이미 오늘의 비극을 보고 있었던 것일까. 분명 보았다. 그러나 이렇게 어처구니없고 가혹하게는 아니었다.

삶이란 그렇게 가볍지도 무겁지도 않다고? 인생의 상상력은 언제나 인간의 상상력을 압도한다.

우리 집 정원에는 벚꽃과 목련이 흐드러지게 피어 있었고, 나는 2층 내 방 창가에서 아버지와 함께 들어서는 그녀를 보고 있었다. 대문을 열어주러 나간 어머니가 두 사람을 맞았다. 나는 아래층으로 내려갔다. 현관에 아버지와 어머니, 그녀, 세 사람이 들어섰다. 나는 다시 아뜩해졌다. 바깥의 봄날처럼 찬란한 젊음과 아름다움을 그녀에게서 동시에 보았다. 그 아름다움은 그러나 서늘하고 선해 보였다. 여윈 듯한 눈과 얼굴에 독특한 감동이 있었다.

아버지는 들떠 있고 상기되어 있었다. 그런 아버지의 모습을 나는 난생처음 보았다. 밝은 햇살 아래서 아버지를 본 기억도 내게는 거의 없었다. 우리 가족에게 있어 아버지는 성주였다. 그처럼 위압적이었고, 정말 성주처럼 얼굴을 보기 힘든 존재였다. 그 아버지가 남의 집 자식 앞에서 그토록 즐거워하는 것에 나는 모멸감과 배신감을 동시에 느꼈다.

열여덟 살의 나는 너무 조숙했다. 세상과 인간을 바라보는 눈에 이미 직관이란 걸 가지고 있었다. 평화로운 도시가 군홧발에 짓밟히듯 머지않아서 그녀의 선한 아름다움이 우리 집 안에서 무너지리라는 것을 나는 직감했다. 아버지의 들뜸이 내게는 단순해 보이지 않았다. 내 나이 열다섯 살 때 이미 나는 작가가 될 수밖에 없는 숙명을 가지고 태어났다고 생각했다. 동화적인 꿈으로서 작가가 아니었다. 그 나이 때도 내 삶은 동화가 아니었다. 행복한 작가가 못 될 것이라는 것도 알았다.

나는 지금도 어느 순간 섬광처럼 눈앞을 스치는 이미지나 꿈을 두려워한다.

아버지는 사업가였다. 구로 공단과 인천에 탄탄한 기계제품 공장을 두 개나 가진 짭짤하게 성공한 사업가였다. 아버지의 귀가는 항상 늦었다. 네 살 터울의 오빠와 나는 늘 아버지를 보지 못하고 잠이 들었다. 집에 들어오지 않는 날도 많았다. 그것이 순전히 바쁜 사업 때문이었는지, 또 다른 이유가 있어서였는지, 거기에 대해서는 관심이 없었다. 기실 나는 아버지의 귀가 여부에 대해서는 관심이 없었다. 집 안에서의 숨막히는 아버지의 존재를 나는 증오했다. 아버지는 가족을 억압하는 독선적이고 부정적인 권력에 다름 아니었다. 그 권력에 가족 모두가 심한 내상을 입고 있었다. 나는 아버지가 차라리 독립운동을 하느라 집을 떠나 있거나. 매일 파산을 하고 초라하게 돌아오는 편이 더 나을 것 같았다.

무능하고 소심했던 어머니는 생활의 대부분을 들아오지 않는 아버지를 기다리는 고통과 외로움 속에서 견뎌야 했다. 그것은 사립문 부여잡고 님을 기다린다는 등의, 안타깝되 낭만적인 영상은 결코 아니었다.

아버지를 기다리는데 절망한 어머니는 오빠와 내가 고학년이 되면서 매일 밤 골목 밖 외등 밑에서 학원이다 과외수업이다 하여 늦게 돌아오는 우리 남매를 기다리는 것으로 자신의 운명을 집약하였다. 때로는 눈 속에, 때로는 빗속에, 때로는 차가운 밤안개를 배경으로, 절망의 영상이었다. 그 영상을 내가 어떻게 나를 찢지 않고 감당할까.

불행한 부모는 불행한 자식을 만든다. 그러나 그때의 불행에는 아직 여유가 있었다. 얼마든지 낙원으로 되돌아갈 수 있는 그 여유가. 그녀가 우리 집 대문을 들어선 그 순간부터 낙원으로 돌아갈 수 있는 길을 나는 영원히 잃어버렸다.

그녀는 아버지의 고향에서 왔고, 막 입학식을 치른 대학 신입생이었다. 아무 일가친척도 없는 고향에 아버지가 우연히 들렀을 때, 그녀의 할아버지가 부탁을 했단다. 우리 재신이 올해 대학을 갔는데 있을 곳을 좀 알아봐 달라고.

아버지는 흔쾌히 그럼 우리 집에 와 있으라고 했다. 아버지는, 동은이 공부도 도와줄 겸이라는 말을 덧붙였다. 동은이는 내 이름이다. 아래층에 이따금 손님이나 묵고 가는 빈방이 하나 있었다. 그녀는 아버지가 없었고, 어머니와 함께 할아버지, 할머니 밑에서 성장했다. 게다가 외동딸이었다.

악마는 우리에게 어떤 모습으로 다가오는 것일까. 동화 속의 그림처럼 검은 외투를 입고, 뿔이 달리고, 음험한 웃음을 흘리며, 공동묘지에서 저벅저벅 걸어오는 것일까. 그렇다면 인간은 악마를 두려워할 필요가 없다. 때때로 죄와 악마는 우리에게 너무나 매력적이고, 십상하고, 거부할 수 없는 열정으로 다가온다. 그것이 재앙이다.

그녀에게 있어 아버지가 그랬다. 적어도 아버지는 제3의 여자들이 보기에는 매력적이었다. 그것도 대단히. 내 직관대로 그녀는 아버지의 여자였다.

그녀가 대학 졸업반에 올라간, 봄날의 어느 날, 나는 밤중에 그녀 방에서 나오는 아버지를 보았다. 그때까지 집 안에서의 두 사람은 너무나 자연스러웠고 투명하기까지 했다. 그때 이미 2년간이나 한 지붕 아래서 관계를 계속하고 있었는데도. 인간의 인간에 대한 야비함.

그날 새벽녘, 평소 자다가 한두 번 깨는 습관대로 나는 잠을 깼고, 이상하게도 속이 더부룩했다. 찬물이 마시고 싶었다. 갈증까지는 아니어서 그대로 잘 수도 있었으나 일어났다. 그녀가 우리 집에 온 후 밤중에 일어날 때마다 나는 나쁜 습관을 가지고 있었다. 2층 계단 위에 몸을 숨기고 아래층을 살피곤 한다는 것이었다. 그녀 방에 직접 귀를 대보기도 했다.

조용히 문을 여닫고 계단으로 간 나는 흠칫 뒤로 몸을 숨겼다. 아버지가 주방 옆에 붙은 그녀의 방에서 나오는 순간이었다. 헉, 숨이 막혔다. 2, 3초만 늦었어도 정확한 광경을 보지 못했을 것이다. 거실을 지나거나 안방 문을 여는 아버지를 보았다면, 그것은 목격이 못 된다. 한순간에 결정되는 인간의 운명에 나는 전율했다.

아버지는 어두운 거실을 그림자처럼 가로질러 안방이 아닌 자신의 서재로 들어갔다. 잠시 후 잠옷 바람의 그녀가 방에서 나와 발소리를 죽여 화장실에 들어갔고, 곧 샤워기에서 쏟아지는 물소리가 들렸다. 샤워 시간으로는 너무 짧은 것이어서 나는 그녀가 뒷물을 한 것이라고 생각했다. 그녀가 화장실에서 나와 다시 도둑걸음으로 방으로 들어갔다. 상황은 의심의 여지가 없었다.

그날 밤의 아버지는 아버지로서 최악의 부도덕까지 내게 보여주었다. 여기가 어딘가. 아내와 자식이 함께 있는 공간이다. 계단 위에서 온몸과 의식이 불길에 휩싸여 있던 나는 후들후들 계단을 내려가 노크도 없이 아버지의 방문을 열었다.

의자에 앉아 담배를 피우고 있던 아버지는 그녀인 줄 알고 왜 할 듯이 쳐다보다가, 목이 굳어졌다. 나는 조용히 들어가 문을 닫았다. 그다음 내가 무엇을 했겠는가. 아버지는 담배를 비벼 껐고, 나는 침착하게 아버지 앞에서 옷을 하나하나 벗었다. 인간이기를 포기한 것 같은 아버지도 그 순간만은 어찌할 바를 몰라 했다.

"너, 너 왜 이러니? 그 옷 입지 못해."

아버지는 나지막하게, 그러나 숨 막히게 소리쳤다. 드디어 나는 알몸이 되었고, 그대로 아버지에게 씹어 뱉었다.

"아버지에게도 무서운 것이 있어요? 저도 여자예요. 이만하면 매력적이지 않아요?"

그 순간만은 나도 인간이기를 포기했다. 아니, 아버지 앞에 드러낸 내 알몸은 아버지의 권력에 대한 냉소였고, 그 권위를 모조리 부정하는 것이었다. 눌려 있던 용수철은 위험하다. 아버지 앞에서의 나는 눌려 있던 용수철이었다. 언제 튀어오를지 모르던 그 용수철이 드디어 튀어오를 데를 찾았다. 나는 아버지에게 복수심 같은 걸 가지고 있었다. 가족을 자신의 노예나 하수인 취급하며, 그 가족을 너무나 외롭게 내버려둔 것에 대해서 말이다.

전횡으로 휘두르던 권력도 딸의 알몸 앞에서는 비굴했다. 시선을 외면하고 있던 아버지는 벌떡 일어나더니 휙 나를 스쳐 방을 나갔다.

"옷 입어."

한마디를 남기고,

나는 냉소했다. 다시 침착하게 옷을 주워 입었다. 분노, 절망, 그것은 차라리 평범한 표현이었다. 여기서 나는 가족이란 굴레와 내 삶을 다 끝낼 작정이었다.

아버지 방을 나온 나는 컴컴한 주방에서 부엌칼을 찾아들었다. 나는 지금 내가 무엇을 하고 있는가를 너무나 잘 알았다. 나의 행동반경에 대한 내 의식은 지나치리만큼 선명했다.

그녀의 방 앞으로 갔다. 방문을 열었다. 방 안은 어두웠다. 스위치를 올렸다. 침대에 누워 이쪽을 향해 있는 그녀의 긴장한 얼굴이 또렷하게 보였다. 나는 오히려 서늘하게 가라앉아 갔다. 그녀가 벌떡 몸을 일으켰다. 칼을 보고 하얗게 질렸다.

"도, 동, 동은아!"

그녀가 다시 내 이름에 호소했다. 그녀는 그 호소가 자신을 구해줄지도 모른다고 생각했을 것이다. 그녀는 아직 내 살의(殺意)의 무게를 몰랐다.

"그 더러운 입으로 내 이름 부르지 마."

나는 단 한마디, 그녀를 저주했다.

살인은 저주받은 영혼만이 하는 것이 아니다. 카인의 낫이 내 지붕 아래서 내 손에도 들려 있을 줄이야. 그녀의 가슴과 나의 칼이 두세 뼘 정도로 좁혀졌다. 나는 그녀의 가슴에 칼날을 꽂았다. 그러나 비명을 지르며 피하는 그녀의 행동이 한 발 빨랐다.

칼은 침대 머리 판에 꽂혔고, 내가 칼을 빼는 사이, 그녀는 숨이 막히게 아저씨, 아줌마를 부르며 거실로 튀어나갔다. 그녀의 비명에 어머니가 허둥지둥 나오고, 오빠가 2층에서 뛰어 내려왔다. 어머니는 내 광기에 벌벌 떨고 있었고, 칼을 들고 그녀를 쫓던 나는 오빠에게 붙잡혔다. 뒤늦게 정원에서 아버지가 들어오는 게 보였고, 한순간에 급격하게 에너지를 소모한 나는 오빠에게 잡힌 채 벌벌 떨다가 쓰러졌다.

그 뒤는 알 수 없다. 눈을 떴을 때는 병원에서 수액을 꽂고 누워 있었다. 그때 내 눈에 들어온 어머니. 창밖을 보며 망연히 앉아 있는 어머니는 살아 있는 생명이 아니었다. 병실에는 어머니 혼자였다. 나는 수액 바늘을 빼내 던지고 일어나 앉았다. 어머니가 놀라서 나를 보았다. 그 눈에 똑바로 대고 내가 말했다.

"엄마만, 알고 있었지?"

"……."

"언제부터 알았어?"

"……."

"언제부터 알았냐구?"

내가 소리쳤다.

"처음부터……."

어머니가 겁먹은 목소리로 대답했다.

"그런데도 오늘까지 참았단 말이야?"

"……."

"엄마가 사람이야? 그러고도 엄마가 사람이야?"

나는 어머니를 마구 잡아 흔들었다. 어머니는 내가 흔드는 대로 아무 의지 없이 흔들렸다. 골목 밖 외등 밑에 서 있는 어머니를 볼 때마다 나는 소리치고 싶었었다.

엄마, 제발 이러지 마. 왜 이렇게 살아. 차라리 다른 엄마들처럼 옷 사고, 보석도 사고, 계도 하면서 쏘다니기라도 해. 아니면 교회를 가든지, 무당을 불러 굿이라도 해. 아버지에게 여자가 있다면 다른 여자들처럼 치마 걷어붙이고 달려가 너 죽고 나 죽자고 머리채라고 잡고 뒹굴어. 그렇게라도 해서 엄마를 좀 행복하게 해봐. 아니면 아버지하고 이혼을 해. 내가 엄마 먹여 살릴게.

그러나 나는 그렇게 하지 못했다. 어머니는 그 행악마저도 할 수 없도록 가엾었다.

그날 병원에서 나는 어머니에게 아무 말도 하지 말았어야 했다. 그냥 수액 바늘만 빼 던지고 돌아왔어야 했다. 이튿날 어머니는 흥건한 피 속에 싸늘한 시체로 발견되었다. 동맥을 끊은 것이다.

지금도 나는 어머니의 죽음이 자기 생에 대한 절망보다 자식을 볼 수 없는 수치심 때문이었다고 생각한다. 그 뒤 내 삶에 연이어 일어난 사건들은 마치 영화의 빠른 디졸브(dissolve) 같다. 싸늘한 어머니의 시체 위에 아버지의 파산과 실종이 겹쳐졌고, 자살을 위한 그녀의 교통사고가 겹쳐졌다. 어머니가 죽은 뒤에도 아버지와 그녀의 관계는 계속되었고, 집을 나가 거의 부부로 살았다.

아버지의 실종은 의도적인 것이었다. 탈세가 어떻게 포착됐는지 세무조사로 아버지의 사업은 무너졌고, 검찰을 피해 아버지는 자취를 감추었다. 그리고는 소식이 없었다. 오빠와 나는 아버지를 찾지 않았다. 채권자들에 의해 집도 날아갔다. 어머니처럼 소심해서 내 삶에서 늘 배경 같았던 오빠는 도피하듯 지긋지긋한 이 땅을 떠났고, 그녀는 경춘가도에서 강 아래로 차를 처박았다. 그 뒤 다시 두어 차례의 자살기도. 그것은 선홍색 몽타주로 내게 각인되어 있다.

더 어처구니없는 것은 그녀의 조부모는 늙었고, 그녀의 어머니는 재가를 해서 그녀의 삶 전체가 덜컥 내게 던져졌다는 것이었다. 아버지는 6년째 실종 중이다. 그녀도 나도 아버지의 피해자였다. 독재 권력의 피해자였다.

청소를 끝내고 샤워를 하는 것으로 나는 집안일을 마무리한다. 그러나 팔자 좋게 책상 앞에 앉을 수가 없다. 4시에는 5명의 초등학교 3학년 여자아이를 한 시간 동안 가르쳐야 하고, 밤 9시부터 12시까지 아파트 상가의 비디오 가게에서 아르바이트를 한다.

이것의 나의 생계를 위한 일과다.

그러나 길은 가야 한다. 토기장이가 자신이 만든 토기가 마음에 들지 않는다고 내던져 부숴 버리지 않는 이상. 그것이 경주자의 자세고, 경주의 원칙이다.

아이들이 돌아가고 저녁 식탁을 차리기 전에 다시 기저귀를 갈기 위해 그녀의 방으로 들어간다. 그녀는 무릎에 얼굴을 묻고 있다. 기도하는 자세 같다. 그녀의 어깨가 가늘게 떨린다. 운다. 그녀의 눈물을 본 지 오래되어서 나는 일순 주춤한다. 고깝거나 꼴값한다는 생각을 할 수가 없다. 잠시 보고 섰다가 휠체어를 침대가로 돌렸다. 침대에 눕히자 그녀가 나를 외면하며 말한다.

"미안해, 동은아."

동은이라는 이름도 오랜만에 들었고. 미안하다는 말도 오랜만에 듣는다. 내가 찬란하다고까지 표현했던 그녀의 그 고요함. 그것은 뒤늦게 그녀가 자기 생에 획득한 격조였다. 갑자기 내 가슴이 그녀의 미안하다는 말에 반응한다. 아침에 한 시간 동안이나 거실에 나동그라진 채로 내버려두었다는 것도 미안해진다.

그러나 여전히 뚱한 얼굴로 나는 오줌을 지린 기저귀를 빼고 엉덩이가 짓무르지 않도록 파우더를 발라주고, 뽀송뽀송한 새 기저귀를 갈아 채운다. 꺼멓게 멍이 들어 있는 엉덩이 오른쪽에 안티푸라민으로 정성껏 마시지도 해준다. 여기에는 아침의 내 행동에 대한 보상 심리가 깔려 있다.

내 분노가 정당하다고 나는 말할 수 있다. 내 증오도 정당하다고 나는 외칠 수 있다. 그러나 정당한 분노만으로는 아무것도 해결될 수 없다는 것을 안다. 증오와 분노에도 지쳐 꺼안을 수밖에 없는 것이라면, 운명도 우릴 버리고, 신도 우릴 외면했다면, 남은 것은 그녀와 내가 서로 사랑하는 것이다. 등짐이 무겁지만 주어진 길은 가야 한다. 나는 그녀와 언제나처럼 말없이 저녁 식탁 앞에 앉는다. 그녀는 울어서 눈이 충혈됐고, 나는 여전히 뚱한 얼굴이다.

＊ 소설 후기

길을 간다. 폭풍이 불고 파도가 친다. 때로 사랑할 수 없는 것도 사랑해야 한다.

때로 용서할 수 없는 것도 용서해야 한다. 때로는 증오도 먹고 살아야 한다.

그래도 길은 가야 한다.

갈이 아예 끝나 버리거나, 토기장이가 자신이 만든 토기가 마음에 들지 않는다고 내던져 부숴 버리지 않는 이상.

착각

노순자

어둠이 내리고 있었다. 어둠에 섞여 비도 안개처럼 어둠의 가루처럼 부슬부슬 어깨 위로 내려앉고 있었다. 시간의 도도한 속도를 보여 주는 듯 어둠과 물안개 같은 비는 소리 없이 내려 조금씩 땅으로 스며들었다. 땅으로 스민 후에는 땅 위에 고여 공중으로 번질 것이었다. 시간 역시 슬그머니 대지를 덮는 어둠 속에서 한순간의 멈춤도 없이 흐르는 속도의 얼굴을 감추고 여전히 도도하게 흐르길 계속할 것이다. 청량리 역전은 소란스럽고 지저분했다. 여자는 중간쯤에 나왔다. 재민과 눈이 마주치자 여자는 잠시 멈추어 서 있었다. 그가 다가오자 여자는 주위의 시선을 아랑곳하지 않고 몸을 기대며 소리를 죽여 흐느꼈다.

"몸은 괜찮아?"

여자의 눈물에 혐오감을 느끼면서 재민은 고개를 끄덕이는 여자의 팔을 잡았다. 그가 여자의 팔을 잡는 것은 겨드랑이 사이로 파고드는 체온을 막으려는 반사적인 행동인지도 몰랐다. 그들은 방금 도착한 사람들과 떠나려는 사람들로 붐비는 인파에 섞여서 걸음을 옮겼다.

재민은 여자의 팔을 잡고 길가의 여관으로 들어갔다. 여자는 고개를 숙인 채 아직도 울음을 그치지 않고 따랐다. 그는 한 손으로 돈을 꺼내 숙박요금을 지불하고 역시 한 손으로 숙박계에 이름과 주소를 적었다. 여자는 훌쩍이면서 그의 손에 조금은 우악스럽게 한 팔을 잡힌 채 다른 손으로 눈물을 훔쳤다. 그들은 안내하는 여인을 따라 엘리베이터를 타고 5층으로 올라갔고 한 방으로 안내되었다. 껌벅껌벅하다가 켜진 형광등 불빛이 침대와 옷장을 비추고 분홍색 커튼이 내려져 있는 방 안을 비추었다. 방 안에는 욕정의 냄새가 고여 있는 듯하였다. 재민은 구토를 느꼈다. 여인이 목욕탕은 여기에요 하며 방문 옆의 욕실 문을 열어 보여 주려다 아직도 여자가 훌쩍거리며 남자에게 팔을 잡힌 채 고개를 숙이고 있고 여자의 팔을 잡은 남자도 맥없이 서 있는 것을 바라보다 잘 쉬라는 인사도 없이 나가버렸다.

재민은 여자를 방 안으로 떠다밀었다. 고여 있던 욕정의 냄새가 부서져 흩어지는 것이 아니라 살아 꿈틀거리면서 그를 건드려 오는 것 같았다. 여자는 내던져진 보퉁이처럼 굴러서 한구석에 비스듬히 앉으며 조금 더 크게 본격적으로 울기 시작했다.

그는 힘이 빠진 손길로 웃옷을 벗어 걸고 여자를 바라보며 침대에 걸터앉았다. 여자는 여전히 울고 있고 그는 천천히 커튼을 젖히고 창문을 열었다. 자동차의 소음이 청각에 돌개바람을 일으키듯 찬바람과 함께 방 안으로 쏟아져 들어왔다. 그 소음에는 소음의 진동수만큼 매연도 섞여 있었다. 그는 욕정의 냄새와 매연과 어느 것이 파괴력이 강할까를 순간적으로 생각하다가 창을 닫았다. 하나를 닫고 또 하나를 마저 닫았을 때 소음은 어렴풋하게 밀려나가고 후텁지근한 욕정의 냄새는 불어든 바깥바람으로 희석이 된 듯했다. 바깥바람에 오염 물질들과 함께 봄의 입김이 서려 있는 것처럼 쾌락의 부패한 냄새 안에 생명감이 들어 있을 것이었다.

"그만 울어. 너무 울면 골치 아프더라구."

셔츠 주머니에서 담배 한 개비를 뽑아 불을 댕기며 그는 예사롭게 여자를 달랬다. 조금 커졌던 여자의 울음소리는 잦아들면서 이따금 숨을 몰아쉬는 한숨과 비슷한 흐느낌으로 변했다.

재민은 말없이 담배를 태웠다. 여자가 여전히 이따금 숨을 몰아쉬며 울음 끝의 흐느낌 소리를 내면서 불똥이 꺼멓게 얼룩진 노란색 플라스틱 재떨이를 가져다가 침대 위에 올려놓고 주전자의 물을 살그머니 조금 부었다. 재민은 고개를 돌렸다. 여자 특유의, 누구에게나 입 안에 든 혀처럼 엽엽하게 움직이는 성미에 구역질이 났다. 그것이 창녀의 근성이라는 것을 알게 되기까지 얼마나 오랜 시간을 소비해야 했던가.

어쩌면 여자의 그 창녀 근성을 알기 위해서 자신은 젊음과 재산과 인생을 송두리째 바친 것은 아닐까. 그런데도 그 천벌을 받아 마땅한 아내를 용서해야 한다는 것은 이해할 길이 없다.

과연 아내란, 매음굴에 가서까지 찾아다가 용서하고 사랑해 주어야 하는 존재인가. 그것이 진정한 사랑이라는 말인가, 그렇다면 그 사랑이란 것은 치욕과 무엇이 다른가. 그는 진정코 이해를 할 수가 없다. 호세아 예언자가 야훼의 명을 따랐듯이 그는 모친의 명령 아닌 애원에 따랐을 뿐이다.

문제의 호세아 예언서를 읽은 것도 어머니의 성화를 당해 낼 방법이 없었기 때문이다. 아니 딸아이 때문인지도 모른다. 어떻든 자발적인 의사는 아니었다. 은옥을 생각하면 그는 피가 거꾸로 솟는 분노와 혐오가 치밀었다. 호세아 예언자는 야훼의 명령으로 바람기 많은 여자를 아내로 맞이하고 정부와 놀아나다 못해 매음굴에 가 있는 아내를 찾아 몸값을 치르고 구해낸다. 예언자가 그것을 이해하려 했는지 이해하지 못하는 채 무조건 야훼의 명을 묵묵히 따른 것인지는 성서에 설명되어 있지 않다. 그는 그저 바람둥이 여인과 혼인하여 저주라는 이름의 딸과 천덕꾸러기라는 이름의 아들과 버린 자식이라는 이름의 아들 삼 남매를 두었다. 그리고 매음굴에 가 있는 아내를 찾아 몸값을 치르고 데려옴으로써 저주라는 딸이 희망이 되고 천덕꾸러기는 자비가 되고 버린 자식은 내 자식으로 바뀌는 야훼의 은총을 받는다. 더불어 호세아의 그 너그러운 사랑이 바로 음란한 이스라엘 백성을 이끄는 야훼의 구원적 사랑이라고 성서에는 쓰여 있다.

재민도 어떻든 신자이기에 이해할 수도 용서할 수도 없는 아내를 구하기 위해 전 재산을 처분해서 아내의 부채를 청산해 주고 매음굴과 다를 바 없는 피신처에서 은옥을 빼낸 것일까.

호세아를 읽은 것은 어머니의 성화를 조금이라도 덜어 드릴 수 있을까 해서였고 참기 어려운 분노와 혐오가 좀 진정될까 해서였다. 그리고 그가 아내를 버리지 않고 끝까지 거두는 것은 어머니의 광신에 가까운 신앙의 감화도 아니고 호세아 예언서의 감동적인 사랑 때문도 아니고 그저 오랜 세월 속에 시련이 거듭되면서 조금씩 지쳐 가는 포기일 뿐임을 그 자신 외에는 아는 사람이 없다.

몇 해 전, 비슷한 일을 당했을 때는 분노와 혐오가 피를 거꾸로 솟게 하는 지경은 아니었다. 그때는 사고를 치고 없어진 것이 아니었고, 이따금 그래 왔듯이 모든 것이 다 그대로 있는 채로 외출을 한 채 돌아오지를 않았다. 소식이 없는 채 며칠이 훌쩍 지나가 버렸다. 이 험한 세상에 사고를 당했나, 납치를 당했나, 전화신호음이 울리면 심장이 곤두박질을 하듯 덜컹거리곤 했다. 갖은 불길한 상상에 가슴을 졸이며 처가로, 아내의 친구 집으로, 처이모가 산다는 강원도로 온갖 고장을 헤매며 찾아다니기도 했다. 그러나 그때도 이쪽에서 찾아낸 것은 아니고 그쪽에서 연락을 보내왔다. 끔찍이도 먼 남쪽 끝 공단 도시에서였다. 그는 여자를 만나자마자 미리 생각을 해 둔 것도 아닌데 미리 생각해 둔 것처럼 팔을 끌고 길가의 낯선 여관으로 데리고 갔었다. 지금과 같은 이른 봄이 아닌 한여름 철이었고 낯선 지방이었으며 재민도 여자도 대여섯 살씩 덜 먹었던 것이 지금과 달랐을 뿐이다.

사정이야 어떻든 없어졌던 아내를 찾았다는 안도감은 며칠 동안 돌발 사고를 겁낸 끝이어서인지 노여움과 배신감을 폭발시켰고, 아내를 힘껏 갈겨 주고 싶은 충동을 일으켰다. 그러나 충동적으로 행동을 할 수는 없었다. 충동적으로 행동해서는 안 된다는 분별은 여자의 초라한 모양새를 측은하게 보이게 했고, 이어서 상상도 하지 않았던 동물적인 욕망이 일게 했다. 그때는 그랬었다.

단순히 당황스러움과 모욕감과 배반감을 주체하지 못하고 낯선 고장의 낯선 사람들의 시선을 피해서 들어간 여관방의 분위기가 그 시절만 해도 구역질이라든가 혐오감 따위를 일으키지는 않았다. 아니 그것은 여관방에서 오는 것이 아닌 여자에게서 오는 것인지 몰랐다. 그때는 여자를 이해하기 위해 거의 필사적인 노력을 하던 때였다.

"말을 좀 해봐, 도대체 뭐가 불만인 거야? 왜 또 나갔어?"

그때도 재민의 목소리는 높지 못했다. 담배 연기를 한숨처럼 뱉어내면서 나직하게 그러나 점점 커지는 분노를 어금니로 부수며 신음 같은 말을 입 밖으로 밀어냈다. 여자는 눈을 깜박거렸다. 그때만 해도 재민은 자기가 무엇을 잘못했는가부터 생각했었다. 아내가 남이 모르는 고민거리를 가지고 있지 않고서야 이런 비상식적이며 무책임한 일이 일어날 수 없는 것이었다. 그것이 그가 할 수 있는 생각이었다. 남편인 자기가 무슨 잘못을 저질렀거나 시집 식구들인 어머니나 아우가 아내에게 오해 살 만한 일을 했거나 무엇인가 원인이 있지 않고서는 아이를 가진 어머니가 이유도 없이 집을 나가서 일주일 이상 소식이 없을 수가 있는지 그로서는 판단이 서지 않았다. 자연히 생각은 불길한 사고 쪽으로 기울었고 그래서 여자가 초라한 모습으로 버스터미널에 나타났을 때는 울화가 치밀기에 앞서 한숨이 나왔다. 여자는 그에게서 돈을 받아가지고 몇 걸음 뒤에 처져 있던, 입술과 손톱이 시커먼 여자에게 가서 꺼내보지도 않고 안겨주었다.

재민은 돈의 용처를 묻지 않았었다. 화투를 치다가 돈을 잃고

밥값, 숙박요금이 얹혀서 액수가 커졌다는, 전화로 설명한 여자의 말 그대로의 금액을 봉투에 넣어다가 주고 돈 얘기는 더 이상 입에 올리지 않았다. 그것은 여자의 말을 믿고 안 믿고의 문제가 아니었다. 그 돈을 갚아 주어야 집에 올 수 있다니 갚아 준 것뿐이었다. 기분은 고약했으나 기분 따위에 비중을 둘 계제가 아니었다. 그러한 그의 눈에 여자는 고약하기보다 한심하고 불쌍하게 보였다. 여자는 그저 단순하게 집으로 오는 길을 잃어버리고 엉뚱한 곳에 가서 집을 찾아 헤매느라고 흙투성이가 된 아이처럼, 자신이 거두어 주지 않으면 어디 가서 거지 노릇도 못할 무력한 인간으로 보였다. 여자는 이따금 그렇게 불쌍하고 무력하고 측은한 꼴이 되곤 했다. 가냘픈 생김새에 맹한 듯, 모자라는 듯 보이는 멍청한 표정이 그러했다.

공들여 화장을 하고 머리 모양에 마음을 쓰고 세심하게 고른 값진 옷을 날아갈 듯이 차려입을 때는 영화배우 이상으로 화려하고 어여쁘게 돋보이는 용모지만 정반대의 초췌한 모습으로 보일 때도 적지는 않았다. 화장을 하지 않고 칙칙한 빛깔의 낡은 옷을 아무렇게나 걸치고 길게 늘어진 생머리를 질끈 묶으면 가냘픈 탓인지 작지도 않은 키까지 납작하게 줄어들어 보일 만큼 초라한 꼴이 되는 것이다. 없어진 것을 찾아올 때는 한결같이 그러한 초라한 꼬락서니였으므로 집을 잃은 아이 같은 느낌을 주곤 한다. 유난히 큰 눈망울에는 겁을 잔뜩 집어먹은 불안한 빛이 보는 사람까지 불안한 감정을 옮게 한다. 지금도 별로 다르지 않다. 쌍꺼풀이 없어 눈꼬리가 약간 쳐진 맥없이 큰 눈에는 선량해 보이는 검은 눈동자와 흰자위가 겁을 집어먹고 불안스럽게 떨고 있다. 그러나 그게 떨고 있는 게 아니라는 것을 이제 재민은 분별한다. 전에는 속았지만 이제는 속지 않는다.

"대체 어디까지 갈 생각이야? 툭하면 나가서 없어지던 것도 모자라서 집안을 풍비박산을 만들어야 하겠어? 양쪽 집이 다 엉망이 되었어. 말을 좀 해봐. 이번에는 그렇게 꿀 먹은 벙어리로 얼렁뚱땅 넘길 생각은 하지 말아. 불만이 있으면 얘기를 하고 이유가 있으면 돼. 왜 툭하면 말없이 집을 나가서 함흥차사가 되었는지, 왜 그 많은 돈이 필요했는지, 집이 날아가도록 숨긴 이유가 뭔지, 정말 혼자 저지른 일인지 말해 보라구."

여자는 벌겋게 부은 눈만 멀뚱거릴 뿐 무슨 대답을 어떻게 해야 하는지 알지 못하겠다는 듯 덤덤하다. 남자가 묻고 있는지도 헤아려지지 않는다는 얼굴이다. 왜 불만이 있어야만 집을 나가는 것이라고 생각하는 것인가. 그냥 아무 불만이 없어도, 아무 이유가 없어도 사람이란 숨을 쉬듯이 그렇게 움직일 수 있고, 움직이다 보면 행위가 되지 않는가. 걷다 보면 집에서 멀어지고, 먼 곳에서 지내다 보면 집을 나간 것이 되듯 움직임의 결과가 가져오는 행위의 과정을 사람은 모두 설명할 수 있다는 말인가. 왜 그것을 반드시 설명해야 하는가. 그냥 설명 없이 살면 안 되는가. 사람은 설명할 수 있는 부분보다 설명할 수 없는 미지의 부분을 더 많이 가진 존재 아닌가. 그렇게 항변을 하고 있는 얼굴로 보이기도 한다.

여자는 처음 백화점에서 도무지 이해를 할 수가 없는 그러니까 무엇에 소용이 될 물건도 아니고 값이 비싼 것도 아닌, 있어도 그만이고 없어도 그만인 몇 푼 되지도 않는 종이꽃을 훔치다 들켜서 잡혔고, 재민이 연락을 받고 데리러 갔을 때 그런 비슷한 사실을 늘어놓았다. 그때는 지금처럼 여자의 증세가 심각한 걸 모를 때였다. 따라서 재민이 여자의 그 푼수 같은 짓거리에 넌더리를 낼 때도 아니었으므로 당연히 내외 사이에 절벽 같은 장벽이 가로 놓여 있지도 않았다. 그래서 여자는 그야말로 귀신이 볍씨 까먹는 소리 같은 얘기를 잘도 조잘거릴 때였는데 한심하고 기막힌 것은 그 시절에는 재민에게 여자의 그 미친 소리들이 그럴 수 없이 매력적으로 들렸다는 사실이다. 어이없는 일이지만 그건 뒤집을 수 없는 명백한 사실이다. 재민은 여자의 요설에 현혹당했고 감수성이 메마른 자신과는 달리 감수성이 풍부한 사람은 그럴 수도 있으려니 믿었다.

"백화점을 돌다 보면 있지 가지고 싶은 물건을 보게 되고 계속 백화점을 돌다 보면 그 물건이 가방 안에 들어와 있을 때가 있걸랑. 근데 그것이 값을 지불하고 산 것인지 아니면 저절로 그 물건이 가지고 싶어 하는 사람을 알아보고 요술을 부려 가지고 들어와 있는 것인지 헷갈린다구."

고개까지 갸웃거리면서 연극 대사 외듯이 조잘거리고 여자가 배시시 웃으면 얘기 내용이 이치에 닿는지 안 닿는지 분별이 안 되는 채로 그는 그저 여자의 그 웃음에 홀려 여자가 조잘거리는 말을 액면 그대로 믿곤 했었다. 여자는 그런 종류의 구름 잡는 소리를 아주 그럴듯하게 아무리 그른 소리라도 듣는 사람은 옳은 소리로 착각하게 만들만큼 사람을 홀리는 데가 있었다. 아니 대부분의 사람들은 속아 넘어가지 않을 것이다. 아마도 홀려서 속아 넘어가는 것은 이 세상에서 재민 한 사람과 인감도장을 위조해 준 동사무소 직원과 담보 없이 대출해 준 지점장과 돈을 떼어먹힌 사람들 정도일 것이다.

신혼을 지내고 주부 티가 날 무렵 그녀는 아주 늦게, 새벽이 되어 들어온 적이 있었고 그것이 시작이었다. 늦게라도 들어온 것은 다행이고 전화 한 통 없이 외박을 하는 일이 생기더니 뒤늦게 장모가 전화를 하거나 데리고 오는 일로 발전이 되었다. 자주 발생하는 일이 아니어서 집안이 어지간히 소란하도록 어른들이 걱정을 하고 잠을 설쳐도 일단 여자가 돌아오면 언제 그랬더냐 싶게 조용해졌으므로 그도 가족들도 그 일을 문제 삼지는 않았다. 긁어 부스럼을 만들 이유가 없을 만큼 여자는 재민에게도 시부모에게도 회사 동료들이나 동네와 이웃주민들, 재민의 친구들에게도 잘했고 살림 역시 과히 나무랄 데가 눈에 뜨이지 않았다.

특히 누구나 여자를 좋아할 수밖에 없는 이유는 입 안에 든 혀처럼 움직여 주는 엽엽함 외에 음식 솜씨가 남다르다는 점이었다. 여자는 힘도 안 들이고 그렇게 맛있는 음식을 잘 만들었다. 손놀림이 재고 빨라서인지 여자는 무슨 음식이든 수선을 떠는 법 없이 조용히 맛있게 만들었다. 다만 정리를 한다든가 청소를 하는 일에는 젬병이어서 일쑤 놀림거리가 되었지만 세상에 결점 없는 사람은 없는 법이므로 여자의 정리할 줄 모르는 성격은 흉이 아니었다. 청소쯤이야 파출부가 대신 할 수 있는 일이기도 했다.

가끔 소리 없이 나가서 없어져 버리는 병통만 아니라면 아내는 천사와 다름이 없었다. 그 소리 없이 나가서 없어져 버리는 병통도 초창기에는 아내의 얘기를 들으면 아무 문제가 아닌 듯했었다.

"산책을 하다 보면 어딘지 모르는 곳을 걷고 있는 걸 발견하게 되고, 그러면 그곳이 어딘지 알기 위해서라도 모르는 사람하고 이야기를 하게 되고, 이야기를 하다 보면 모르는 사람이 아는 사람이 되잖아. 그럼 그 사람하고 사귀고 싶어지고 사귀느라고 시간이 걸리고, 자연히 집에 돌아갈 시간이 늦어지기도 하고 잊어버려 지기도 하는데 그것이 나쁜 일이야? 찾으러 오지 않아도 집에 가야 한다는 것을 생각해 내면 돌아가게 될 터인데 돌아가려고 생각하고 있을 때 찾아와 가지고 정신이 있냐, 없냐, 어디를 헤매고 돌아다니 것이냐? 굉장한 죄인처럼 몰아세우면 정말로 내가 큰 잘못을 저지른 죄인이 된 것 같아서 죽고 싶어진다구. 당신은 내가 죽기를 바라? 죽기를 바라는 건 아니잖아."

여자가 그렇게 말하면 여자의 그 어질게 보이는 눈매와 복스러운 코와 애교스러운 입술에 떠오르는 미소가 아름다워서 감히 여자의 말이 정신 나간 소리라는 걸 깨달을 수가 없었다. 여자의 말은 콩을 팥이라고 하면 그 콩이 당장 팥으로 바뀌어야 할 만큼 그렇게 사람을 홀리곤 하였다. 그 사람 홀리는 미소와 아름다움과 입 안에 든 혀처럼 사람의 비위를 잘 맞추는 애교스러움에 이 여자가 때때로 심상치 않은 증세를 보이는 정신질환자라든가 가치관이 잘못되었어도 한참 비뚤어진 문제의 여성이라는 생각은 할 수가 없었다. 아니 여자는 결코 문제만을 가진 것이 아니었다. 여자가 가진 여러 가지 좋은 점에 비한다면 여자의 이상한 증상을 문제라고 할 수는 없을지 몰랐다. 여자가 재민에게 기억된 것은 사우 야외 소풍날이었다. 여자는 노래를 불렀는데 하필이면 재민이 그 앞에 있어 여자의 눈은 노래 부르는 내내 그에게 고정되어 있었다. 여자의 눈이 검은 동자가 많아서 꽤 예쁘고 얼굴도 미인 축에 든다는 것은 나중에 안 일이고 당시에는 자신에게 고정되어 움직이지 않는 눈이 애처로웠다. 그가 시선을 비키면 간신히 이어지고 있는, 어지간히 못 부르는 노래가 끊겨버리고 그러면 그 눈은 울어버릴 듯이 여겨졌다. 그 담담한 듯한, 무표정한 듯한, 슬픈 듯한 표정도 마음에 걸렸다. 그리곤 잊었는데 복도에서 마주치게 된 여자는 당돌하게 중매를 서겠노라고 하였다.

여자는 재민의 마음을 들여다보기라도 한 듯이 대답도 하기 전에.

"감히 경리직 여사원이 차장님께 중매를 한다는 게 언짢으신 건 아니겠죠? 차장님이 화통하신 분이라는 건 회사가 다 알기 때문에 말씀드리는 거예요. 외국에서 돌아온 친구인데 차장님하고 꼭 어울릴 거예요."

그러며 준비라도 해둔 것처럼 날짜와 시간을 말했다.

아첨이 섞였건 진심이건 칭찬에 약한 것이 인간의 공통된 약점이어서 화통한 사람이라는 말을 들은 재민은 여자의 말에 따라 지정해 주는 날짜의 지정된 시간에 지하 다방으로 내려갔고 규수를 소개받았다. 그 규수는 출중해 보였으나 별 느낌이 없었다. 여자는 차장님하고 어울리는 재원이라고, 집안도 좋고 학벌도 좋고 머리도 좋다면서 자리를 마련했는데 정작 가까워진 것은 규수가 아니라 그 여자였다. 그들의 혼인은 순조로웠다고 할 수 없어도 어느 부부나 크고 작은 문제들을 양보도 하고 체념도 하면서 받아들이듯이 평범하게 진행되었다. 은옥이 여상 출신의 경리 아가씨, 그것도 원호 가족이어서 특채가 된 경우라는 것이 좀 껄끄러웠다.

달동네 나물장사 과부댁 딸이라는 것보다도 고교 졸업이라는 학력이 가장 많은 반대를 받았다. 그 점은 재민도 담담히 지나치지는 못했다. 그러나 원호 가족인 은옥은 독립 유공자의 딸이었다. 대부분의 애국지사 가족들은 가장이 애국운동을 하는 동안 제대로 먹지도 못하고 입지도 못하고 배우지도 못했듯이 은옥 역시 그러했다. 은옥의 부친은 독립운동을 하느라고 중년이 되도록 결혼을 하지 못한 홀아비 노총각으로 늙어가다 늘그막에 30년 가까이 아래인 은옥의 어머니와 맺어져 남매를 두고 타계한, 국립묘지에 잠들어 있는, 귀에 설익지 않은 이름의 유공자였다. 그 사실은 집안의 반대를 무마시켰다. 물질적 형편의 차이가 장애 요소가 아니라면 학력도 마찬가지라는 논리가 독립 유공자의 핏줄이라는 후광을 업고 성립이 된 것인지는 몰랐다. 생존해 있으면 구십이 넘은 은옥의 부친과 환갑 나이의 모친이 제대로 된 부부인지 혹 후처는 아닌지 하는 별것도 아닌 것이 화제가 되고 어른들은 성씨의 본이 양반인가 아닌가까지 따지려 들었으나 그것이 결혼을 좌지우지할 수는 없었다.

그는 명문대가라는 말을 들으면 실소를 하게 된다. 양반과 상민이라는 것도 다르지 않다. 조상이 정권을 잡는 여당 쪽이었으면 양반이 되고 옳은 주장을 하다가 정치적 음모에 말려들어 밀려나 죄인이 되었으면 그게 바로 상민이었다. 뼈대가 어떻고 핏줄이 어떻고 하는 한가한 얘기는 역사나 설화로는 흥미롭지만 그 이상도 이하도 아닌 것이다.

껄끄러운 것은 또 하나 있었다. 아무리 작은 중소기업이지만 재민이 곧 은퇴할 사장의 아들이며 창업주의 손자라는 것은 회사 안에 잡음을 많이 뿌렸다. 신분 상승, 신데렐라, 미모 등의 언어들이 어지럽게 날아다녔고 신분 상승을 노린 무서운 여자아이의 계획적인 접근에 백마를 탄 기사가 말려들었다는 공공연한 소문은 실소 아닌 폭소를 터뜨리게 했다.

은옥은 결코 신분 상승을 노리고 계획적으로 접근을 할 무서운 아이가 아니고 재민은 또한 백마를 탄 기사일 수가 없었다. 그는 그 모든 것들을 시간에 맡겼고 시간은 오해를 잠재우는 듯했다. 그의 할아버지가 세운 전자 부품을 생산하는 공장은 가내 수공업을 면한 수준의 작은 기업일 뿐이었다. 사원이 생산직 합해서 이, 삼십여 명일 때는 규모는 작았지만 분위기도 가족적이었고 실속도 있었던 것으로 부친은 전했다. 그러나 회사란 작건 크건 만들어져서 굴러가기 시작하면 어쩔 수 없이 커지기 마련이고 그러다 보면 세금 때문에라도 주식회사가 되어야 하고 이제 생산직 관리직 합해서 백여 명의 사원들이 매달려 사는 회사는 가까스로 적자를 면하는 정도라 해도 어느 개인의 것일 수는 없는 노릇이었다. 재민이 그림 쪽으로 나가지 못하고 경영학을 전공해서 가업과도 같은 회사 일에 종사를 하고 있는 것은 일이 재미있어서도 아니고 효자이어서도 아니었다. 사람이 과연 하고 싶은 일만을 선택하면서 살 수 있는 것일까. 형이 외국으로 가버리고 공부에 취미를 가졌던 아우가 학문을 하고 싶어 하는 중에 부친의 일을 물려받을 사람은 자신밖에 없어 재민은 그 길을 따랐다. 그렇게 살면서 시간에 쫓기고 폭주하는 일에 쫓기다 보니 때로 자기가 사람인가 기계인가 싶었다. 그것을 달래는 길은 그의 형편으로는 운동도 되고 사교도 되는 골프였다.

은옥과 혼인하게 된 것도 그로서는 삶의 순리를 따른 것뿐이었다. 학교에서는 학과가 그러해서인지 그 시절만 해도 여학생이 별로 없었으며 중매로 들어오는 혼처들은 마음이 내키지 않을 때였다. 누가 보아도 기우는 혼사라는 지적을 받을 때는 은옥의 아버지가 독립 유공자라는 사실이 방패막이가 되고 그는 그 모든 것을 순리라고 생각했었다. 은옥의 어머니가 나물장사로 남매를 키웠으며 은옥의 오빠가 미장공이라는 것은 무언지 몰라도 자신의 선택이 나쁘지 않은 듯한, 사람은 살면서 중요한 고비에 주판알 따위를 튕겨 보지 않는 순수성을 잃지 않아야 한다는 은근한 자부심이 있었다.

나이는 별로 차이 나지 않았다. 재민이 입사하면서 바로 차장을 단 탓이었다. 그리고 그 혼인은 꽤 감동적인 케이스로 보였고 재민도 그렇게 알았다. 은옥은 예쁘고 귀엽고 신비스러운 여성이었으며 튼튼히 땅을 디디고 사는 사람으로 보였다. 나비나 새처럼 아무 데나 자유롭게 날아다니면서 살고자 하는 몽상가의 증상은 보이지 않았다. 여자는 아내로 한 아이의 어미로 며느리로 주부로 정착이 되어 가는 듯한 무렵부터 달라졌다.

외출을 했다가 새벽에 들어온 것이 시작이었다. 그것이 잊을 만하니까 외박, 다음은 가출, 그리고 도벽, 화투, 술, 춤, 마치 사춘기 아이들의 호기심 순례 같아서 그것이 어떠한 질병이나 의식적이고도 계획적인 모험이라는 생각은 할 수가 없었다. 재민의 삶을 근원적으로 흔들거나 파괴할 심각한 증상의 전조라는 생각도 하지 못했다. 항상 눈앞에 벌어진 일을 수습하느라 생각 따위를 진지하게 해볼 겨를이 없기도 했다.

무슨 사고를 당했나, 무슨 일이 일어났나 하는 걱정으로 시작되어 무엇이 잘못인가, 어디가 잘못되었나, 한탄을 하고 나중에는 반드시 창피해서 어떻게 하나, 사람들의 수군거림과 비난을 어떻게 감당해야 하는가 따위의 조금도 중요해 보이지 않는 일에 덜미를 잡히고 그 체면이라는 것이 결코 조금도 중요하지 않는 일이 아니었음을 절감하면서 여자가 어떤 사람인가, 진실로 어떤 인간인가는 거의 생각하지 않았다.

거기까지는 재민 한 사람의 문제이기도 했다. 아니 마음고생은 어머니도 하셨고 남의 아이가 아닌 자신의 딸아이가 어머니를 두고도 할머니하고 더 많은 시간을 보내야 했지만 거기까지는 참을 만했다.

다음에 여자가 저지른 사건은 그의 뒤통수를 치고 심장을 찢었다. 몽상가에 가까운 것이 병통이라 생각한 여자가 엄청난 돈 사고를 낸 것이었다. 여자는 잠적을 했고 갑자기 빚쟁이들이 들이닥쳤다. 집은 담보로 들어가 있었다. 사태를 알지 못하는 채로 본인이 없는 자리에서 아무것도 모르고 집 앞 대로변에 있던 건물이 차압을 당하고 집에 딱지라는 것이 붙여질 때는 혼비백산을 안 할 수가 없었다. 부친이 혈압으로 쓰러지고 가족들이 아우의 집으로 피신을 하고 변호사를 불러서 사태를 파악하기까지는 지옥이 따로 없었다.

"이해를 할 수가 없어. 왜 그런 어마어마한 돈이 필요했지? 대체 왜 그랬어? 왜 하필 돈놀이였냐구?"

걸터앉았던 상체를 침대에 눕힌 채 팔을 깍지 끼고 베고 있던 그는 나직이 중얼거리듯 말했다. 여자가 베개를 들고 와서 재민의 팔을 빼고 베개를 베어 주려는 것을 그는 가벼이 밀어냈다.

"장모님 핑계는 대지 말아. 친정어머니에게 상가아파트 한 채 얻어 드리고 싶은데 시댁 식구들 모르게 하느라고 그런다고, 아무에게도 말하지 말아 달라고 앞집에도 옆집에도 뒷집에도, 성당의 교우들한테도, 미장원, 약국, 슈퍼마켓, 은행, 사채 회사에까지 그랬다면서, 아니 캐나다에 있는 형이 교통사고를 당해서 돈을 보내야 하고, 조카가 신장투석 때문에 정신없이 돈이 들어가서 그러니 빌려 달란다고 하고, 핑계를 대도 어떻게 그렇게 교묘할 수가 있지, 캐나다에 사는 형이 교통사고 당한 것, 조카가 신장투석 하는 것, 그 우환까지도 당신은 돈 놀음의 명분으로밖에는 안 보였던가 보지."

재민은 제풀에 말을 그쳤다. 이미 지나간 소용없는 일이다. 장모라는 언어를 입에 담기 싫고 다른 말들도 그러하다.

회사를 넘겨야 했을 때 중역들은 혀를 차며 국립묘지에 누워 있는 분이 벌떡 일어날 일이라고 했다. 독립 유공자의 딸이 어떻게 그럴 수가 있느냐는 것이었다. 주식을 넘기고 재민 부자와 간부 중역들이 그만두는 선에서 다른 사원들에게는 피해가 가지 않도록 최소한 회사만은 살리는 방법을 모색했으나 회사는 넘어간지 몇 개월 안 되어 이름이 바뀌었다. 뇌졸중을 일으켰던 부친은 회복 기미를 보이다가 넘어간 회사가 이름을 바꾸었다는 소식에 다시 혼수상태에 빠지고 회생하지 못했다. 한 집안이 거덜나기까지 결코 긴 시간이 필요하지 않았다. 파산이 어떤 것이며 패가망신이 무엇인가를 재민은 속속들이 겪어야 했다.

그 외에도 그는 걸어 다니거나 앉아 있거나 잠자리에 들거나 저런 병신, 마누라 하나 건사를 못해서 회사를 날리고 그래도 정신 못 차리고 마누라만 찾아 헤매고 있는 밸 없는 등신이라는 손가락질을 언제나 뒤통수에 달고 다녀야 했다. 귓속에서는 벌레가 기어다니듯 마누라 하나 건사를 못하는 육신 멀쩡한 등신이라는 말이 윙윙거렸다.

“입이 열이라도 할 말이 없어요. 미안해. 마 여사가 아르헨티나로 도망을 칠 줄은 몰랐어. 내가 지명 수배만 받지 않았어도, 출국금지 당하기 전에 빠져나가기만 했어도 이 지경이 되지는 않았을 거야. 내가 끌어모은 것도 많지만 내가 받아야 할 건 그 이상이야. 계산상으로는 집이 날아갈 일이 아니야. 내가 이혼 청구를 왜 했는데, 회사를 건지려구 이혼 각오까지 했어. 당신한테 피해 안 가게 하려구. 그래서 말도 없이 집을 나왔고 인감을 위조하는 간 큰 범법 행위도 했어. 그냥 법적으로 처리했으면 건물 하나로 해결될 일이었어. 미쳤지, 당신이 왜 내 빚을 떠맡아 가지구 일을 이 지경으로 만들어?

당신네 식구들은 사람들이 너무 한심해. 어떻게 겁 없이 회사를 넘겨? 회사는 지켜야지. 회사가 무슨 상관이 있어? 그러니까 결혼을 하고 내가 회사 그냥 다니면 안 되냐고 사정했잖아. 내가 그냥 회사에 다녔으면 절대로 회사 넘어가도록 하지는 않았어. 그 여자들이 나한테 준 돈은 주식을 처분해서까지 갚을 필요가 없는 돈이라구. 알겠어? 이자로 그 여자들이 받아간 게 얼만데 그래? 그 여자들은 이자를 받으려고 자기들이 자진해서 나한테 돈을 맡겼단 말이야."

"입 다물어. 그걸 지금 말이라고 하는 거야? 모르는 사람도 아니고 대개가 아는 이웃들이었어. 삼십 년 함께 살아온 동네 사람들이야. 그걸 내가 안 그랬으니까, 아내라는 여자가 한 짓이니까, 우리는 모르는 일이고 이미 이혼 소송에 걸린 여자는 도망가 버리고 없으니까 모른다. 그렇게 잡아떼라는 말이야? 그리고 뻔뻔스럽게 얼굴을 들고 살라고? 아닌 게 아니라 이게 여자들 사이에서 오가는 돈의 액수인가. 자재비도 아니고, 물품대금도 아니고, 인건비도 아니고 빌리자, 꾸자 그런 명분으로 오가는 돈의 액수인가 놀랄 수밖에 없는 액수를 빚이라고 벌떼처럼 악다구니를 치며 달려드는 여편네들 속에서 빌리는 것을 본 것도 아니고 무슨 증거가 있는 것도 아니고, 황당했다. 차용증이니 보관증이니 가지고 있는 이들은 문제가 없었어. 담보를 잡은 사채 회사가 인감이 위조였다는 사실로 패소를 해서 당신을 고소한 것하고 성당 교우들,

동네 사람들, 아무 증거가 없는 채권자라는 사람들의 경우는 처리를 하고 싶어도 방법이 없었어. 이혼은 판결이 났지. 이제 내 쪽에서 그 판결증서를 가지고 본적지에 신고만 하면 끝이야."

재민은 침을 삼켰다. 나는 당장 그렇게 끝내고 싶다고 말해 주고 싶었다. 정말 그러고 싶었다. 여자에게 정나미가 떨어졌고 화가 나고 죽지 않을 만큼 갈겨 주어도 화가 풀리지 않을 것 같았다. 그러나 그럴 수도 없었다. 집안의 아무도 그에게 그걸 강요하지 않았다. 어머니는 신앙 때문에 용서해야 한다고 차마 못 볼 정성으로 기도하며 모든 걸 견디고 그래도 아이 엄마라는 걸 강조했지만 그러는 분은 어머니뿐이었다. 장모도 처남도 제 아버지 이름에 먹칠을 한, 그런 없으니 만도 못한 계집은 잊으라고 하였다. 버리지 말아 달라는 부탁을 할 염치조차 없다는 것이었다.

그런데 그는 그게 되지 않았다. 혼인을 작정할 때도 비슷한 연민이 있고 그 연민이 혼인을 밀고 나가게 했었다. 그 보이지 않는 힘 같은 것을 거스르고 싶지 않았었다. 정신을 못 차릴 일을 당하고도 뒷수습을 하면서도 또한 서울 한 동네의 유지였던 신분을 버리고 신도시의 아파트로 나가서 조그만 개인사업을 시작하는 한편으로 여자를 수소문해 찾으면서도 그는 마음을 정하지 못했다. 이혼 판결문도 서랍에 들어 있는 채였다. 정해진 시간에 신고를 하지 않으면 그들은 다시 부부로 돌아갈 것이다. 여자에게 내려진 지명수배도 시간이 지나면 시효를 잃게 될 것이다. 그는 그것을 기다리는 것일까. 자신의 마음이지만 알 수가 없다. 그야말로 간 큰 일을 저질러 놓고 잠적한 여자가 어디 가서 마음 잘못

먹고 잘못된 것은 아닌가 걱정이 되었다. 울화통이 터지면서도 이해할 수 없는 채로 연민은 사라지지 않았다. 그리고 여자에게서 연락이 온 것이었다.

"약초 재배를 하는 지리산 기슭의 농가에 몸 붙여 살고 있어. 걱정하지 않아도 되요. 청량리역으로 나와요."

그 전화를 받고 열차가 도착한다는 시간보다도 족히 30분쯤은 일찍 나가서 기다려 그 호세아의 아내와 비슷한 여자를 만난 것이었다.

여자가 다시 울기 시작했다.

"이해해요. 이해하고도 남아. 내 꼴을 보기도 싫을 거야. 입이 열인들 무슨 말을 할 수 있겠어. 아이가 보고 싶어. 내가 잘못이야."

이상하게 여자의 울음소리는 서럽게 들리지 않았다. 여자의 울음소리가 가증스럽게 들린다고 생각하는 순간에 재민의 입에서 흐느낌이 터져 나왔다. 그는 서럽게 서럽게 흐느꼈다. 나직한 울음은 오래 계속되었다.

"다시 시작하자. 몇 년 만 꾹 참고 기다리면 되겠지. 지나간 몇 년도 견디었는데 나머지 몇 년을 못 견딜 이유가 뭐겠어. 몇 년이 더 지나가면 젊음이라는 것에서는 멀어져 있겠지만 상관없잖아."

"새로 시작했다는 사업은 어때? 전망이 괜찮아?"

"어차피 지금 세상에 대한민국에서 밥 못 먹어 못 사는 사람은 없어. 정원에 나무를 심고 못 심고, 정원이 있는 집에서 사는가, 아파트에 사는가, 내 집에서 사는가, 셋집에서 사는가, 티코를 굴리는가 그랜저를 굴리는가, 그런 게 다를 뿐이야, 땀을 흘리면서 남에게 피해 안 주고 살기만 한다면 그건 전망이 괜찮은 거겠지."

"그건 내가 땀 흘리고 사는 사람들에게 피해를 주었다는 뜻이야?"

재민은 대답하지 않았다. 그는 얼굴에 남아 있는 눈물의 흔적을 닦아내고 목욕탕으로 들어갔다. 그가 몸을 씻고 나왔을 때 여자가 욕실로 들어갔다.

문을 두드리는 소리가 들리고 양장피 잡채와 탕수육과 고량주가 날라져 왔다. 재민이 몸을 씻는 동안 여자가 주문한 모양이었다. 침대 건너편 탁자에 놓인 음식 냄새에 그는 허기와 구역질을 동시에 느꼈다. 뒤미처 울화통이 치밀었다. 그는 음식들을 뒤집어 엎어버리고 싶은 충동을 느꼈다. 사람은 어디까지 거칠어질 수 있는 것일까. 그는 자제했다. 사소한 모든 충동들, 강렬한 모든 충돌들은 일단 자제하고 보아야 한다는 식의 감정 조절 능력은 언제쯤부터 길러진 것일까. 타고난 성미일까. 언제나 온화한 아버지와 어머니의 영향일까. 신앙심이 돈독한 어머니의 철들기도 전부터의 가르침이었을까.

그는 음식은 별로 들지 않았다. 고량주를 몇 잔 마셨을 뿐이었다. 허기증도 구역질도 울화통도 그의 머릿속에서 숨을 죽이고 있었다. 여자는 잘 먹었다. 아마도 지리산 기슭의 약초를 재배하는 농가에 몸을 붙이고 사는 것이 거짓이 아니라면 여자의 사치스럽고 입이 짧은 식성은 많이 굶주려 있을지도 몰랐다.

여자의 볼에 술기운이 발갛게 물들어 있는 모양이 창녀의 아름다움인지 모르겠다고 생각하면서 재민은 침대에 등을 기댄 채 눈을 감았다. 더운 입김과 술 냄새와 오래도록 익숙했던 체취가 그의 몸을 감아왔다. 그는 자신도 모르게 벌떡 일어섰다가 여자의 눈에 지나가는 날카로운 빛에 찔린 듯 주저앉았다. 눈꼬리가 처져서 전혀 날카로움을 느낄 수 없던 여자의 눈빛은 매우 낯설었다. 여자가 그와 사이를 두고 탁자 앞에 놓인 의자에 앉았다.

그는 여자의 손을 잡았다. 구역질이 나고 울화통이 솟구쳐도 이미 여자와 갈라서기를 단념하고 받아들이기로 결정했다면 감정의 반란을 눌러야 했다.

어떻든 그들은 아이를 가진 아직은 호적이 갈라져 있지 않은 부부이며 재민은 여자에게 그 결정을 전하려는 목적을 가지고 있었다.

여자에게 구토와 혐오감을 눈치 채이지 않으려 노력하며 재민은 술기운을 빌어 내외 사이의 일을 끝냈다.

밤은 더디 갔다. 여자가 잘 잤는지 거의 뜬눈으로 몸도 함부로 뒤채지 못하면서 어렵게 밝혔는지는 알 수 없었다. 재민이 잠이 들지 않은 채로 몸을 뒤채고 싶은 것은 여자가 깰까 봐 참았듯이 여자도 그랬을 수도 있고 어쨌건 기차를 타고 먼 길을 왔다면 고단해서 잠이 들었을 수도 있는 일이었다.

"다음엔 집으로 오도록 해. 서울도 아니고 경기도 신도시인데 무슨 일이야 있겠어. 일 년에 한 번씩이라도 올라올 수 있으면 그렇게 다녀가는 것이 낫지. 아마 친척들 간에는 쉽게 받아들이지 못하는 경우도 있을 거야. 그런 각오를 해줘."

"나 당신 그만 만날까 해."

"무슨 말이야?"

"나는 용서 따위를 받아야 하는 죄인이 아니야. 용서 따위 받을 만큼 잘못하지 않았어. 아니 용서하겠다고 써 붙인 당신 얼굴 보는 게 역겨워. 당신 혼자 용서하고 당신 혼자 위대한 아량을 베풀라구. 나하고는 상관없는 일이야. 나는 당신이 싫어. 당신네 식구들 전부 싫어. 처음부터 그랬어. 돈 좀 있는 집에서 거지를 며느리로 맞았다는 식의 그 배부른 아량, 나 이제 안 참을 거야. 난 거지가 아니야. 나에게도 내 생활이 필요했어. 일이 이렇게 되어서 내가 죄인이 되었지만 누구에게나 실수가 있고 실패가 있어. 당신이나 당신 가족들은 항상 그랬지. 거지에게 적선을 베푼다는 식으로 나를 대했어. 나는 용서받을 일 없어. 그 용서하겠다는 얼굴 집어치워. 사실은 당신이 나에게 용서를 빌어야 해. 당신이 돈 좀 있는 집에서 태어났다는 것으로 얼마나 많은 사람에게 보이지 않는 상처를 입히고 얼마나 많은 사람을 당신이 무시하며 짓밟아 왔는지 생각해 본 일이나 있어? 내가 그걸 당한 대표적인 예야. 그러니까 용서하네 사랑하네 그러지 말어. 그렇군, 이 세상에는 용서를 받을 사람은 한 명도 없을지 몰라. 모두 누군가에게 용서를 베풀겠노라고, 모두 피해만 당하고 죄지은 사람은 없어 용서해 줄 준비만 하고 사는 사람들뿐인지도 몰라. 재미있군, 모두가 용서를 해주겠다는데 용서를 받을 사람은 한 명도 없다는 건 뭐야. 이 세상에는 죄인은 없고, 천사들만, 아니 선량한 신들만 살고 있다는 얘기가 되는 건가. 재미있다. 재미있어."

여자의 웃음소리가 허공으로 날아가고 있었다.

날이 밝아오고 있었다. 조금씩 검은 어둠의 뭉치들이 사라져 가고 희끄무레한 빛이 허공으로 스며들고 있었다.

재민은 여자를 내버려둔 채 밖으로 나왔다. 날이 밝아오는 대기에는 시간의 도도한 속도가 잠시 얼굴을 드러내고 있었다. 어둠이 고여 있던 공중에 전선과 전봇대와 건물들이 형태를 드러내고 있었다.

＊ 소설 후기

사람이 사람을, 자기 자신까지 포함해서 얼마만큼 사랑할 수 있을까? 이해와 존중의 진정한 사랑이 과연 가능한 것인가. 사람은 저마다 사랑한다고 착각하는 것은 아닐까? 묻고 싶었습니다.

백학

박재희

1.
신딸

여행이란 묘한 데가 있다. 썰고 지지고 볶고 삶는 나날의 틀을 일탈하는 재미 이상의 어떤 것이 있다. 나이와 상관없이, 아니 나이가 들수록 오히려 들뜨는 게 여행의 본 면목인가 보다. 서랍과 통장을 정리하고 어려운 친지에게 약간의 뭉칫돈을 건네고 비행기를 탄 까닭을 달리 설명할 수는 없다. 유난히 길게 잠자리를 끄는 남편 냄새며 볼이 시원하도록 침을 묻히는 경은이의 입맞춤이 싱싱할 법한데 그 열 몇 시간 전 일이 이승과 저승의 거리만큼이나 아득한 느낌 역시 설명할 길이 없다. 신대가 어디로 넘어지든 무당의 뜻이 아닌 것처럼.

"달러, 달러 다이쩨!"

갑자기 아이들이 영서를 둘러싸면서 손을 내밀었다. 예닐곱 명이나 될까. 때 국물 흐르는 얼굴, 뻣뻣하게 갈라진 머리칼, 깡마른 몸매가 유치원 다닐 나이는 지나 보였다. 영서는 1달러짜리를 꺼내어 제일 큰 아이에게 주었다. 달러를 받은 아이가 튀자 아이들이 우우 뒤쫓아갔다. 가방을 드는데 서너 걸음 떨어진 곳에 한 아이가 눈에 뜨였다. 네 살 경은이보다 키는 크지만 더 앳되어 보였다. 오목조목 모인 눈 코 입에 비해 직사각형의 넓은 이마가 햇살이라도 되쏠 듯 맑았다. 지갑을 꺼내니 망부석처럼 움직이지 않던 꼬마가 미끄러지듯 다가왔다. 남편이 구해준 빳빳한 10달러짜리 지폐 역시 미끄러지듯 꼬마의 손으로 건너갔다. 순간 꼬마는 몸을 홱 돌려 아까의 아이들과 반대 방향으로 튀었다. 어느새 낌새를 챈 큰 아이들이 아직 걸음걸이도 안 잡힌 꼬마의 뒤를 좇았다.

"어린 거지에게 10달러라……. 실수하신 것 같습니다."

함 선생이 목을 빼고 아이들을 좇으면서 영서의 가방을 들어주었다. 큰 아이들과 꼬마의 사이가 좁혀지는가 싶더니 모두가 호텔 뒤로 사라졌다.

"신문 안 보셨습니까? 1년이면 200명의 아이가 부모 손에 살해되고, 거리에 버려진 애들 가운데 7천 명 정도가 자살한다잖습니까."

호텔 정문에서 회전문의 차례를 기다리는데 또 아이들이 모여들었다.

"달러 다이쩨. 다이쩨, 돈. 돈 주 세 오, 매덤."

아까의 그 아이들은 아니었다. 이마에서 네모난 햇살을 튕기던 그 꼬마도 없었다.

"가세요, 박 선생님. 일행에서 떨어지면 위험합니다."

호텔 뒤에서 꼬마는 큰 아이들에게 잡혔을까, 주먹질을 당했을까, 돈을 빼앗기지 않으려다가 다치지는 않았을까……. 상상에게 머리끄덩이를 잡힌 채 영서는 함 선생의 손이 가리키는 곳을 향했다. 모스크바 호텔 안은 밖보다 어두웠다.

2.
러시아 아리랑

"한글 교재 5천 권은 여러분에게 드리는 저희 전통연구회의 선물입니다(박수). 강습이 끝난 뒤에는 가야금, 장고, 북, 징, 단소 등 여섯 종류 114개의 악기도 모두 기증할 것입니다(박수). 브이티아르, 텔레비전, 영상시설과 음향시설 등 2천만 원대의 그러니까 약 3만 달러, 7억 루블이 넘는 전자제품도 한국인의 정신을 배우고 지키려는 교민 여러분을 위해 기증할 것입니다. 언제든지 여기 한국 문화원에 찾아오셔서 자유롭게 이용해 주십시오(우와아! 터지는 기립 박수). 그러면 내일부터 한 달 동안 여러분을 지도하실 선생님을 소개하겠습니다. 먼저 한국어의 박영서 선생님(박수), 단소의 최선호 선생님(박수), 무용의 김인애 선생님(박수), 민요의 남광희 선생님(박수), 그러면 마지막으로 세계 제일의 민요가수 남광희 선생님을 모셔 한 곡 청해 듣겠습니다. 남, 광, 희, 선생니임."

사회자가 오른팔을 벌려서 남광희를 소개했다.

"박수는 열심히 치는데 표정은 냉동 미라야. 내가 죽여줄까?"

이죽거리면서도 남광희는 만개한 모란꽃보다 더 화들짝한 웃음을 웃으며 무대 중앙으로 나갔다.

“반가워요, 반가워요, 반, 가아, 워, 요오오, 여러분을 만나서 반가워요, 아리 아리랑 쓰리 쓰리랑 아라리가 났네 에에, 아리랑 고개로 날 넘겨 주소오.”

두 팔을 벌릴 듯 말 듯 우쭐대며 밀양아리랑을 부르니 사방에서 박수가 쏟아졌다. 기다렸다는 듯 일어나서 어깨를 들썩이는 부인들도 있었다. 남광희는 그럴 줄 알았다는 듯 거침없이 다른 곡을 시작했다.

“……러시아 땅에는 친구도 많고…… 이내 가슴에는 사랑도 많다. 일 년 만에 다시 보니 좋아 못살겠네…….”

쿵덕 쿵더쿵덕 장구 소리가 민요를 받쳐주자 사람들이 하나 둘 일어서기 시작했다. 아주머니, 아저씨들, 할머니, 할아버지들의 팔다리가 오랜만인 듯 쭈욱 신바람을 내며 뻗었다.

“올해도 우리가 연주회를 할 줄 알고 사람들이 정장 차림으로 온 모양입니다.”

함 선생이 아니더라도 영서는 남광희가 혼자 판을 벌일 리 없다는 것쯤은 알고 있었다. 홍도 돈도 아니고 빚 때문에 뽑는 목소리, 거기에는 영서 몫도 있으리라. 무용의 김인애가 남광희의 짐을 덜어주러 객석으로 내려갔다. 그러자 그때까지 빼고 있던 열댓 명의 날씬한 여자들이 탄성을 지르며 김인애를 둘러쌌다. 까치걸음으로 원을 돌며 박수를 쳤다. 고려 무용단이라는 작년 제자들인가 보았다. 앉아 있기 멋쩍고 판에 낄 숫기도 온당찮은 사람들은

슬그머니 강당을 나갔다

"먼저 호텔로 간다고 전해주세요."

혼자 다니는 건 좋지 않다고 말리는 함 선생의 충고를 뒤로하고 영서는 문화원 강당을 나섰다. 현관을 향한 복도에는 쇼팽, 베토벤, 모차르트와 차이콥스키, 푸치니, 로스트로포비치의 대형 초상화가 슬라브 민족 특유의 엄숙한 표정으로 도열해 있었다.

바로 호텔의 회전문을 밀고 들어갔어야 했다. 그랬더라면 아무것도 보지 못했을 것이었다. 그랬더라면 나머지 29일의 일정도 뒤틀리지 않았으리라. 무엇엔가 머리끄덩이를 잡혀 호텔 뒤로 돌아갔을 때 이미 날이 어둑했다. 한여름이지만 호텔 뒤는 후텁지근하면서도 을씨년스럽고 축축했다. 나뒹구는 쓰레기통, 공사폐기물, 쓰다 남은 페인트 통이며 쥐 집이 된 지 오래인 소파들이 너절하게 널린 길 아닌 길의 중간쯤에서야 너무 많이 왔다는 자각이 들었다. 어두운 길을 되돌아가기엔 너무 멀고 그냥 가기엔 갈 길이 험해 보였다. 소파 옆을 지나다가 영서의 걸음은 자신도 모르게 멈추었다. 버린 가구인가 여겼던 물체가 움직인 때문이었다.

"아!"

그 웅크린 물체 앞에 놓인 또 하나의 물체, 달빛 속에서 직사각형의 넓이로 푸르스름하게 빛나는 이마…… 어제 저녁 미끄러지듯 다가오던 꼬마…… 물체가 일어나서 영서의 앞을 딱 가로막았다. 갑자기 영서를 껴안았다. 무서워서 울지도 못하고 기절할 것만 같은 영서를, 그 와중에도 이 남자가 살인자인가 치한인가, 치즈를 먹나 술 담배를 먹나, 오감을 여는 영서를 한 팔로 꽉 안고

서 남자는 소파 옆을 벗어났다.

"비스트로 바이죠(빨리 가요)!

낮고 굵고 빠른 목소리, 억누르는 듯한 숨소리, 쿵쾅거리는 고동소리가 그녀를 껴안았다.

"로스께 니스(러시아 말 몰라요), 캔 유 스피크 잉글리시(영어 알아요)?"

그녀가 용기를 내어 묻자 남자는 얼굴을 돌리고는 팔 힘을 풀고서 소파 쪽으로 사라져갔다.

"비스트로 바이죠."

어디서 들었더라, 솔음(音)의 목소리, 어디서 봤더라, 장대한 뒷모습, 꼬마는 살았을까 죽었을까, 남자는 거기서 무얼 하고 있었을까, 경찰에 알려야 할까 말까, 빳빳한 10달러 지폐는 어디 갔을까, 남자는 어떻게 생겼을까!⋯⋯ 침대에 누워서도 상상은 그녀의 머리채를 쥐어뜯었다. 감은 눈 속으로 탁본 한 장이 다가왔다. 푸르스름한 달빛을 되쏘는 꼬마, 경은이를 닮았다.

3.
골랴

신대가 넘어질 곳을 무당이 택할 수도 있다. 강신무가 아닌 세습무일 경우는 더욱 그렇다. 그럴 만한 처지의 사람, 가령 죽은 본처와 시앗 사이, 딸과 계모 사이, 전 남편과 새 남편 사이가 열에 아홉 찍으면 찍히는 관계 아닌가. 당신 탓이구만! 수북한 쌀을 흩

치며 떨던 신대가 피식 넘어진 쪽의 사람에게다 무강이 도끼눈을 뜨고 한마디 뱉으면 그때부터 그 사람은 산송장일 수밖에 없는 것이 굿판이다.

경찰이 꼬마의 엉망이 된 얼굴 사진을 보였을 때 영서는 솔직히 시인했다. 두뇌 타박상으로 인한 과다출혈이 사인이라니, 지난 밤, 지지난 밤, 머리채를 끄잡던 상상이 현실이 된 것이었다. 10달러를 준 것이 잘못임을 인정하고 그날 저녁 호텔 뒤에 간 일도 경찰이 목격자를 확보한 듯하다는 릴리의 통역에 시인할 수밖에 없었다. 호텔 뒤에서 본 것을 자세히 구술하여 릴리가 진술서를 썼고 영서는 해독 못 할 고대문자가 빼곡하게 꼬불탕거리는 종이에 서명을 했다. 물론 아이가 누워 있었다는 말에서 끝났을 뿐 덩치 큰 남자를 보았다는, 그가 그녀를 시신에서 밀어냈다는 말은 함구했다. 여권을 빼앗기고 범죄자 취급을 당하면서 경찰서까지 끌려갔다가 하루 만에 돌아온 것은 함 선생과 대사관 덕분일 터였다.

돌아오는 길에 왜 작년 환송회에서 '흰 눈 위에 피는 붉은 눈물꽃'을 이오네스코보다 더 잘 부르던 골라가 생각났는지는 모를 일이었다. 영서는 운전사 골랴를 의심할 수밖에 없었다. 목소리가 그 남자와 같은 음정(音程)이라는 것과 문짝만 한 덩치가 그 남자와 어슷하다는 것과 술 담배를 안 먹는다는 이유에서였다.

그 뒤로 제 정신일 수가 없었다. 어금니로만 뜯어지는 빵, 너무 진한 발효 우유, 말린 말고기와 양고기가 처음이 아니지만 먹을 수가 없었다. 누룽지도 라면도 구경만 할 뿐, 화장실에 가도 앉았다만 올 뿐, 앞뒤가 꽉 막힌 모양이었다. 다이어트 하느냐고 남 선생은 놀렸지만 그녀는 전혀 농담하거나 웃을 기분이 아니었다. 눈만 감으면 탁본 속의 꼬마가 피를 흘리며 다가왔다. 현실 속의 친절한 골랴가 꿈속에서는 그녀의 목을 졸랐다. 어떻게 나머지 날들을 보내나, 무사히 남편과 아이들 곁으로 돌아갈 수 있을까, 선잠을 깨면 허깨비처럼 수첩 속의 달력만을 발라볼 뿐이었다.

함 선생님은 강습이 끝나는 저녁마다 볼거리와 먹을거리와 살거리를 마련했다. 뾰족한 병풍 모양의 모스크바 대학, 금방 눈이라도 끔벅일 것 같은 붉은 광장의 레닌 시선, 아직도 수리 중 이어서 웃돈을 받아야만 황금갑옷을 보여주는 금 박물관, 아이 엄마로서는 도저히 볼 수 없는 서커스단의 곡예……. 허나 영서로서는 따라다니는 것만으로도 고문당하는 격이었다. 12인승 봉고차에 타면 어김없이 골랴의 억누르는 듯한 숨소리가 들리고 치즈 향이 맡아지고 팔 힘이 느껴지는 걸 어쩌랴. 더구나 그 목소리, 전날의 그 다급함은 없지만 봄 무에 싱이 박힌 듯 굵으면서도 맑은 속살로 감싼 그 목소리를 듣는 것은 통증이었다. 피아노에서 가장 많이 쓰면서도 궂은 날엔 명 조율사마저도 음정을 잘 잡지 못하는 그 예민한 목소리는 그녀의 귓속에서 숨쉬는 벌레였다. 비스트로바이죠! 그렇게 청청한 울림이 살인자의 음성일 리는 없을 터였다. 지금껏 피부 맑고 목소리 맑은 사람 가운데 강력사건 범죄자는 없었다고 영서는 자신도 모르게 골랴를 감쌌다.

사람 사이니까 말은 안 통해도 전류는 흐르는 걸까. 작년보다 야위긴 했지만 여전히 말수가 적은 골랴는 자주 영서를 쳐다보았다. 달빛 속의 영서를 기억할 리 없건만은, 특별히 다른 여자들보다 예쁘지도 않건만은 골랴는 영서가 차에 오를 때 허리를 굽혀 손을 잡아주었다. 영서가 타면 운전석 옆자리에 놓인 가방을 치워서 앉도록 해주었다. 한글 강습 시간에는 교실 한켠에 앉아서 그녀의 목소리에 취한 듯 눈을 감고 있기 일쑤였다. 어지럼증 때문에 먼저 강습을 끝내고 돌아갈 때는 문화원에서 호텔 룸까지 그녀의 뒤를 따랐다. 그냥 한 남자의 한 여자에 대한 예의 그 이상도 이하도 아니다, 박음질하면서도 영서는 수만 리 이국에서의 이방인의 친절을 스스럼없이 받기가 어려웠다. 모스크바 음악원 성악부를 다니다가 무슨 사건에 휘말려 중퇴했다는 골랴의 전력도 위험하다기보다는 매력 있게 보였다.

"여기 사람은 누구든 가까이하지 마시라요. 알갔시오?"

함 선생이 방으로 들어가자 릴리가 영서의 옆구리를 찔렀다. 릴리는 일행의 관광, 쇼핑, 환전 등 안내를 자청한 한국인 2세이면서 문화원의 한글 교사였다. 러시아에 있는 동안만이라도 본토 발음 좀 공부시켜 달라는 영서의 청을 그녀는 정중히 거절했다. 한국 사람 만날 때만이라도 본토 발음을 공부하겠다며 굳이 한국어만을 사용했다. 작년에 서울에서 언어 때문에 고생한 탓인지 영서 앞에서만은 특히 러시아 어를 쓰지 않아서 통역사 자격증을 따려고 무료로 전통연구회의 일을 돕는 영서를 곤란하게 하였다.

"지난번처럼 혼자 호텔 밖으로 돌아다니시면 안 됩니다. 방문도 꼭 잠그고 절대로 열어주지 마십시오. 청소원도 직원도 경찰도 믿지 마시라구요. 우리 식구가 아니면, 아셨죠?"

소화제와 미숫가루 병을 주면서도 함 선생은 마음이 안 놓이는 모양이었다.

"같이 가요, 박 선생님. 복날이라고 특별히 조선극장 극장장님이 개를 잡는 건데 빠지면 어떡해요. 가서 보신도 하고 칠갑산도 불러야지."

"미안해도, 남 선생님."

"서울 가면 김 교수한테 이를 거예요. 소쓰랑 생병난 거."

끝말은 워낙 작은 소리여서 남광희가 일행을 따라 계단을 내려간 뒤에야 울림이 왔다. 소쓰(러시아 쓰레기통). 거리 곳곳에 비치된 4, 5센티미터 두께의 쇠 쓰레기통처럼 과묵하고 궂은일도 앞서 한다는 뜻으로 작년에 김 선생이 골랴에게 붙인 별명이었다. 생병이라……. 문을 잠근 뒤 침대에 누워서 영서는 새삼 자신의 현재를 따져보았다. 동상처럼 선 꼬마, 달빛 속에 누운 꼬마, 그녀를 따라다니는 골랴의 왕눈, 그 왕눈이 섬뜩하면서도 움직임 하나하나에 성감대를 건드린 듯 반응하는 자신을 따져 보았다. 따져 본들……. 그러다가 아마 깜박 잠이 들었나 보았다.

아주 조심스럽게 문고리를 돌리는 소리가 났다. 일어나 문을 열려다가 함 선생의 부탁이 생각나서 영서는 침묵했다. 이쪽의 기척을 눈치 챘는지 문고리는 더 이상 움직이지 않았다. 프런트에 인터폰을 할까, 함 선생에게 핸드폰을 할까, 망설였다.

"와다 비치, 빠크(물 마셔요. 박)."

순간 영서는 두 손을 가슴으로 모았다. 잘못 찾아온 사람도 아니고 남의 식구랄 수도 없는 사람이었다. 과일 끓인 물도 마시지 못하고 생수만 찾는 그녀를 위해 골랴는 외국인 전용상점을 다녀온 모양이었다. 그러나 영서는 문을 열지 못했다. 한국인이라고는 아무도 없고 인종 전시장처럼 온갖 사람들이 드나드는 호텔의 한 방, 살인 혐의를 받고 있는 러시아 남자, 그 증인일 수도 있는 병약한 여자, 혹시나 문을 박차고 들어오지나 않을까, 가슴이 벌벌 떨렸다. 십여 분이나 지났을까. 영서가 문을 열었을 때 뜻밖에도 골랴는 없고, 생수병의 마개에 붙어 있는 껌 종이에는 고대문자가 꼬불탕거리고 있었다.

"류블류 빠크(사랑해요, 박)."

그날 밤 기진하듯 잠든 속으로 갈색 털이 엉겨 붙은 가슴을 드러낸 골랴가 찾아왔다.

4.
비취 목걸이

"정말 귀족이 된 기분이네. 물이 너무 깨끗해서 먹어봤다니까. 수영장 물을 말이야."

머리에서 떨어진 물이 카펫을 적시는 걸 아는지 모르는지 남 선생은 우아한 몸짓으로 영서 맞은편의 흔들의자에 앉았다. 홍조 핀 흰 얼굴을 감싼 분홍빛 목욕 가운이 그녀의 굴곡 심한 몸매에 잘 어울렸다. 똥배가 없으면 노래 호흡이 짧아질까 봐 다이어트를 못한다는 말 그대로 까탈 없이 식사를 잘하는 사람은 일행 중에 그녀뿐이었다.

"보드카 한잔 할래요?"

"보드카? 자작나무로 세 번 여과시킨 게 제일 비싸다며?"

"고르비가 당 각료들과 보드카에 취한 동안에 옐친이 쿠데타를 성공시켰다는 걸로 유명한 술이죠. 그놈의 술 땀시."

"최 선생님은 남자라 정치에 관심이 많네요."

"정치뿐이에요? 망원경, 털모자, 호박 목걸이, 비취 반지, 은화……. 아휴, 먹고픈 것도 많으시겠네."

"선배님, 너무 놀리지 마세요. 그러잖아도 배 많이 아픕니다. 꼭 받아낼 겁니다. 골랴, 이 털보! 작년엔 팁도 안 받으려고 펄펄 뛰더니, 올해는 무슨 배짱으로 우리에게 바가지를 씌운담."

"골랴, 정말 너무 했어. 30달러짜리 은화를 150달러에 팔다니. 그러게 애초부터 쇼핑은 맨 나중에 하라고 했잖아요. 권 선생, 골랴, 릴리 서로 제 물건 팔지 못해 안달하는데 왜 서둘러 사서 속을 썩어요?"

"최 선생님."

뒤적이던 서류를 놓고 함 선생이 최 선생을 보았다.

"그 돈 내가 주면 안 될까요?"

모두들 텔레비전에서 눈을 떼어 함 선생을 보았다.

"이제 일주일 남았는데…… 조용히 지나갔으면 해서. 350달러면 돼요?"

"아닙니다, 선생님. 제가 벼룩시장에 안 간 걸로 치죠. 벼룩시장에만 안 갔으면 싼지 비싼지 제가 어찌 압니까? 하하하."

혼자 웃기 민망한지 그는 서둘러 웃음 끝을 사렸다. 영서가 대로변에서 허리가방을 강도당할 뻔하다 골랴의 출현으로 모면한

다음부터 모두들 여권과 달러를 지키는 일에 비상등을 켰다. 그러나 다음날 최 선생은 문화원에서 누군가가 양복 윗도리에 칠해놓은 겨자를 닦으러 화장실에 갔다가 여권이 든 지갑을 잃었다. 모스크바 교외의 당 각료 별장으로 숙소를 옮긴 날에는 함 선생의 비디오카메라와 가방, 그리고 김 선생이 굼 백화점에서 산 여우코트와 털모자가 자취 없이 사라졌다. 10만여 평의 과수원 곳곳에 보석처럼 박힌 20여 채의 별장은 거의 비어 있고 문은 겹겹이 잠겨 있었다. 하지만 누가 가져가는 걸 본 사람이 없으니 관리인을 닦달할 수도 없고 청소원을 의심할 수도 없는 일이었다. 권 선생과 릴리에게 불안을 하소연했더니 돈과 귀중품은 갖고 다니지도 말고 두고 다니지도 말라는 아리송한 대답이 왔다.

"이지 슈다, 빠크(이리 와요, 박)."

골랴가 옆문 쪽에서 작은 목소리로 영서를 불렀다 모두들 음모를 들킨 듯 멋쩍어하다가 그가 러시아인이라는 사실에 안도하며 비웃음을 보냈다. 그 비웃음을 뒤로하고 영서는 골랴에게로 갔다. 그는 입술을 살짝 내밀고서 그녀의 왼쪽 어깨를 잡으며 속삭였다.

"류블류, 빠크(사랑해요, 박)."

목덜미가 후끈 달아오르는 것은 아마도 등 뒤의 비웃음 때문이리라. 영서는 이를 악물었다.

"야 브이 네노라비싸. 바이죠(난 당신 싫어요. 가세요)."

"녜노라비싸(싫다구)?"

"비스트로 바이죠(빨리 가세요)."

등을 구부정하게 숙여서 자기 딸보다도 작은 동양 여자의 눈을 들여다보는 남자. 마음 밑바닥까지 훑는 크고 적적한 왕눈에서 대리석 기둥 같은 노랫소리가 들리는 듯하여 영서는 돌아섰다. 골랴는 여느 때처럼 영서를 따라 들어와서 정중하게 인사를 하고는 최 선생 옆에 무릎 꿇고 앉아 가방을 열었다. 망신을 당하고 그 때문에 일자리를 잃을지도 모르는데……. 심사가 고약했지만 영서가 어쩔 수 있는 상황은 아니었다. 가방에는 아직도 주인의 영광을 간직한 훈장, 세공이 서툰 백색 다이아몬드, 귀공녀의 보석함을 나온 바다 빛 수정, 곤충이 든 호박 목걸이, 호랑이 눈이 박힌 남자 반지, 여우 목도리, 녹각, 웅담, 은화 따위가 가지런히 진열되어 있었다. 무한대의 땅, 무한대의 자원, 복제할 능력 없는 나라의 진품이란 필요 여부를 떠나서 사람을 홀리는가 보았다. 사랑에 빠진 듯 순하게 빛나는 어린 호랑이 눈을 보자 영서는 남편 생각이 났다.

"우와…… 이거 얼마예요?"

최 선생이 은화를 집어들었다. 대답 대신 골랴는 은화에 새겨진 제조 연도를 짚어 보였다. 지난번 것보다 200년쯤 앞선, 원조뻘 되는 은화임을 서툰 눈에도 알 수 있었다.

"그러니까 얼마냐구요. 350달러?"

1800. 카펫 바닥에 손가락으로 글씨를 쓰고 골랴는 영서를 쳐다보았다.

"말링끼(싼 겁니다)."

그녀가 전달할 사이도 없이 최 선생이 웃으면서 말했다.

"우와…… 350에서 1800으로, 정말 싸구만, 박 선생님. 빨리 보따리 싸 가지고 꺼지라고 하세요. 털보 꼴도 보기 싫으니까."

무릎 꿇고 앉아도 소파에 앉은 동양인보다 더 큰 러시아 남자는 아직도 분위기를 파악하지 못하고 이것저것 손짓하며 볼쇼이 하라쇼(크고 좋아요) 했다.

"잠깐만. 그 목걸이 근사하네. 동자가 꼭 살아 있는 것 같잖아. 박 선생님, 저 목걸이 좀 팔라고 하세요."

김 선생이 골랴의 가슴을 가리켰다. 허름한 남방 사이로 드러난 넓적한 가슴의 무성한 갈색 털밭에 보기 좋게 흔들티는 동자(童子) 형상의 비취 목걸이였다.

"진담이에요, 김 선생님?"

"우리 문화재 선생님이 비취라면 환장하시거든요. 저 비취는 속이 말간 걸 보니 고급이에요. 박 선생님 그 능숙한 러시아 실력으로 흥정 좀 붙여줘요."

떠보는 듯하여 내키지 않았으나 영서는 골랴의 가슴을 가리켰다. 그러나 골랴는 단박 고개를 젓고는 두 검지를 나란히 붙여 보았다. 결혼 기념이란 뜻 같았다.

"결혼 예물이래요. 그래서, 좀……."

"그래도 팔라고 해봐요. 자기는 또 사면 되잖아. 좋아, 5천 달러 주지."

"5천 달러나? 김 선생님, 너무 하지 않아요?"

"아녜요. 난 우리 선생님 선물 말고는 돈 쓸 일이 없으니까! 그 정도는 괜찮아요. 팔라고 해봐요."

"5천 달러면 여기서는 자동차 한 대 값인데? 왕복 비행기표 사고도 남는 돈인데?"

비취에 홀렸는지 김 선생은 막무가내로 값을 올리며 팔라고 졸랐다. 골랴가 절대 팔지 않으려고 하자 재미가 났는지 다른 사람들도 경매 붙이듯 값을 올리며 팔기를 종용했다. 최 선생이 100달러 뭉치를 꺼내자 골랴는 목걸이를 풀었다. 하지만 최 선생이 갑자기 값을 반으로 깎자 얼굴을 붉힌 채 비취를 싸게 살 수 있는 상점을 알아보겠다며 가버렸다. 만날 때마다 헤어질 때마다 어깨를 잡으며 하던 말, 류블류 빠크도 남기지 않은 채.

5.
우리를 시험에 들지 말게 하옵시고

지난밤에는 소나기가 내렸는데 아침이 되니 말짱했다. 날마다 30도가 넘고 직사광선이 내리쬐어 겨드랑이가 젖는데도 에어컨이 그립지 않음은 어딜 가나 풍성한 그늘과 선들거리는 바람, 빙산에서 내려오는 차가운 물과 달콤한 공기 덕이리라.

“일찍 결혼한 건 아니디요. 다들 열일곱, 스무 살이면 결혼해 개지고 살디요.”

“연애했어요?”

“고등학교 때 한반이었지비.”

“그런데?”

“왜 이혼했냐구? 총각 때 사귀던 애를 결혼해서도 만나니 끼니 내래 끊디 않으믄 아이를 못 낳겠다 했시오.……맘대루 하라 기래서…… 유산시켰디비.……첫아이를 기렇게 허망하게시리…….”

스물한 살의 이혼녀. 발랄한 처녀로만 알았을 뿐 어디에도 상흔 따위는 보이지 않던 릴리. 나이 든 사람에게서나 듣던 함경도 말을 젊은 사람에게 들으니 이상했지만 작년에 처음 간났을 때 그녀는 미국말을 많이 섞는 남조선 말이 이상하다며 깔깔댔었다.

"여자건 남자건 모다 직장이 있으니 끼니 바람피우는 거 보통이라요. 기래도 배급 깎일까 봐 이혼은 잘 않는 펜이디비. 골랴도 예펜네가 정신병동 들어간 뒤루 아그들과 죽을 지경이디만도 이혼은 안 했을 끼요. 이혼신청만 하믄 여권은 있으니끼니 빠크 선생을 따라갈 수도 있을 낀데."

"나를?"

티 없이 희고 통통한 얼굴이 영서의 놀라는 얼굴을 향해 놀라고 있었다.

"왜요? 서루 좋아하잖시오."

"난 유부녀야, 릴리, 가족사진 보여줬잖아."

음성이 올라감을 느끼고 영서는 부러 시선을 벼룩시장의 혼잡 속으로 보냈다. 지난번처럼 사람이 많지 않아서인지 꺽다리 골랴와 최 선생 일행의 움직임이 자주 눈에 뜨였다. 날만 새면 환율이 솟으니 올해 100달러로 사는 은화를 내년에는 천 달러로도 못 살지 모르잖은가, 하는 강박감으로 쇼핑이 더 오래 걸리는가 보았다.

"그래, 나도 모르겠어. 나도 이런 내가 낯설어. 전혀 예기치 못했어. 난 남편을 사랑하는데…… 아무리 멀리 떨어져 있다지만 남편은 그림 속의 꽃 같고, 골랴는 생생하니……. 머리로 정리를 해도 저 사람을 보면 금방 엉망이 돼. ……날마다 해 떨어지기만 기다려."

결혼한 사람만이 이혼을 생각한다고 누가 그랬던가. 결혼을 계속할 것인가 이혼을 시작할 것인가로 고민한 적이 있었다. 남편이 교환교수를 마치고 돌아온 뒤로 하체가 묵직하면서 가렵고 나중에는 고름까지 내비쳤던 것이다. 미국에 흔하다는 에이즈인가 성병인가 영서 혼자서 울고불고하다가 불결한 남자와 더 살 수 없다는 결심을 하고 산부인과를 찾아갔는데 의사는 목욕탕에서도 옮을 수 있는 단순한 질염이라고 했다. 어쨌든 의심은 희석되었지만 완전히 사라진 것은 아니었다. 한 번 샌 천정 비 올 때마다 쳐다본다더니, 어쩌다 남편이 늦거나 오랫동안 잠자리를 피할 때는 어김없이 의심이라는 육식공룡에게 먹히곤 했었다.

귀국 날짜가 가까워지자 골랴는 변해갔다. 남의 눈을 꺼려 맴돌기만 하던 사람이었는데, 이제는 기회만 있으면 영서의 곁에 다가와서 어깨에 손을 얹었다. 사진도 같이 찍고 식사도 같이했다. 온몸으로 뭔가를 표현하고 싶어 안달했으며, 영서가 어떻게든 해주기를 절절히 갈구했다. 금단의 열매가 아니라 손만 내밀면 언제든 쥘 수 있음을 그녀도 알고 있었다. 이상한 것은 죄의식이 전혀 생기지 않는 자신이었다. 죄의식은커녕 어떤 성취감 같은 것에 스멀스멀 육신이 달구어지는 듯했다. 평소에 나무토막 같은 마누라가 왜 술만 마시면 예뻐 보이는지 모르겠다는 남편에게 보란 듯이 시위하고 싶기도 했다. 나무토막도 상대에 따라서는 얼마든지 요부가 될 수 있음을 확인하고픈 욕정으로 밤을 꼬박 새우기도 했다.

"릴리, 골랴가 호텔 영업부장이라고 했지?"

"맞시오. 호텔 일은 뭐든 잘 알디오."

"호텔 밖의 일은? 주차장 주변의 불량배들이나, 거지들……."

"글쎄…… 불량배들은 몰라두 거지 아이들에게는 왕초 노릇 하는 모양이라요. 차에서 재워주기도 하고 가끔 식당 음식두 싸다 주니끼니. 왜요?

멀리 골랴가 혼자 서 있는 걸 보자 머리채를 끄집어 당긴 듯한 충동으로 영서는 일어섰다.

"잠깐 다녀올게. 안심이 안 되면 날 미행해도 좋아, 릴리."

골랴를 보면 영서는 골랴와 그녀를 보는 남편의 시선을 느꼈다. 그녀가 골랴를 어떻게 하느냐는 곧 남편이 그 여자를 어떻게 했을 거라는 거와 다르지 않게 생각되었다. 남편에게도 분명 이런 기회는 있었으리라. 눈치 볼 것 없고 부담 느낄 것도 없는 여자가 가까이 있을 때 그는 어떻게 행동했을까. 담쏙 품어본 뒤 귀국해서 청결한 입 냄새를 풍기며 다시 아내를 안지는 않았을까. 아내가 어떻게 안단 말이며 안다 한들 여잘 데려온 것도 아니고 그 여자에게 다시 갈 것도 아닌데 어쩔 것인가. 더구나 자식을 키우는 에미가 그런 무형의 일로 분란을 일으켜서 둥지를 잃을 수는 없잖은가.

"류블류, 빠크."

골랴의 입술이 살짝 그녀의 뺨을 스쳤다. 나무 밑에는 뙤약볕을 피하는 사람이 많았건만은 골랴는 손으로 그녀의 입술을 만졌다. 물속처럼 투명한 왕눈, 하얗다 못해 발그레한 살갗, 비취 목걸이가 흔들리는 털북숭이의 가슴이 그녀의 눈높이로 다가왔다. 왜 그런 충동이 왔는지 그녀로서도 모를 일이었다. 자신감과 열정을 깨우쳐 준 사람, 낼 모래면 영원히 이별할 사람, 사랑은 입으로 조잘거리는 게 아니라면서 한 번도 사랑한다는 말을 하지 않는 남편과는 달리 열 번 백 번 사랑을 고백하는 골랴에게는 참으로 잔인하고 교활한 시험일 터였다. 신의 계시가 없이도 신대를 넘어뜨리는 세습무처럼 영서는 자신도 모르게 골랴의 두툼한 손을 잡고 호텔로 향했다. 좀 겁이 나긴 했지만 살인자를 사랑했었다는 추억만은 갖고 싶지 않아서였다.

호텔 뒤는 여전히 볕이 들지 않는 늪지 같았다. 날벌레 떼들이 사방에서 윙윙거리고 대낮임에도 쥐와 고양이들이 숨바꼭질을 하는 소란 속에서 아이들은 얻어온 빵조각이나 사과를 먹고 있다가 골랴와 영서를 보고는 슬그머니 피했다. 골랴는 도무지 못 알아들을 말을 하면서도 어쨌든 소파가 버려진 곳까지 그녀를 따라왔다. 그녀는 침착하게 전날의 그 자리에 섰다. 저물녘의 음산함 속에서도 릴리가 뒤따라왔을 거라는 믿음이 용기를 주었다.

"비스트로 바이죠!"

왕눈을 있는 대로 뜨고 그녀를 내려다보면서 그는 그녀의 말을 따라 했다.

"비스트로 바이죠?"

낮고 빠른 목소리, 억누르는 듯한 숨소리, 쿵쾅거리는 고동소리에 그녀는 겁이 났다. 솔음(音)의 목소리, 장대한 몸피가 빳빳하게 굳는 것을 그녀는 눈도 깜짝이지 않고 보았다.

"로스께 니스. 캔 유 스피크 잉글리시?"

"?"

"당신 나 여기서 봤죠?"

"예스."

"아이 죽였죠?"

"노!"

"당신이 죽였죠?"

"노, 노!"

"그럼 여기서 뭘 했어요? 10달러짜리 지폐는 어디 갔죠?"

골랴는 손짓 발짓을 해가며 왕눈을 희번덕이며 뭐라고 한참을 얘기하다가 영서가 못 알아듣자 자신의 가슴을 탕탕 치고는 성호를 그었다. 그가 성호를 긋는 모습은 어설프지만 단박 그녀를 안심시키는 힘이 있었다. 혀 짧은 소리로 보지도 못한 일에 대하여 뭘 더 어떻게 확인할 수 있을 것인가. 내 사랑은 거짓이라도 남의 사랑은 진정이기를 바라는 이기심이 그를 이런 시험에 들게 한 것이 아닌가. 의심한 것이 미안하여 영서는 그의 팔이 허리에 오는 것을 내버려두었다. 까닭 모를 감정이 북받쳐서 털북숭이 가슴에 얼굴을 묻고 한참 울었다.

6.
선물

만남은 진양조로 해도 이별만은 자진모리로 해야 한다고 다짐하지만 이별의 자리는 늘 한배(속도)를 잊고 축축 늘어지기 일쑤다.

밀가루 개떡, 삶은 계란, 구운 감자, 담배, 보드카 등의 선물을 가져온 강습생들, 고려신문사, 조선극장, 고려무용단 관계자들과 이별의식을 간신히 치른 뒤 공항에 도착한 시각은 그래도 여유가 있었다. 표를 점검하고 면세점으로 향하는 일행의 꽁무니를 마지못해 따라다니는데 릴리가 끌었다.

"골랴가 기다려요."

골랴는 유리 칸막이 속의 흡연실에서 서성이다가 영서를 발견한 순간 달려와 그대로 끌어안고는 입술을 뭉갰다. 두 팔의 완력과 무지막지하게 움직이는 입술 때문에 숨막혀 죽을 것만 같았다. 꼬마도 이렇게 죽였을까! 두 팔을 휘저으며 버둥대는데 릴리가 그녀를 구해 주었다.

"골랴, 말링끼 빠크 네뇨라비싸(연약한 박 선생님을 괴롭히지 말아요)"

완력에서 풀려난 영서는 그 폭력에 화가 나기도 하고 강한 안마를 받은 듯 시원하기도 했다. 정말 이 사람을 두고 떠나야 하나, 어젯밤 호텔에서의 열정이 되살아나서 전신이 화끈거렸다.

"류블류, 빠크 볼쇼이 스파씨바. 더스비다니야. 비스트로 이지슈다(사랑하는 박, 정말 감사합니다. 잘 가요. 그리고 빨리 다시 여기로 와 주어요)."

"네노라비싸(싫어요)."

골랴의 왕눈이 커졌다가 작아졌다. 영서는 손목에서 묵주를 빼어 골랴에게 주었다. 골랴는 긴 팔을 움직여 성호를 긋고서 묵주를 손목에 끼었다. 그녀는 다시 지갑에서 루블과 달러를 동전까지 모두 꺼내어 100달러짜리 한 장은 릴리가 갖고 나머지는 그녀가 비행기를 탄 뒤 골랴에게 주도록 부탁했다.

"빠크, 내래 돈이 필요하디 않으니 사양하갔시오. 그리고 이거이 골랴에겐 엄청난 돈이라요. 혹시 한국에 오라는 뜻이야요?"

나무토막을 여자로 만든 값…… 생각하다가 영서는 피식 웃었다. 할아버지가 만든 나무 인형이 거짓말하는 인간이 되어 코가 길어지듯 길어진 그녀의 죄업도 고해성사를 통해서 짧아질 수 있을까.

"나도 모르겠어, 릴리. 분명한 건 내년에 내가 다시 오지 않는다는 것뿐이야."

어제 저녁 송별연에서 영서는 생애 최고의 선물을 받았다. 골랴는 단 한 곡 '백학'을 불렀다. 어찌나 정성 들여 부르는지 사람들은 꺽다리 러시아인의 손짓 하나, 표정 하나라도 놓칠까 봐 상체를 세웠다. 혼신을 다한 고음(高音)에서는 자신들도 모르게 주먹을 불끈 쥐었다. 고음 뒤에 다가온 믿을 수 없을 만큼 가늘고 여리게 떨리는 저음을 들으며 눈물짓는 사람도 있었다. 16개 공화국의 다민족 국가, 숱한 이합집산의 살상을 딛고 선 대국(大國)의 문화와 자존심의 꽃대궁이 만져지고 그 나름의 향이 넘쳐흘렀다. 대리석 미끄럼틀을 타는 듯 감미롭고도 단단한 수정체의 목소리 맨 끝에 허밍을 하다가 가끔 류블류, 다시 허밍하다가 류블류…… 그 금강석 같은 단어가 온몸에 박히는 것을 느끼며 영서는 전율했다. 그녀가 아는 한 그에 버금가는 선물은 이 세상에 없었다.

신대가 자신에게 넘어지는 걸 구경하는 강신무의 기분이 이럴까. 누런 종이로 포장한 담뱃갑 크기의 선물을 주면서 골랴는 비행기 안에서 보라고 했다. 부러 릴리에게 자기 말을 꼭 지켜 달라고 당부하면서까지 준비한 선물은 대체 무엇일까. 궁금증을 더는 견디지 못하고 영서는 비행기가 내려다보이는 탑승자 대기실에서 종이 끈을 끌렀다. 종이를 세 겹이나 푼 끝에 정말 러시아 담뱃갑이 나왔다.

"이건!"

행여 누가 보지 않았을까, 성급히 갑을 닫고 영서는 일어섰다. 마침 에아로 에어 라인에 탑승하라는 안내 방송이 그녀의 잦은걸음을 맞춰 주었다.

"아이, 지겨워. 이 복더위에 천정에서 수증기를 뿜는 비행기라니, 원. 함 선생님. 내년엔 저 빼주세요. 사람 없으면 제가 좋은 후배 소개해 드릴게요."

자리를 찾자마자 남 선생이 투덜댔다. 이제부터 비행기는 초저녁 같은 백야를 달려서 열 몇 시간 뒤에는 토끼 모양의 땅, 그 배꼽쯤에 박히리라.

"재미없으셨어요, 남 선생님? 아마 내년이면 마음이 변하실 겁니다. 보신탕이 한국보다 맛있다고 하셨잖습니까."

"제일 재미 본 사람은 최 선생님이죠. 벼룩시장에다 은화를 되팔아서 몇 배나 건졌잖아요. 박 선생님도 아마 내년에 또 올 걸요. 현지부 보러."

끝말은 영서의 귀에다 찔러 넣고 남 선생이 까르르 웃자 멋모르는 김 선생이 따라 웃었다.

"난 내년에 또 올래요. 비취 목걸이 못 산 게 분해서라도 와야죠. 사실 그런 건 우리 선생님보다 내가 더 좋아하거든요. 아니,

어쩌면 그렇게 고울까. 동자가 꼭 살아 있는 것만 같다니까. 그런 건 골랴한테 안 어울려."

안전띠 표시등이 꺼지는 걸 보고 영서는 일어섰다 여성용 화장실에 들어가서 담뱃갑을 꺼냈다. 급히 구겼음이 분명한 10달러짜리 지폐—초콜릿 색깔이 군데군데 번져 있는—를 수십 조각내어 변기에 넣고 물을 내렸다. 그리고 또 하나의 선물, 낡은 쇠줄에 꿰어 있는 비취를 꺼냈다. 거짓 사랑을 증명하기에는 너무나 순진한 색깔인데다 눈동자까지 선명한 비취 동자를 그녀는 선뜻 변기에 넣지 못했다.

"류브류, 빠크."

그 푸른 목소리를 떠나 살 수 있을지 갑자기 자신이 없어져서였다.

* 소설 후기

갓길은 통행금지지만 늘 뚫려 있어서 용기 있는 여자는 갓길을 달린다. 열악한 환경에서 푸른빛을 내뿜는 러시아 남자.
갓길 끝에 보물지도가 있다고 그가 속삭였다. 약간의 벌금이 두려워 떠는 여자에게.

어두운 열정

이남희

언제나 그렇듯 열정의 끝은 불현듯이 찾아왔다. 아무 예감도 없었다.

어느 날 은명은 커피숍에서 묵은 잡지를 뒤적이다가 거기서 초록이의 모습을 발견했다. 세계 주요 도시의 거리 패션이라는 페이지에 들어간 사진 중 한 장이 분명 그 아이의 것이었다. 진 바지만 입던 아이가 부츠에다 하늘거리는 서머원피스를 입고 바이올린을 든 바네사 메이처럼 도전적인 표정을 짓고 있었는데, 틀림없었다. 더구나 자세히 살펴보면 드러나는 눈이며 입가에 배인 장난기는 분명 그 아이만의 것이었다.

뉴욕, 이스트빌리지의 한국인.

그 아이 뒤로 스프레이 낙서가 지저분하게 덮인 붉은 벽돌담이 있었다. 텅 빈 길의 한 모퉁이, 정체 모를 그림자. 키리코의 그림처럼 불안과 불확실성으로 정체되어 있는 뒷골목 분위기. 발밑에는 우물 같은 정오의 그림자가 드리웠고, 사진 위까지 땀이 송송

배어날 정도로 강렬한 햇볕이 내리쬐고 있었다.

거기서 초록이는 무엇을 하고 있는 걸까? 왜 여기에 있지 않고 거기에 있을까?

자기도 모르게 신음소리를 내며 그 사진을 다시 살펴보았다.

초록이는 커다란 백을 메고 반쯤 몸을 돌려 쳐다보는 중이었다. 입술은 웃음을 머금은 채 살짝 벌어져 있었다. 두툼하고 관능적인 입술. 한쪽 팔은 위로 쳐들려 있다. 누군가를 발견하고 부르려던 참? 아님 대답하려는 참이었을까?

뜯어볼수록 묵지근한 통증이 일어났다. 새삼스레 이즈음 들어 은명은 자기가 그 아이를 별로 떠올리지 않았다는 것을 자각했고, 비로소 자신의 열정도 끝났구나 하고 절실하게 느꼈다.

초록이가 아무 말도 없이 사라지고 여덟 달 정도 흐른 다음이었다.

지난봄, 겨우내 같이 지냈던 초록이가 가버렸을 때, 은명은 앞으로 어느 한순간도 그 아이를 생각하지 않고 지낼 수 있다고는 생각하지 못했다. 안개 자욱이 낀 길을 건너 저편까지 가기만 한다면 세상이 다르게 보이겠지만 그걸 상상할 수도 없고 예상할 수도 없었다. 어떻게든 만나기만 한다면 다시 시작하도록 설득할 수 있을 거라는 희망을 버리지 못했다. 오랫동안 헤매고 돌아다녔다. 길을 가다가도 그 아이가 좋아하던 노래 '크립' 같은 걸 듣거나, 혹 그 아이를 닮은 이십 대 초반의 여자아이를 보기라도 하면 살갗 아래로 스멀거림이 일어났고, 순식간에 피가 증발하여 혈관들이 배배 꼬이는 느낌이었다.

늘 아쉬웠고 그리웠다.

휙 내던지듯 말하는 상큼한 말투, 해가 뜨면 으레 잠을 깨어 옆에서 부스럭거리던 새끼 새 같은 버릇, 오전 시간이면 몇 장이건 방바닥 가득 신문을 벌려놓고서 읽는 것도 조는 것도 아닌 상태로 엎드려 있던 것. 밤이면 로맨스 소설에 취해 사각사각 크래커를 갉아먹던 것. 보사노바 리듬으로 춤추는 것 같던 걸음걸이……. 마치 그 아이가 실재하는 양 항상 눈앞에서 어른거렸다.

그런데 어느 결에 더는 그 아이를 떠올리지 않으면서 하루하루를 보내게 된 것이다. 소위 라이브카페라고 불리는 어둡고 소란한 지하의 술집을 순례하는 일이 드물어졌고, 펑크 풍의 시끄러운 노래는 더 이상 심금을 울리지 않게 되었으며, 그 아이의 행방을 말해줄 사람이 있을지도 모른다는 괜한 기대로 두리번거리던 버릇도 없어졌다.

끝은 어떻게 시작되는 것일까?

어쩌면 그 아이를 찾기에 지쳐 집으로 돌아오던 한밤중, 자신도 모르는 사이에 젖어버린 축축한 뺨을 쓰윽 문질러 닦던 그런 순간부터였는지도 모른다.

새벽녘까지 잠들지 못하고 수런거리던 열대야의 뜨거운 거리. 그곳을 채우는 윙윙거리는 에어컨 실외기의 소음. 마치 지구가 아득히 먼 우주로 표류해가는 것 같은 밤. 그런 밤의 외딴 오아시스인 양 길모퉁이에서 환하게 빛나는 24시간 편의점. 그 앞 플라스틱 테이블에 둘러앉아 맥주를 마시고 있는 지친 젊은이들. 문득 은명은 유리벽 위에 드리운 그들의 그림자 위로 자신의 후줄근한 그림자가 불안하게 겹쳐지는 것을 보았다. 세월에 삭은 듯 군데군데 윤곽이 지워져 있었다. 신호라도 받은 양 일제히 쏟아지는 시선. 여긴 아줌마가 낄 자리가 아닌데요, 라고 밀어내는 시선들. 그런 순간이면 머리 한 귀퉁이에서 깨달음이 섬광처럼 번쩍거렸으나, 곧 다시 캄캄해지면서 다시 욕망으로 절절 끓어오르곤 하는 거였다. 네온처럼 명멸하는 한 문장. 돌아오지 않아, 다 잊었어. 라이브 카페에서 격렬하게 헤드뱅잉을 하던 옆자리의 아이가 갑자기 은명을 마구 껴안고 얼굴을 부볐으나 다음날 마주쳤을 땐 전혀 알아보지 못했던 것처럼. 시간은 한 뭉치씩 분절되어 저편으로 흘러가버린 것이다.

또 어쩌면 언니, 은애에게 돈을 빌어 초록이가 가져가버린 노트북을 대신할 새 컴퓨터를 샀을 때, 혹은 그 노트북과 함께 잃어버린 소설 원고는 잃어버린 채로 다시 쓰지 않겠다고 단념했을 때 시작되었는지도 모른다. 은명도 알고 있었다. 사람은 같은 시냇물에 두 번 발을 담글 수는 없다는 것을. 아무리 기억을 더듬어 한 단어, 한 문장 그대로 복원하려고 해본들, 새로 쓴 원고는 잃어버린 것과는 다른 무엇이 될 것이라는 것을. 아무리 격렬한 열정도 시간의 물살에 휩쓸리면 덧없이 스러지게 마련이다.

그 아이를 다시 만나지 못한 채 봄이 갔고 계절은 순환한다.

그 덧없음이 떠오르자 은명은 심한 무력감에 사로잡혔다. 어느 구석엔가 혈관이 툭 끊어져 피가 모조리 빠져나간 것 같았다. 펼쳐놓은 잡지를 덮었다. 유리벽 너머의 풍경이 몽롱하니 흐려졌다. 매연이 걸쭉하게 덮인 거리는 잔뜩 찌푸려 있어 담요라도 덮은 것처럼 갑갑했다. 왜 거리가 텅 비어 있지? 건너편 빌딩들이 쓱 앞으로 당겨졌다가 멀어졌다. 순간 세상이란 유리 덮개 속의 공기가 모조리 뽑혀 나간 것만 같아졌다. 눈을 비볐다.

"아무래도 오늘 밤엔 비가 올 거 같지?"

은명은 누가 자기에게 말을 건 것처럼 소리 나는 쪽을 쳐다보았다. 이웃 좌석을 차지한 남녀가 이마를 맞대고 헤살거리고 있었다.

"비라고? 아이 깝깝해. 인제는 비가 아니고 눈이 와야 맞는 거 아냐? 11월이잖아. 벌써 내일 모레가 입동이라고."

"올해는 엘니뇨현상 때문에 겨울도 따뜻할 거라던데. 아마 서울에만 처박혀 있다간 눈 구경은 하지도 못할걸. 참, 스키장에 가면 좋겠어. 이젠 슬슬 개장하지 않을까?"

투정 부리는 투의 여자아이의 목소리는 흐르는 음악 위로 통통 튀어 오르며 선명하게 들려왔다. 별로 주워들을 내용이라곤 없는 수다. 달싹거리는 그 입술에 빨려드는 것처럼 은명은 골똘히 그 여자아이를 주시하였다.

간신히 스무 살을 넘겼을까 싶은 앳된 모습이다. 가느다란 몸피, 볼이 갸름해서 화사해 보이는 얼굴. 예쁘다. 하긴 요즘은 못생긴 여자아이를 구경하는 게 힘들다. 티 없이 매끈한 피부와 대조되게 흑갈색으로 윤곽을 강조하고 짙은 자줏빛을 칠한 입술. 살아 있는 생물 같다. 그리고 빳빳하게 세운 속눈썹이 말의 높낮이에 따라 나비처럼 팔락거리고, 눈 밑에 살짝 칠한 아이섀도가 눈길을 더욱 깊어보이게 했다. 그 정도뿐, 다른 화장은 하지 않았다.

그럼에도 얼른 받는 인상은 과도하게 성적이었다. 항상 준비 완료된. 거리낌 없이 촉수를 뻗치고 나선 성. 팽팽히 부풀어 오르다 못해 물크러지기 직전의 과일 같달까. 그것은 터질 듯한 생명력으로 받쳐져 있기에 가능한 것일 터였다.

은명은 거듭 관찰하며 감탄하고 고개를 끄덕거렸다.

그래, 이런 여자아이들 주변은 지금과 다른 특별한 계절이 따로 떠도는 것만 같다. 눈에 보이지 않고 말로 표현하기로 어려운 색다른 공기층. 일종의 금가루처럼 반짝거리는 것. 단순한 색깔을 칠한 일러스트에다 반짝이는 금은가루를 뿌려 입히면 순식간에 화려한 크리스마스카드로 변하는 것처럼. 이런 여자아이의 등장이 빚어내는 것도 바로 그런 것이다. 칙칙하게 낡아빠진 무대 위에 초여름의 아침 햇살을 조명한 듯 순간 신선하고 활기찬 생동감으로 넘쳐나는 세상이 된다. 이런 여자아이들 주변에는 후광처럼 희끄무레한 금빛 광채가 감도는 것 같다.

"혹시 내 친구를 알고 있습니까?"

퍼뜩 상념에서 깨어났다. 옆자리 남자가 은명에게 묻고 있었다. 남자의 말은 나지막했으나 어조가 착 가라앉아 험상궂게 들렸다. 여차하면 시비를 사양하지 않겠다는 결심이 엿보였다. 은명은 당황해서 무슨 말인지 선뜻 알아듣지 못했다. 남자가 다시금 또박또박 말했다.

"내 친구랑 아는 사이냐고요?"

"그건 아니고……."

비로소 정황을 깨닫고 허둥거렸다. 무례할 정도로 오래 여자아이를 쳐다본 것이다. 물론 딴 곳을 봤노라고 시미치를 뗄 수도 있었다.

"왜 사람을 뚫어지게 쳐다보는 겁니까? 기분 나쁘잖아요."

남자아이가 으르렁거렸다. 여자아이는 그 남자 뒤에 숨듯이 서서 은명을 살피고 있었다. 은명의 그녀의 눈을 다시 훔쳐보았다. 흑백이 선명하게 대비된 눈동자의 중심부는 갈색이었다. 그 안으로 뻗어 들어간 풍경은 광각렌즈로 찍은 풍경처럼 좁은 소실점에서 뭉쳤고, 그 위로 불안하게 흔들리는 자신의 왜곡된 모습이 담겼다. 그걸 보자 힘이 쭉 빠졌다.

"아이, 재수 없어. 그만 가자."

여자아이가 종알거리며 남자의 팔을 잡아끌었다.

"뭐야. 꼭 마귀할멈 같은 눈초리를 하고. 게다가 여자인 주제에……."

그다음 이어질 말은 무엇이었을까. 정말 마귀할멈처럼 보일지도 모른다. 쓴웃음이 나왔다. 언제부터 스무 살 남짓한 여자아이들을 주의 깊게 보는 버릇이 생긴 것일까. 초록이를 찾겠다는 의식이 가뭇없이 사라진 지는 한참이나 된 것 같았다. 그런데도? 그렇다면 이젠 여자아이를 갈망하는 쪽으로 바뀌었을까?

불쑥 일어나 그녀를 뒤쫓아가고 싶은 충동이 일었다. 따라가 소리쳐 부르면 뒤돌아보겠지. 그러면 은명은 물어볼 것이다. '넌 왜 여기 있지 않고 거기에 있는 거니?' 하고.

"아하, 아하, 재밌다. 그 애가 은명 씨를 마귀할멈 같다고 했단 말이지? 마귀할멈? 그 아이가 보기에는? 아하하하.”

최 여사의 웃음소리가 냄비에서 피어오르는 수증기를 마구 헝클었다. 그 웃음소리는 지나치게 과장되어 있어, 오히려 재미없다고 말하는 것처럼 들렸다. 최 여사는 오븐 앞에서 나무주걱을 휘두르며 제대로 된 스파게티 소스를 만드느라 땀을 빼고 있는 중이었다. 은명은 무안해졌다.

“웃지 마세요. 제발. 그 순간 내가 얼마나 참혹한 기분이었을지 모를 거예요. 스무 살짜리 아이에게서 그런 말을 듣다니. 갑자기 내가 인생을 서너 번씩 살아버린 지겨운 노파인 듯한 기분이 들었단 말예요. 혹시 새클리라는 사람의 소설 읽어봤어요? 『만약 피에 굶주린 살인자가』라는 거. 인간 재생 기술이 발달한 미래 세계를 배경으로 하는 거죠. 살아 있다는 게 축복이 아닌 저주라는 섬뜩한 느낌을 주는 소설이거든요. 죽은 사람을 몇 번씩 살려내요. 전쟁이 벌어졌는데 병사들이 모자라니까. 자꾸 살아난 병사들은 그만 지쳐버려요. 자꾸 되살아나서 전쟁을 해야 하니까 끔찍한 거죠. 그래서 살려진 병사들은 반항하게 되고, 정부에선 한 사람 당 세 번만 다시 살려낼 수 있다고 법을 정해요. 세 번째로 죽게 되자 아, 이젠 영원히 죽을 수 있겠구나, 앞으로는 지긋지긋한 전쟁을 안 해도 되는구나 하고 안심을 했는데 또 살려진 병사가 있어요…….”

은명은 싱크대 옆에서 연신 지껄여대며 허기진 사람처럼 스틱빵을 집어서 씹기 시작했다. 맹렬한 허기가 엄습해왔다. 겨우 다섯 시 반인데도 한밤중처럼 배가 고팠다. 어쩌면 향긋한 오레가노와 적포도주가 섞인 소스 냄새가 식욕을 자극한 탓일지도 몰랐다. 최 여사가 은명에게 눈웃음을 쳤다.

“배가 많이 고픈가 봐? 그래도 그러지 말고 거실로 나가서 기다려. 곧 다 될 거야. 지금 빵을 먹으면 정작 스파게티는 맛이 없지 않겠어?”

부엌에서 밀려나 거실을 서성거렸다. 그동안 최 여사를 만난 건 여러 차례였으나 그녀가 사는 아파트까지 와보기는 처음이었다. 최 여사는 자신을 소개하길 못 말리는 현모양처 타입이며 요리하고 화초 가꾸는 게 취미라고 했는데 집에 와보니 정말 그런 것 같았다. 부엌은 성대한 잔치라도 치러낼 수 있을 정도로 널찍하고 조리기구도 제대로 갖춰져 있었으며, 넓은 베란다며 집안 곳곳에는 식물들이 무성하게 자라고 있었다. 식물들의 왕성한 생명력이 흙과 풀 냄새를 풍기며 집안을 가득 채우고 있었다. 그럼에도 어쩐지 엉성했다. 무대 세트 같았다. 뒤로 돌아가면 대충 얽어놓은 합판과 각목이 드러나 있을 것 같았다. 따뜻하지만 어깻죽지 부근에는 찬바람이 휭 하고 감도는 것 같은 느낌. 생활의 온기라고는 없는. 어쩌면 지구 종말에 이르러 인간만 절멸된 세상이 이럴지도 모른다. 모든 게 정상적으로 돌아간다. 어느 길모퉁이의 전자동 시스템 식당에선 기계들이 미리 프로그래밍된 대로 실내를 청결하게 유지하고 맛있는 음식을 준비해서 내놓곤 하지만 그걸 맛보고 감탄해 줄 사람도 먹어줄 사람도 없는 광경. 일정 시간이 지나면 음식들은 자동으로 쓰레기통에 버려지고, 자동으로 청소하고, 다시 시간이 되면 음식이 만들어져 테이블에 차려지고…… 어쩌면

이 아파트가 혼자 살기엔 너무 넓은지도 모른다. 최 여사는 독신이었다. 이혼한 지 20년이 되었고, 하나 있던 아들은 유학을 간다며 미국으로 떠났다.

날이 저물고 비가 내리기 시작했다. 은명은 베란다에 서서 멍하니 바깥을 내다보았다. 차가운 가을비는 점점 굵어지면서 유리창을 흐르는 빗줄기로 메웠다. 불빛이 어른거렸다. 저녁나절의 아파트 단지는 집으로 돌아오는 차들로 붐볐다. 마치 둥지를 찾아든 짐승처럼 차들은 제자리를 찾아 사뿐히 주차하곤 나지막한 한숨을 내쉬곤 했다. 그러나 이 집 벨을 누르는 이는 없었다. 주차장에서 보면 아마 이 집만이 이빨이 빠진 자리처럼 어두컴컴하니 황량하게 보일 것이다.

이곳에서 초록이는 한 계절을 지냈다고 했다.

지난여름, 최애희라는 여자가 불쑥 전화를 해왔을 때, 은명은 어리둥절하기 짝이 없었다. 초록이의 친구, 김희완에게서 은명의 전화번호를 받았다고 했다.

“희완이 말로는 요즘 초록이를 찾고 있다면서요?”

말끝이 애매하게 흐려졌다. 그제야 은명은 아, 하고 신음소리를 냈으나 뭐라고 대꾸해야 할지 몰랐다. 그 무렵만 해도 은명의 상처는 생긴 지 얼마 되지 않아 누가 아는 척만 해도 상처에 앉으려는 얇은 딱지를 떼는 듯 아픔을 느끼곤 했었다. 그녀는 잠시 말을 멈추었다가 한번 만났으면 좋겠다고 제안했다. 호기심이 동했으나 생뚱맞다는 느낌이 들어 가만히 있었다.

"나도 작년에 초록이하고 같이 지냈거든요."

문득 키리코의 그림이 떠올랐다. '거리의 신비와 우수' 진공처럼 적막한 길에서 혼자 굴렁쇠를 굴리며 달려가는 소녀. 저편 끝에 드리운 누군가의 그림자가 불길했다.

그녀가 궁금해졌다. 전화 목소리는 상냥하고 매끄러웠으며, 매듭이라곤 없는 고운 말투였다. 아마도 여유 있고 안온한 일상을 누리는 주부일 것이다. 그런 여자가 적당히 불량기가 있는 초록이란 아이와 어울린다? 제멋대로인 상념을 가로막듯 그녀가 말을 이었다. 자기는 화랑을 운영하는데, 무리가 아니라면 놀러오면 어떻겠느냐고. 화랑이라……. 찢어지는 듯 절규하는 록 음악과 놀람이란 효과를 기대하는 설치미술이 전시된 화랑일지도 모른다.

로데오 거리에서 조금 들어간 곳에 있는 그 화랑은 일생을 저당 잡혀 마련한 소중한 아파트를 예술스럽게 장식하고자 하는 중산층 주부의 기호에 맞을 아기자기한 판화를 취급하고 있었다. 그리고 낯간지러울 정도로 잔잔하게 흐르는 브람스의 현악 사중주곡. '브람스를 좋아하세요?' 어떤 세대든 세대마다 독특한 분위기라는 게 따로 있는 법이지. 쓴웃음이 비어져 나왔다.

최애희는 쉰 살 남짓으로 보였다. 애희라는 촌스러운 이름과는 딴판으로 세련된 외양을 하고 있었다. 중간 색조로 가꾼 간결미가 넘쳐흘렀다. 젊었을 땐 미인이라는 소리를 들었을 얼굴. 머리는 우아하게 빗어 올렸고, 아직도 외모에 자신이 있는지 목걸이며 반지의 보석은 모두 앙증맞은 외알박이들이었다. 그런데 향수만은 틴에이저용 베르사체 레드진이었다. 흠칫했다. 그건 초록이가 애용하는 향수이기도 했다. 그 냄새가 넓지 않은 사무실 안에 떠돌았다. 향수의 자극에 갑자기 젖꼭지가 딱딱하게 일어섰다. 어쩌면 초록이는 이 여자에게서 향수를 배웠을지도 모른다. 아니면 이 여자는 초록이의 추억 때문에 아이들이나 쓰는 향수를 뿌리는 것일까? 이렇게 그 아이의 흔적을 발견하자 적의를 느끼면서도 한편으로는 묘한 동질감이 느껴져 마음이 놓이기도 했다. 그녀는 은명에게 보졸레 포도주를 한 잔 대접해주었다. 실내 온도 정도로 따뜻하게 한 포도주 한 잔이 은명의 긴장을 누그러뜨렸다.

"그림 좋아해요? 여기 어때요?"

그녀는 십대 소녀 같은 질문을 던지며 향긋하게 웃었다.

"좋네요."

그녀와 비교하자 자신이 퉁명하니 촌뜨기처럼 느껴졌다.

"그런데 왜 불쑥 클림트 생각이 나는지 모르겠네요."

말부터 꺼내다 보니 금빛을 칠해 장식적인 느낌이 두드러진 클림트의 화풍을 연상하는 까닭이 짐작되었다.

"인테리어에 금빛이 너무 들어갔다는 소리겠죠?"

그녀가 호호 웃었다.

"금빛을 좋아해서 많이 쓰기는 했지만 좋아하는 화가는 클림트가 아니라 에드워드 호퍼예요. 알죠? 미국 화가. '2층의 햇살', '일요일의 이른 아침' 같은 그림을 그렸죠. 별다른 기교 없이도 인생의 본질적인 황폐함이랄까 그런 걸 서정적으로 드러냈다는 평가를 받는. 사실 난 미대를 다녔어요. 졸업은 못했지만……."

갑자기 그녀의 말이 빨라졌다. 전후 설명도 없이 신상 이야기를 불쑥 꺼냈다. 남편이 대학시절 너무나 끈질기게 쫓아다녔기 때문에 학교를 중퇴하고 결혼할 수밖에 없었다는 사연이 시작이었다. 마치 둑 너머로 물이 넘치듯 말이 콸콸 흘러나왔다

은명은 당황했으나 잠자코 있었다. 직업이 직업인지라 남의 이야기를 능숙하게 들을 줄도 아는 것이다. 이런 상대에겐 반쯤 흘려듣는 자세가 편안할 거였다. 한편으로는 포도주의 따스한 온기가 은은히 펴져 가는 것만 즐기면 되었다

어쩔 수 없어서 한 결혼이었는데 십 년쯤 지나자 파탄이 나고 말았다고 했다.

"결혼 생활, 정말 지독했어요. 이혼할 즈음엔 남자라면 그만 신물이 났죠."

이혼한 직후에는 위자료로 받은 돈을 물 뿌리듯 쓰고 다녔다고 했다. 인생이 허무했기 때문에. 그러다 결국 가난해진 것, 고생한 것, 그리고 투기 열풍을 놓치지 않고 아파트며 땅을 사서 되파는 일을 시작한 것, 하나뿐인 아들은 성장하더니 아버지를 찾더라는 것.

"정말 남자란 아무짝에도 쓸모없어요. 도무지 도움이 안 된다니까."

그녀가 몸서리를 치며 덧붙였다.

어디선가 한 번쯤은 들은 것 같은 긴 이야기였다. 이야기하는 동안 그녀가 풍기던 중간 색조의 간결함은 점점 원색적인 것으로 바뀌어 갔다. 뻔한 이야기였음에도 뭔가가 은명을 점점 사로잡았다.

뜬금없이 오래전 우연히 만난 어떤 여자가 떠올랐다. 이름을 몰랐고 그 모습도 제대로 기억하고 있지 않았다. 한 번도 생각해본 적도 없었다. 그런데도 최 여사의 말을 듣노라니 그 여자가 선연히 떠오른 것이다. 고속버스에서 옆자리에 앉게 된 중년 여자. 차가 출발할 즈음 말 좀 해도 되느냐고 물었다. 이야기가 아니라 말을 하겠다고 했다. 은명은 얼떨결에 고개를 끄덕였고, 청주에서 서울까지 두 시간 가까이 그 여자가 쏟아내는 말의 홍수에 잠겨버리고 말았다. 나지막하고 끈질긴, 흐느끼는 듯한 음습한 소리들. 은명은 속으로 진저리를 치며 웅웅거리는 소리의 흐름을 구경했다. 그 흐름은 잠깐이라도 멈출 줄 몰랐다. 차가 고속도로에 들어서자 실내등은 꺼졌고 차창 밖은 어둠뿐이었다. 간간이 대형차의 헤드라이트 불빛이 기어들어 오면 어둑한 차안에서 그 여자의 입술만 두드러지게 떠올랐다. 그 입은 혼자 살아 있는 것 같았다. 벌린 입술 사이에는 시커먼 심연이 있고, 그곳에서 용암처럼 분출하여 주변을 불태우는 말들. 시커멓게 타버린 화산재 위로 피어오르는 유황 냄새 나는 수증기. 그때 들었던 말의 내용은 기억에 남아 있지 않았다. 그저 남편이 바람피우는 현장을 목격했다든가 하는 내용이었는데, 한 문장이 끝날 때마다 마침표가 찍히듯, '세상에 그럴 수도 있어요?' 라며 잠시 입을 벌린 채 멍청히 있던 모습이 선명하게 남아 있었다. 어쨌든 그때 은명은 감히 그 여자의 말을 제지하지 못했었다.

어쩌면 최 여사가 마음대로 지껄이도록 내버려둔 것도 그때와 비슷한 느낌 때문이었을 것이다. 황폐한, 채울 수 없는 굶주림이 몸속을 할퀴고 있는…… 슬픔은 삶을 축축이 적셔주는 것이 아니라 메마르게 건조시킨다. 잠시 비가 내린 다음엔 기나긴 건기의 시간이 흐르면서 초원은 사막으로 변하여 생명은 점점 졸아들게 된다. 여직원의 노크 소리가 최 여사의 말을 끊었다. 여직원은 퇴근 시간이라고 알려주었다. 최 여사는 그제야 정신을 되찾고 쑥스러워했다.

"어머 나 좀 봐. 초록이 얘길 한다는 게 옆길로 샜네."

최 여사는 눈을 가늘게 뜨며 부스스 웃었다. 저녁을 같이 먹자고 했다. 은명은 또 고개를 끄덕였다. 초록이 이야기는 아직 시작도 하지 않았다. 일식집으로 가서 간단히 초밥을 먹기로 했다. 불이 환하게 밝은 음식점으로 자리를 옮기자 최 여사는 하려던 이야기를 했다.

"솔직히, 그런 거, 처음에는 반감을 느꼈죠. 고등학교 땐데 내게도 S 언니가 있었어요 그 나이 땐 많이들 그렇잖아요. 좋아하는 여자들끼리 언니 동생을 맺고 친하게 지내는 거. 그 언니를 무척 좋아하긴 했지만 특별히 딴 생각이 있었던 건 아니었고…… 그냥…… 자신의 몸에 대해 눈을 뜰 때이기도 하니까 한 이불 속에서 자면서 서로의 몸을 비교해 보기도 하고 서로 화장법이니 옷 입는 법 같은 정보를 나누기도 하고, 우연인 것처럼 슬쩍 애무도 해보고, 서로 키스 연습 상대가 되기도 하고…… 뭐 그런 식으로 친하게 지냈어요……. 아무튼 그 언니는 정말 좋아했어요. 편했고 사랑받고 사랑한다는 느낌이었죠……. 그 언니는 언니대로 결혼해서 미국으로 이민 가버리고 나는 나대로 얼떨결에 결혼했죠. 남자는 남편이 처음이었죠. 남편은 자기 위주로 위해 받치는 것을 받기만 하고 자란 데다 자기밖에 몰랐어요. 힘들었어요. 이혼한 뒤에 남자들이 없었던 건 아닌데 번번이 실망스러웠어요. 가끔 생각했죠. 여자 친구들과 잘 지내는 반만큼이라도 나눌 수 있는 남자가 하나 있었으면…… 그러면서도 여자랑 연애할 생각은 없었어요. 그건 또 영 거부감이 드는 게. 어딘지 부자연스러운 거 같고 구역질날 거 같기도 하고. 기형이다, 하는 생각부터 들고…… 밤새워 고민했지만 결국은 체념하고 그냥 살기로 했어요. 겉이라도 괜찮은 걸로 하고서. 그게 뭐 그리 대단한 건 아니라고 자신을 다독거리면서…… 그러면서 그냥 살았어요. 하지만 그게 아니더라고요. 난 거짓말은 딱 질색인데, 내 삶. 황폐하죠. 딴 여자들은 내 나이쯤 되면 일족의 족장 같이 되죠. 그런데 난 말라서 비비 틀어진 나무토막처럼 느껴져요. 사람은 다른 사람들을 돌보면서 풍요로워지죠. 주는 게 받는 거라는 말 실감하게 돼요. 사랑하고 사랑받는 것만이 인생을 풍성하게 채워줘요. 그게 이성이냐 동성이냐 하는 건 대수로운 문제가 못돼요. 사랑 없이도 잘 산다고 큰소리치는 사람도 있겠지만 그런 사람들, 나는 거짓말 같아요. 황폐한 채로 어찌할 바를 모르고 있는 게 아닐까 의심스러워요.

물론 내게는 아들이 있어요. 그런데 그 아인 사춘기가 되니까 방문을 걸어 잠그기 시작하더니 나중에 아무 이유도 없이 마구 소리를 지르더군요. 내 관심이 지겹다고 하대요. 심지어는 내가 쳐다만 봐도 깝깝해져서 죽을 맛이라고 하더군요. 결국 걔는 지가 원하던 대로 자유를 찾아 유학을 가버렸어요. 그런 아들이지만 사라지고 나니 한동안 마음을 잡을 수가 없더라고요 밤마다 차를 몰고 돌아다니곤 했죠. 무작정. 날이 샐 때까지 돌아다니는 거예요. 어디가 어딘지도 모르죠. 운이 좋으면 어디든 처박혀서 죽을 수도 있겠다, 하는 생각을 하기도 했죠. 그러다 초록이를 만났던 거예요. 처음에는 어쩔 줄 몰랐어요. 분명히 그 애를 볼 때면 맘이 설레는 것에 비례해서 몸도 달아올랐지만 그걸 인정하지는 못했어요. 고민하다가 결국 초록이에게 그랬죠. 같이 살자고. 하지만 다른 건 기대하지 말라고. 처음에는 마치 하숙생과 집주인처럼 살았어요. 그러면서 차차 풀어졌죠. 하지만 완전히 받아들이지는 못했던 거 같아요. 사실 이제 와서 생각해보면 몸이라는 게 대단한 문제는 아닌데……."

매끈한 그 입술이 발음하는 초록이라는 단어만 듣고도 은명의 무릎은 사뭇 떨렸다. 언젠가 같이 버스를 타고 있을 때 그 아이가 꾸벅꾸벅 조는 것을 보고 그 머리를 자기 어깨로 글어다놓고 싶었던 안타까움이 선명히 되살아났다.

갑자기 거실의 불이 환히 켜졌다.

"어두워졌는데 불도 안 켜고 뭣 해요? 자, 저녁 먹어요."

은명은 부스스 상념에서 깨어났다. 최 여사는 바쁘게 식탁을 차리기 시작했다. 냅킨과 포크, 향기로운 빵 바구니와 샐러드 그릇들이 놓였다. 그리고 소스와 국수, 미리 따놓은 붉은 와인 한 병. 그녀는 대단한 축제라도 치르는 사람처럼 과장된 동작으로 와인을 따르고 건배했다. 그런 동작이 이 집이 홀로 고립된 깊은 바다

속인 것처럼. 그들은 물의 저항을 거스르며 억지로 움직여 나가려는 것 같은 둔중한 공허를 느끼게 했다. 은명은 성급하게 잔을 비우고 다시 술을 따라 빠르게 마셨다. 무엇인가가 뒤쫓아 오는 것 같았다.

"맛있어요. 별 네 개짜리는 되겠어요."

"짜네. 다섯 개가 아니라 네 개?"

그녀의 웃음소리가 공허하게 울려 퍼졌다.

"그런데 난 궁금한 게 하나 있어요. 이런 질문은 실례가 될지도 모르지만……."

문득 예전에 별렀던 질문이 하나 떠올라 은명이 말을 꺼냈다. 최 여사는 미간을 좁히며 무슨 이야기든 솔직한 게 좋다고 응수했다. 은명은 포크로 국숫발을 깨작거리며 망설였다.

"지난여름에 말이죠. 왜 날 만나려고 했어요? 혹시 내게…… 그걸 기대했었나요?"

순간 최 여사의 표정이 심각하게 굳어졌으나 곧 활달한 미소가 대신 나타났다.

"그거? 섹스 말인가요? 왜요? 생각 있어요?"

은명은 얼굴이 빨개졌다. 성급하게 고개를 저었다.

"그런 건 아네요. 난 여전히 성욕이 발동하려면 한 대상이 필요해요. 개별성을 고집한다는 거죠. 그러니까 내 말은 내가 같이 자고 싶어 하는 상대는 남자도 여자도 아닌 그저 어떤 개인적인 한 사람이라는 뜻이죠……."

변명하려니 말이 많아졌다. 최 여사는 손을 멈추고 한참이나 생각에 잠겼다. 그리고는 느슨하게 말을 이었다.

"여전히 그렇단 말이죠? 이젠 끝날 때도 됐는데…… 진부한 소리로 들릴진 몰라도 모든 일엔 끝이 있게 마련이죠. 그렇게 도사리지 않아도 결국은 끝이 와요. 긴장을 풀어요. 꼭 무엇이라야 한다는 식으로 고집 피우는 것도 그만두고요. 상황이 내 편이 아니다 싶을 땐 그저 가만히 엎드려서 그때가 지나가기를 기다리는 수밖에 없거든요."

갑자기 눈앞이 부옇게 흐려졌다. 심한 피로감이 몰려왔다.

"그보다 아직 내 질문에 대답을 안 했어요. 정말 내게 그걸 기대했던가요?"

"글쎄, 그보다는 더 순수한 동기였다고 해야 할 걸요. 그냥 한번 만나보고 싶었어요. 섹스는 부차적인 것이죠. 거기까지 서로 맞을 수 있다면 그건 행운이고……. 희완이에게 은명 씨가 초록이를 찾아다닌다는 말을 들었을 때 왠지 모르는 사람 같지 않았어요. 일단 우리에게 공통분모가 있는 셈이잖아요. 초록이라는. 나도 한땐 그렇게 초록이를 찾아다녔죠. 만나면 나쁘지 않겠다고 생각했어요. 둘이 웅성웅성 불평도 하고 한탄도 하고 하는 거 괜찮을 거 같았어요. 아마 위로가 되겠다고 생각했죠. 난 사람들이 상처 입을까 봐 지나치게 두려워하고 있는 거 아닌가 싶어요."

"내겐 최 여사님이 세상을 너무 낭만적으로 본다는 느낌이 드는걸요. 사람이라고 다 같은 사람으로 손 붙잡고 춤출 수는 없는 건데요."

"은명 씨는 자기에게 일어난 일을 너무 겁내고 있는 거 아녜요? 작은 편견만 뛰어넘으면 얼마든지 자유로울 수 있을 텐데."

"무슨 뜻이죠?"

"겁먹지 말라는 거예요. 세상일의 많은 장애가 바로 그 '미리 겁먹음' 때문에 일어나죠. 은명 씨도 그래요. 은명 씨는 분명 새로운 사랑을 알게 되었고 그걸 그리워하죠. 그러면서도 한편으로는 부정하고 싶어 하고요. 예를 들어서 낮에 커피숍에서 일어났단 일만 해도 그래요."

"아뇨, 그건 아네요. 내가 그 아이를 열심히 쳐다봤던 건 젊음에 대한 선망 때문이었을 거예요. 이제 나도 젊다고는 할 수 없으니까요."

"정말? 정말로 다시 이십 대가 되고 싶어요? 솔직하게 말해 봐요."

마치 칼로 찌르는 듯 투명한 눈빛을 하고 그녀가 추궁했다. 은명은 흠칫 상념으로 빠져들었다. 스무 살 무렵의 타는 듯한 갈망들이 떠올랐다. 그 나이엔 한 가지 열정에 인생 모든 것을 기울이게 되지. 그로 인해 고독을 느끼고, 황폐해지고, 몸부림을 치게 되지. 자기도 모르게 고개를 저었다. 아냐, 난 다시 스무 살이 되고 싶진 않아. 그걸 되풀이하다니, 정말 싫어.

"내가 한두 마디로 은명 씨의 편견을 무너뜨릴 수 있다고 생각하진 않지만…… 사랑할 줄 모르는 남자보다야 사랑할 줄 아는 여자 쪽이 더 낫죠. 삶을 풍요롭게 해주니까요……."

은명은 그 말을 거의 듣고 있지 않았다. 마침내 침묵이 찾아왔다. 은명은 국숫발을 포크에 둘둘 감아 입에 쑤셔 넣으며 밀려오는 상념들을 물리치려고 노력했다. 이건 포크고, 이건 식탁이고, 이건 의자고…… 근데 왜 이렇게 텅 빈 실내에 던져진 짐짝처럼 허전한 것일까…….

말없는 가운데 식사가 끝났다. 그들은 말없이 일어났고 식탁을 치우고 커피를 끓였다. 휑뎅그렁한 부엌 한가운데 서서 은명은 물 끓는 소리에 귀를 기울였다. 눈앞의 사물들이 가물가물하게 멀어지고 있었다. 서서히 솔바람 부는 소리가 들리기 시작했다. 겨우 포도주 정도로 취한 모양이야. 쿨렁거리며 조금씩 올라오던 뜨거운 물이 검게 변해 콸콸 흐르기 시작한 것 같았다. 최 여사가 쟁반을 꺼내 커피 잔 둘과 각설탕을 꺼냈다.

"커피는 어디서 마실까요?"

집안을 휘 둘러보았다. 어디든 상관없었다. 소파에서건 식탁에서건. 집안엔 불이 환하게 밝혀져 정적의 먼지가 두텁게 내려앉아 깨뜨리기 어려운 막을 형성하고 있는 것이 드러나 보였다. 그 위 어느 곳에 두 사람이 몸을 내려놓든 정적은 여전히 그 완강한 막을 그대로 유지해 나갈 것 같았다. 그들은 베란다의 정원용 테이블에 앉아 유리창에 흐르는 빗줄기를 바라보았다. 빗줄기는 규칙적인 무늬를 그리며 흘러내렸다. 마치 최면을 거는 것처럼. 지독한 피로감이 눈꺼풀을 무겁게 했다. 커피를 삼켰으나 나아지지 않았다.

"오늘 초록이 사진을 봤어요."

은명은 결국 그 말을 꺼내고 말았다.

"잡지였어요. 뉴욕에 있는 모양이더군요. 걔가 왜 거기 있는지 모르겠어요."

은명은 중얼중얼 말했다. 말이 제대로 나와 주었는지 확신할 수 없었다. 최 여사는 무심히 담배를 피우며 커피를 마시고 있을 뿐이었다.

"여전해 보였어요."

"아, 그래요?"

대꾸하는 그 목소리는 심상했다. 마치 오래 전에 멸종된 도도새의 행방을 들은 것처럼 아득했다. 고요한 거리감. 냉담한 그 기색에 은명은 자기보다 한 해 전 그녀도 초록이를 찾아다녔었다는 걸 기억해 보았다. 타는 듯한 열망에 사로잡혀서. 그러나 이제 초록이도 그녀를 잊었고 그녀 역시 초록이를 잊은 것이다. 잃어버린 것은 점차 잊혀져 가게 마련인가? 그 뒤엔 무엇이 남아 있을까? 키리코의 그림이 생의 한 장면인 양 몽롱하게 떠올랐다. 공기를 느낄 수 없는 진공으로 날씨조차 변하지 않는 세상이다. 태양은 비스듬히 긴 그림자를 던지고 있지만 투명하게 탈색된 그 빛은 생명력이나 평온함을 느끼게 하지 못한다. 소름 끼치도록 황폐한 풍경들.

"몹시 피곤해 보이네요. 한숨 자는 게 좋겠어요."

그녀의 목소리가 둔중하게 귀에 닿았다. 마치 메아리를 달고 있는 것처럼 여러 번 머릿속에서 울려 퍼졌다. 자는 게 좋겠어요. 푹 자요. 깨어나 보면 새로운 날이 시작되어 있을 거예요.

문가의 작은 방에서 은명은 겉옷만 벗고 시트 사이로 들어갔다. 걷잡을 수 없이 잠으로 빠져들었다.

한밤중, 문득 잠을 깼다. 캄캄했다. 두런거리는 목소리. 밖엔 분명 최 여사와 누군가 한 사람이 더 있었다. 젊은 여자인 듯했다. 내가 잠든 사이에 누가 왔구나. 은명은 멍하니 그 소리에 귀를 기울였다. 쟁그랑거리는 소리가 날 듯 빠르고 나지막한 말, 그리고 높낮이가 심한 그녀의 목소리가 뒤엉켰다가 잠시 침묵을 지키곤 했다. 말의 내용은 전혀 알아듣지 못했으나 그 속에 들어 있는 감정들은 생생하게 전해져 왔다.

"지겹다고요."

갑자기 높고 투명한 소리가 정적을 깨뜨렸다. 그리고는 거세게 방문을 여닫는 소리. 침묵이 찾아왔다. 한참을 기다렸지만 아무 소리도 들리지 않았다. 은명은 부스스 일어났다. 그러나 불을 켜거나 거실로 나갈 엄두가 나지 않았다. 어둠 속에 멍하니 앉아 있었다.

문득 그 집을 지배하고 있는 정적의 바닥에 깔려 파도처럼 다가왔다가 멀어지곤 하는 어떤 속삭임이 의식되었다. 시냇물 소리 같기도 하고, 주전자에서 물이 끓어오르는 솔바람 소리 같기도 했다. 손바닥으로 귀를 감싸고 한참을 기다렸지만 소리는 아주 사라지지 않았다. 갑자기 캄캄한 머릿속을 파르라니 섬광이 가르고 지나갔다. 유성비가 쏟아지는 밤하늘을 올려다보는 듯 아득해졌다. 울음소리였다.

* 소설 후기

지난해 어떤 작가의 소설에 대한 음란성 시비를 지켜보면서 우리 시대의 사랑이나 성 문제에 관심을 갖게 되었다. 세상이 변해 왔듯 우리가 생각하는 성의 개념도 변해가게 마련인 것일 게다. 원래 성은 생식을 위한 것이었다.

그러나 피임의 발달은 성을 생식보다는 놀이의 개념에 가까워지게 했고, 인공 복제까지 가능해진 지금에 이르러선 완전히 놀이의 개념으로 탈바꿈할 것으로 보인다. 만약 성이 유희라면 우리가 바라보는 성이나 사랑, 여성이나 남성이라는 성차(젠더)에 대한 개념도 달라지겠구나 하는 생각을 했다.

그리고 요즘 기성세대가 이해할 수 없어하는 성에 관한 담론도 달리 생각해 볼 수 있겠구나 싶었다.

빈사의 백조

조양희

컴퓨터의 모니터에 바탕체 글씨가 5월 10일 하고 찍혔다. 글씨들이 한 문장씩 톡톡 찍혀 나올 때마다 마치 더듬이 하나를 잃고 우는 귀뚜라미의 뜰뜰한 울음소리와 같다.

"아내는 당직 근무 중인데 갑자기 하혈이 있어 단골 병원보다 학교에서 가까운 산부인과로 가서 진찰을 받았다. 소파수술을 하도록 권유하고 필히 자궁 내 조직검사를 하라는 진료 의견서……."

정재욱은 키보드를 누르던 두 손을 잠시 머뭇했다. 모니터에는 왼쪽 글자 자음 한쪽이 모음이 다가와 찍혀 주길 기다리며 주춤거렸다.

'혹, 2월 13일에 십이지장궤양 절제수술이 잘못된 건 아닐까.'

라고 생각하며 쉼표를 찍었다.

그는 아내가 하혈하기 전부터 이따금 그냥 뭐가 비친다고만 하여 내심으로 염려했다. 재욱은 자리에서 일어나 걸상을 뒤로 밀고 할로겐 작업등의 스위치를 껐다.

"당신, 휴가를 내서 좀더 쉬어야겠어."

시무룩한 그의 음성은 아내 김미영에게 학교를 며칠 쉬는 게 좋을 것 같다는 말을 건넸다. 그녀의 수업이 이틀 동안 없다는 걸 재욱은 잘 알고 있었기 때문이었다. 그도 같은 고등학교의 체육 교사이고 아내 역시 부산 수정동에 있는 보람중학교의 무용 교사이다.

5월 11일이라는 숫자가 컴퓨터 모니터의 왼쪽 윗부분에 찍혔다.

수업이 없는 미영은 단골 종합병원인 H 병원 산부인과 의사 김덕주로부터 약 30분에 걸쳐 '진단적 소파수술'을 받고 오후 1시 반쯤에 병원 문을 밀고 걸어 나왔다. 약간의 어지럼증과 아랫배의 통증은 있으나 어제의 고통에 비하면 참을 만했다.

며칠 전에 시댁 어른을 뵈러 갔다가 딸 지윤이를 두고 가라는 시어머니의 말씀에 못 이기는 척 그대로 따른 것을 다행이라 여겼다. 미영은 시야로 비치는 사물들이 어른거렸다. 이내 한치 앞의 사람조차도 안 보이는 것이었다. 그 자리에서 힘없이 털썩 주저앉다가 그만 병원 바로 앞에서 땅바닥에 머리를 대고 몸이 늘어졌다. 의사의 처방대로 받은 약 봉투가 미처 손가방에 넣지 못한 채 손에서 떨어지고 말았다. 흰 바지의 남자 간호사가 그녀를 보자마자 번쩍 안아 들고 병원 응급실로 사라졌다.

미영은 한 시간 남짓 시끌벅적한 응급실에 누워 있는데 남편이 나타나자 입가에 엷은 미소를 지었다. 그녀는 복부가 엿가락처럼 녹아내리는 것만 같았다. 그러나 그에게 내맡기듯 기대인 채 병원 건물을 등졌다. 녹색 간판에 쓰인 H 병원이라는 흰 글자가 먼 거리에서도 선명했다.

의사 김덕주는 미영의 자궁 내에서 채취한 조직을 P 병원으로 보내 조직검사를 의뢰하라고 목소리를 높였다.

"출혈? 불완전 유산?"

고개를 갸우뚱하는 김덕주는 이렇게 중얼거렸다.

P 병원은 외과 부분만 해도 유명 전문의가 넉넉히 있고 시설은 첨단인 종합병원이다. H 병원은 환자들의 미확인 조직검사의 결과를 정확하게 알고 싶을 때는 일반적으로 P 병원에다 의뢰하곤 한다.

같은 날 '오후 5시. 미영 재입원'이라고 모니터에는 바탕체 글자가 영롱하게 진주알처럼 촘촘히 박혔다. 바로 이날 병원 응급실 문이 확 하고 쪼개지듯 열렸다. 미영을 실은 간이침대는 촌각을 다투는 모습이었다. 침대를 미는 두 간호사의 움직임이 재빠르고 그들의 뒷모습은 응급실 안쪽으로 급히 파고들었다. 목에서 끓어오르는 내용물을 막으려고 미영은 한 손으로 입을 틀어막았다. 또 한 손으로는 배를 움켜쥐고 꾸액 하는 구토 소리가 응급실 문이 흔들릴 때마다 그 모습이 보이곤 했다.

쉴 사이 없이 교통사고 환자들이 좁은 응급침대에 실려 그리로 비비며 드나들었다. 재욱은 복도의 환자들과 보호자들 사이로 비집고 살짝 응급실 안으로 들어섰다. 재욱은 당직 의사로부터 '엑스레이' 촬영을 끝내고 응급처치를 받았다는 기별을 받았던 것이었다. 그는 미영의 머리맡에 서서 다 괜찮을 거라고 위로했다. 말은 그렇게 하면서도 무너져 내려오는 아내의 몸을 내려다보며 그의 참담한 시선은 애절하기만 했다.

재욱은 군 복무를 마치고 체육학부 복학 시절에 같은 대학의 현대무용과 발레를 전공하는 미영을 만났다. 그녀는 졸업 실기시험 때 차이콥스키의 '백조의 호수'를 선택하고 싶다고 말했다. 영국 로열 발레의 일급 무용수인 마코트 폰테인처럼 유연한 몸매를 간직하고 싶어 했다. 그러려면 정신과 마음이 오로지 백조의 삶이 되어야 한다고 말할 정도로 발레에 대한 집념이 강했으니까. 무용수는 허공에 몸을 사뿐히 움직여 삶의 격조된 순간을 한 동작으로 표출해야 한다고. 그러니까 정신세계로부터 흐르는 에너지를 모아 움직임을 창조해야 한다고 말하곤 했다. 또 그녀는 훈련된 몸의 크고 작은 동작들은 공간을 채워나가는 예술, 그 자체라고도 했다. 그러니까 움직이는 모든 행위가 무용이며 예술이라고. 그녀는 일상의 평범한 생활의 전체가 발레에 유연한 움직임의 연속들이며 그 움직임 속에 자신의 애정이 깊이 밀착되어 있다고도 말했던 것이다.

두어 번의 깊은 입맞춤 이후에 미영은 형이라고 부르면서 재욱의 팔꿈치에서 떨어지지 않았다.

그런데 지금에 와선 그녀의 말이 옳았다고 긴 한숨을 토해 내는 격이 되고 말았다. 그녀에게 "우리 결혼하자"라고 재욱이 청혼하지 않았다면 여전히 미영이 고고하고 품위 있는 백조 같은 여자였으리라. 장래 총애를 한몸에 받을 유망주인 발테리나로 발돋움했을 그녀라는 생각이 자꾸만 드는 것이었다.

재욱은 더 이상 부정적인 상념에 빠지지 말자고 어금니를 꽉 물었다. 건강이라는 동아줄을 놓치고서 막 어둡고 기약 없는 침침한 늪으로 멀어져 가는 그녀에게 무어라 말을 해야 할지 그녀를 딱히 안심시킬 만한 위로의 말 한마디가 떠오르지 않는 것이 안타까웠다.

5월 13일 오후 4시, 모니터에서 튕겨 나오는 글자가 방정맞았다. 외과의사 정종우는 초록 모자를 쓴 채로 수화기를 들었다. 산부인과를 바꾸라는 말로 보면 구내전화 같다.

"충수염인 줄 알고 열었더니 그게 아니야, 스태프도 필요 없을 것 같아서, 간호사 둘이서 했는데 그게 아니더라구, 농 닦아내고 골반에 배농관을 설치할 수밖에 없었다니까, 소파 수술이 잘못된 거라고, 알기나 해!"

그는 수화기에 소리를 지르고 의자에서 벌떡 일어났다. 수술모를 책상 위로 내던지며 한 손을 어깨 뒤로 하여 초록의 수술복을 급히 풀어 벗어 던졌다.

"이 자식들이! 지가 잘못허구, 나한테 덤터길 씌우려는 거야!"

그는 벗은 수술복을 똘똘 뭉치며 수화기를 내던지듯 내려놓았다. 농이 고여 있다는 말은 썩고 있다는 뜻이다. 일반 상식으로도 골반 복막염을 의미한다는 것은 웬만한 의사면 다 안다.

그러나 정종우는 어떠한 응급조치도 강구하지 않았고 처방약과 회복주사만 투여하도록 간호 기록지에 남겼다. 충수염 수술 후 그 날 찍은 엑스레이 사진에서 이미 장 패색이 뚜렷이 나타났다. 그러나 누런 봉투는 방사선과에서 찾아가지 않은 채 켜켜로 쌓인 다른 봉투 사이에 끼어 그대로 눌린 채 있는 것이었다.

미영은 중환자실에서 입원실로 돌아와서는 질 출혈과, 정상보다 두 배나 빠른 맥과 고열에 시달렸다. 그녀의 물기 없는 입술은 물고기처럼 부풀고 터지기 시작했다. 수술 부위의 거즈 위로 피와 누런 분비물이 배어 나왔다.

재욱의 얼굴이 모니터의 반사되어 환하게 비쳤다. 그는 키보드를 신경질적으로 여러 번 누르며 '가정의학'이라는 파일에 마우스를 눌렀다. 모니터는 중앙부분을 반으로 편 가르듯 장면이 바뀠다. 얼른 '골반 복막염'에 대하여 빼곡히 나타나는 글자를 모니터에다 이마를 바싹 들이대고 들여다보았다. 골반 복막염은 수술이 하루가 늦어지면 치사율이 10배 이상 증가하는 무서운 질병(가정의학 백과사전)이라 황급히 이에 대한 대책이 있어야 한다. 환자의 생명을 일각 일시를 다투어야만 하는 응급상황이다. 그러나 미영의 경우는 간호사가 링거 병에 다른 주사로 약물을 투여하고는 약 봉투 하나를 놓고 복도로 나갔다. 미영은 가습기가 내뿜는 김에 얼굴을 묻고 하복부가 마치 떨어졌다 붙었다 하는 통증을 삭히느라 눈을 뜰 기력마저 없는 것이었다.

재욱이 미영의 찬 손을 슬며시 놓고 돌아선 것은 장모가 어두운 얼굴로 병실 문을 열기 때문이었다. 장모의 모습은 억울하여 참을 수가 없다는 듯이 사위를 보자 눈시울을 붉혔다. 소매 끝으로 코끝을 눌렀다. 장모 뵈올 낯이 없는 재욱은 마음을 단단히 잡수시라 말해 놓았다. 그러나 장모의 어깨를 타고 오르며 그를 올려다보는 시선은 예사롭지 않은 것이었다. 재욱은 병실 문을 닫고 나오는데 그 어깨 뒤로 입원실 번호가 보였다.

흰 가운에 고무 청진기를 목에 건 땅딸막한 사십 초반의 남자 의사 김덕주는 재욱에게 열을 올렸다. 한 손을 들고 거침없이 말하지만 잘 들리지 않았다. 그는 재욱에게 엊그제 불완전한 유산이라 그저 소파수술을 했을 뿐이라고 조리만 잘하면 곧 회복될 거라며 장담하던 산부인과 과장이었다. 구내전화로 정종우와 심히 다툰 다음이라 재욱을 마주 보는 것조차도 과히 피하려는 눈치임을 재욱이 한눈에 짐작했다.

X선과에는 가운을 입은 한 남자가 판독 대 위에 수십 개 펼쳐진 필름을 자세히 들여다보고 있었다. 그는 미영의 촬영 결과의 필름이 복막 내의 액체와 좌측 복부의 장 패색으로 뚜렷이 확대된 인화지를 집어 그대로 형광등에 비쳐 뚫어져라 지켜보고 있었다. 고개를 옆으로 트는 남자의 걱정스러운 얼굴을 봐서 중병을 앓고 있는 필름임을 알 수 있었다.

재욱은 맹장수술 때에 정종우가 충분한 수술준비와 의료진의 인원을 확보하고 수술에 임하였을까 하는 의구심으로 꼭 다문 그의 입가는 몹시 우울했다. 비죽 뻗친 그의 머리카락은 지쳐 보이나 눈망울만은 초롱하고 긴장감이 감돌았다.

건강했던 아내의 백조 같던 모습이 끊임없이 떠올라 재욱은 고개를 흔들었다. 마치 불에 덴 환부가 조여드는 것처럼 마음이 쓰라려 왔다.

3개월 전 2월에 십이지장궤양 수술을 받은 아내는 점차적으로 정상회복을 하고 있었다. 미영은 설거지를 마치면 에이프런을 걸친 채로 부엌의 싱크대를 붙잡고 발레의 기초 동작을 하곤 했다. 재욱은 지켜보며 우아한 몸짓이라고 박수갈채를 보내곤 했는데. 허리와 수술 자국으로 뭉친 배 근육을 풀어줘야 한다고 말하며 발레연습을 했다. 간혹 이마를 찡그리는 것 이외엔 여전히 균형미를 잃지 않은 딸아이 엄마이며 자신을 사랑하는 고운 백조 같은 아내였다.

미영이 세 살 된 딸 지윤을 순조롭게 순산한 일과 산후 조리 2주 만에 거뜬히 이부자리를 박차고 일어났다. 그녀를 주위에선 전공이 무용이고 게다가 선천적으로 타고난 건강이라고 동료 여선생들까지도 부러움을 샀다. 미영은 내색하진 않았으나 남의 타박을 듣더라도 산후조리만은 철저히 해두었어야 했다고 절실히 느꼈다. 복부 아랫부분에 간간이 느껴지는 무게감은 막연한 불안감을 떼어버릴 수가 없었다. 그녀는 힘을 풀고 반듯이 누워 있다가 갑자기 허리를 일으키려면 여지없이 머리카락 하나가 잡아당기는 듯하는 것이었다. 야릇한 통증을 동반한 압박감을 부정하고 싶었다. 그건 엄연한 사실이었다. 그럴 때마다 약간의 출혈이 속내의에 묻어 나오곤 했으니까.

미영은 내과에서 외과로 다시 산부인과에서, 도매상에서 소매

시장으로 넘겨 팔리는 생선 상자처럼, 외과로 넘어온 것이었다. 결국 십이지장궤양 수술을 받은 후 완치하여 퇴원한 아내는 학교로 정상 출근을 하였다.

짧은 치마의 테니스 복장을 하면 곧게 뻗은 다리는 싱그럽고 발랄해 보였다. 공중에서 나는 학처럼, 라켓을 휘감으며 공을 던져주곤 했다. 그녀의 웃음소리는 재욱에게 특별했다. 그 웃음소리가 들리는 듯하여 병원 복도에서 깜빡 든 쪽잠이 달아났다. 아내의 미래를 생각하는 재욱의 현실은 엉킨 실패피처럼 끝자락이 보이질 않았다.

"미영아, 어떻게 하면 좋지?"

뇌의 울림만이 재욱 자신을 질책했다.

모니터의 활자는 5월 16일. 지윤 엄마 하복부가 급격히 팽창. 체중 증가라고 새겨졌다.

재욱은 어젯밤 집으로 돌아올 때까지도 깨어나지 못한 미영을 보고 왔기 때문에 이른 아침 선잠을 깨자마자 아파트에서 나왔다. 자동차 백미러 속에 비친 붉은 아침 해가 마치 미영의 수술 부위에 피 묻은 거즈의 빛깔과 흡사하다고 생각하는 것이었다.

해운대의 모래사장에는 젊은 남녀들이 조깅 복장으로 아침을 가르며 함께 뛰고 있는 모습이 보였다. 그도 아내와 함께 바닷가에 있었다. 모래가 파도를 밀어내면 그들의 찍혀진 발자국들도 바닷물이 가져갔다. 물새들이 발아래 넘나들고 딸인 지윤이가 아장아장 따라왔다. 한 가족의 정다웠던 순간들과 차창으로 스쳐 가는 조깅 커플과 겹쳤다가 포말처럼 사라졌다.

병원 근처는 사람 무리로 둘러싸여 웅성거렸다. 현관 입구에는 사람들이 모여 있고 말리는 사람과 미는 사람들이 맞붙어 엉클어지고 있었다. 입구 층계에는 덩그러니 검은 관 하나가 버티고 있고 늙수그레한 남자 둘은 팔뚝에 누런 베 조각을 둘렀다. 억울하게 죽은 아들을 살려내라고 고함을 지르고 있는 중이었다. 환자들 퇴원조차 안 시키더니 병원은 자기 방법만을 고집하여 환자를 속수무책으로 주무르다 주무르다 내갈겨둬 죽게 한 거라고 항의를 했다. 고함을 지르는 남자의 얼굴은 분노로 차오르고 눈은 날카롭게 충혈이 되어 있었다. 용하다는 종합병원으로 진작 보내줘야 하지 않았느냐고 또 한 남자가 관을 가로 세워 병원 안으로 들어가려고 했다. 경비원들은 시뻘게진 얼굴로 관을 떠다밀고 영안실로 내려가라고 소리를 벅벅 지른다. 재욱은 소란한 무리 곁에 한참을 서서 그들이 무엇에 대해 분노하고 있는가 하고 곰곰이 생각해 보았다. 그는 밀리는 관 옆으로 사람들 어깨를 밀치며 병원 안으로 들어왔다.

현관 복도에 지윤이 외할머니가 나와 소매 끝으로 눈시울을 찍는다. 장모는 애당초 미영의 결혼을 말렸다. 테니스나 하러 다니는 같은 체육학과의 형이 어디가 좋아 결혼을 하느냐고 극구 반대했다. 뿐만 아니라 미영이가 바라던 국립중앙발레단에 입단하기 위하여 계속 전공을 살려야 한다고 누누이 일렀다. 아직 신혼인데 딸이 병원을 들락거린다는 건 인연이 없는 탓이라고, 장모는 들리는 말로 부모를 거스르는 죄는 크다고 말했다. 그는 장모의 한이 서린 어깨 위를 두 손으로 잡고 지난 일은 잊으라는 말밖에 달리 없었다. 며칠 사이 딸 간호하느라 광대뼈가 더 나와 보이는 지윤이 외할머니는 사위의 손을 치우라는 것이었다. 도대체 대수술 날짜는 알고 다니느냐고 흘긋 쳐다본 장모의 눈드덩은 분꽃처럼 붉었다.

5월 18일. 12시부터 19시까지 7시간 재수술. 위궤양 절제 수술했던 통합부위가 풀렸으므로 이중복합수술…….

재욱은 컴퓨터 키보드 위에서 두 손을 멈추었다. 미영의 배 위에 칼자국은 몇 줄이나 그어지는 건가. 수술만은 일생을 살아가며 단 한 번이라도 해선 안 되는 거라고 알고 있는 재욱이다. 2월에 위궤양 절제수술로 처음이자 마지막이라 믿자고 서르에게 다짐했지만 재욱은 미영이 두 달 남짓한 사이에 네 번째 칼을 댄다는 사실이 아무래도 믿어지지가 않는 것이었다. 특별히 건강 체질이라고 호언장담하던 그녀였다. 165센티미터의 키에 55킬로그램 무게의 건강한 신토불이 한국산이라고 킬킬대며 말해 주던 해맑은 그녀가 아니던가. 미영은 발레의 기초 동작과 몸을 풀 때 잡는 손잡이인 바 위에 그녀의 곧은 다리 하나를 올리면 영락없는 한 마리의 백조 같았다. 그녀의 영혼은 혼탁한 곳으로부터 벗어나 그녀만이 감지하는 미지의 피안 저편으로 나는 것만 같았다. 흐르는 자크 오펜바흐의 첼로 반주곡에 따라 몸으로 곡선을 표현하면 관자놀이 부위가 불그스레하게 물들었다. 미영이 땀으로 온몸이 촉촉이 젖어들 때면 재욱은 아내의 모습을 지켜보다가 거울 속으로 헤집고 미동 없이 다가갈 때까지 그녀는 춤에 도취해 있었다. 거울로 배나 넓어 보이는 실내는 둘만으로도 사랑이 가득 차 있는 느낌이었다. 재욱이 그녀를 힘주어 안을 때면 자신의 가슴팍으로 쏙 들어오는 미영의 탄탄한 몸집과 그녀만의 분 냄새는 여지없이 재욱의 것이 되곤 했다. 그럴 때면 미영이 제자들이 엿본다 하고 혹은 땀 냄새가 나니까 비키라고 말하면서도 그를 내심으로 밀치기보다 말뿐이었다. 오히려 미영이 그를 더 원하는 것 같았다. 아내는 그에게 사랑 이상의 존재, 더군다나 자기의 딸 지윤의 엄마이기 때문이었다.

어제야 겨우 미영은 두 눈을 가녀리게 뜨고 실오라기 같은 말소리로 딸 지윤이를 꺼내 올렸다. 그녀의 눈은 재욱의 얼굴을 더듬었으나 동공이 흐릿했다. 그리고는 허공을 서너 번 두리 번 하다가 마치 물속을 깊이 자맥질하는 양 잠으로 빠져들었다. 미영에게 말조차 걸지 못하였던 자신의 무력감으로 재욱은 더욱 분노가 솟구치는 것이었다. 재욱은 또다시 범발성 복막염이 무엇인가 하고 컴퓨터의 모니터에 나타난 설명서를 성급히 읽는다. 골반 복막염으로 골반 농이 복강 안으로 파급되면 치명적인 범발성 복막염을 일으킨다는 것이다. 그에 비춰 보면 결국 미영은 골반의 농이 원인이다. 여성만이 걸린다는 그 병이 치명적 원인이라면 김덕주가 시행한 간단한 소파수술이 잘못되었다는 생각을 떨쳐버릴 수가 없다. 첫 단추가 잘못 감겨진 격이다. 재욱은 참담하기만 했다. 그렇다면 김덕주가 만약 치밀한 진단과 자궁 내 조직검사를 받기 위해 P 종합병원으로 의뢰한 검사 결과를 빠른 시일 내에 받아왔어야 했다. 그리고 수술이 늦어지면 검사 결과를 독촉했어야 했다. 소중한 생명을 맡기고 다루는 의료진들이라면 반드시 그랬어야 했다고 재욱은 병원 측의 나태한 처사에 대해 집요한 꼬리를 잡았다. 그렇지 않았더라도 정종우가 맹장염 수술 당시 즉각 P 병원으로 환자를 보냈다면 오늘 미영은 생(生)과 사(死)의 기로에서 빠져나왔을 것이었다. 맹장수술 후에 환부에서 불순물이 흐르는 걸 목격한 재욱은 미영을 퇴원시키려 하였다. 하지만 담당 간호사는 물론이고 외과 과장인 정종우의 승낙 없이는 무엇 하나 할 수 없다고 하는 병원 측을 생각할 때 꼭 돈 빼먹는 밀실 같다고 여겨지는 것이었다. 과장실에 붙어 있어야 할 의사는 찾을 수가 없었고 미영의 보호자인 재욱을 일부러 피하고 있는지도 모르는 일이라는 생각이 들었다.

오후 3시에 수술실 앞 복도에서 미영을 수술하는 동안 영어로 빽빽하게 쓴 진단서를 김덕주가 수술실로 가지고 들어간 이유는 무엇일까 하고 재욱은 골똘히 생각했다. 혹 P 병원에서 검사결과를 보낸 게 아닐까. 그렇다면 오늘 7시간 동안 미영의 배를 열고 수술한 게 다시 허사라는 말은 아닐까. 끊임없는 질의가 연이어 재욱을 괴롭혔다. 미영이 이대로 떠나는 건가. 아니면 지금이라도 P 병원으로 환자를 싣고 들이닥친다면 아내를 살릴 수 있는가 곰곰이 생각한 끝에 재욱은 P 병원의 조직검사를 맡았던 병리과를 찾아가기로 했다. 왜 진작 이 생각을 못 했을까 하고 가슴을 짓이겼다.

재욱은 P 종합병원의 검사실 문패를 향하여 걸어갔다. 그의 손엔 미영의 X선 촬영 필름이 쥐어져 있고 판독기에 비친 미영의 복부는 오른쪽 난소가 두 배 이상 부어 있었다. 심한 종창이 있는데다 주변에 이미 병색이 완연했다. 급히 달려온 전문의 백 박사는 흥분하며 환자를 이리로 데리고 오라는 것이었다. 아내를 살리고 싶다는 마음이면 H 병원에 두지 말고 당장 재수술을 받도록 해야 한다고 화를 버럭 냈다. 환자의 복부는 이미 화농하여 한시도 지체할 수 없는 처지라 원한다면 앰뷸런스를 대기시키겠다고 하는 백 박사 앞에 마주 서 있는 재욱은 또다시 무력감에 온몸이 조여드는 것만 같았다.

출혈성 황체낭포에 대해 백 박사가 설명을 해주는 데도 재욱은 아무 말이 들리지 않고 안개 위에 막연히 서 있는 기분이었다. 난소에 나타나는 양성 종양 30%는 특별히 늑막삼출의 증상이라는 것이었다. 그는 백 박사의 알쏭달쏭한 의학적인 낱말 때문에 흰 종이에 무조건 받아 적었다. '우측 늑막 삼출'이라면 미영은 최소한 산부인과의 원인으로 이 지경이 된 것임이 너무도 명백했다. 백 박사는 애당초에 질 맹낭 천자법이나 질 맹낭경 등 이와 비슷한 검사방법을 취해 보았어야 했다고 재욱에게 원망하는 눈빛을 보냈다. 자궁의 질 표피만 떼어내고 P 병원에 보내어 그 결과도 묻지 않고 버티고 있는 병원과 의사를 한 번쯤 의심도 품어보지 않고 절대적으로 믿은 보호자에게 더욱 화가 난다고 말하는 것이었다. 그러는 동안 환자는 생사를 헤매며 홀로 죽음과 외롭게 싸우는 것이었다. 이 상황에서 한 주 이상 버팀은 환자의 운명이 좌우된다는 사실을 몰랐다. 백 박사의 말에 재욱은 희망의 끈이 꽉 잡히는 것만 같았다.

만약 불완전한 유산으로 보았다면 김덕주가 완전한 소파수술을 하여 자궁을 깨끗이 해주는 것이 의사의 도리이며 당연하다는 일반적인 이치이리라. 그저 간단한 진단 수술은 무얼 의미한다는 말인가. 재욱은 받아쓴 종이를 주머니에 접어 넣고 황급히 H 병원으로 달려왔다. 마침 병실엔 간호사와 낯선 남자 의사가 혈액이 든 봉투를 매달고 있었다. 미영의 환부에서 극심한 출혈이 흘러나와 15봉투 이상 혈액을 투입할 예정이라고 간호사가 그에게 말한다.

미영이 잠든 사이에 장모는 복도 끝에 있는 소파에 앉아 초점을 잃은 시선으로 걸어오는 재욱을 본다. 그가 옆자리에 풀썩 앉았을 때야 비로소 사위라는 걸 안다. 재욱은 입을 열지 못한다. 이 지경에서 다른 병원으로 데리고 가 다시 칼을 대자는 말을 차마 할 수가 없었다.

그러나 이대로 아내를 죽게 할 수 없다는 메아리가 숨을 쉴 때마다 몰려왔다. 창문 너머에는 붉은 장미 덩굴이 흐드러지게 피어올라 바람이 불 때면 장미 향기가 주위를 감싸주고 있었다. 꽃의 생명도 제철에 피어 생을 다하거늘, 하며 장모는 부어오른 눈두덩을 손등으로 눌렀다. 건강하고 아름다운 딸이라 천사가 시기했다고 쓸데없는 말이 불행의 씨가 되었다며 울먹이는 장모에게 뭐라고 말을 꺼내야 할지 재욱은 암담했다. 장모는 사위의 깊은 속마음을 아는지 모르는지 마음은 몹시 답답하기만 했다.

그러나 P 병원에선 만반의 준비를 갖추고 여기서 탈출하기만을 고대하고 있지 않은가. 이미 원망은 들었다. 이윽고 그는 또 재수술을 해야 하기 때문에 퇴원한다는 말을 했던 것이었다. 장모는 다시 내 딸의 몸에 칼을 댄다는 건 에미 마음으로 눈뜨고 차마 볼 수 없고, 내가 죽는 편이 차라리 낫겠다고 하며 울부짖었다. 미영의 복부는 일각에 따라 곪는 데 미영을 이대로 영어의 상태로 갇히게 놓아둘 수 없는 것이었다.

어제와 같은 모니터에는 6월 6일의 바로 옆으로 '고단백 영양제 엘엔탈 투여'라고 부호를 찍었다.

미영은 여전히 혼수상태이었다. 동공이 열리지 않고 눈이 그대로 붙어버린 듯 눈곱이 끼였다. 보고 듣는 것조차 잃어가고 있는 모양이었다. 엎친 데 덮친 격으로 수술 부위에서 엄청난 양의 출혈이 멈추지 않았다. 이따금 병원 복도에서 마주쳤던 대학교수라고 하는 낯선 의사가 간호사 둘과 함께 급히 나타났다. 그가 응급처치를 시도했다.

드디어 오후에는 앰뷸런스를 타고 P 병원으로 가기로 결정했다. 장모가 모든 걸 포기한 지 오래됐다고, 자네 하고 싶은 데로 맡기겠다며 재욱의 가슴에 고개를 파묻고 통곡을 하던 어젯밤의 일을 떠올리지 말자고 그는 침을 삼켰다. 뜨끔거리며 편도가 부어 찌르고 두통이 일었다. 재욱은 미영일 살려야 한다는 결심 하나로 일구월심으로 답답했다.

시급한 건 백 박사에게 미영을 맡기는 일만이 기다리고 있었다. 처음부터 거리가 멀더라도 그리로 갔었어야 하는 일인데 사람만 잡아 놓았다는 허탈감이 끓어오르는 것이었다. 미리 대기하고 있던 P 병원 글자가 찍힌 앰뷸런스에 미영을 실었으나 여전히 인사불성이었다. 지금 어디에서 춤을 추고 있는 것일까. 재욱은 그녀가 꿈에서라도 나타나 준다면 말이라도 걸어라도 볼 터인데 하고 생각한다.

앰뷸런스 안에서 아내를 내려다보는 자신은 의사의 오진이었다는 생각이 들었다. 자신의 아내이자 딸에게는 더없이 필요한 사람인데 무참하게 귀한 생명을 짓밟고도 그들의 변명은 교묘하고 거만했다. 최고의 지식층이란 의사들이 겸허하게 시인만 하여도 멍들고 애잔한 마음이 다소 진정될 터인데 도리어 한 술 더 뜬다. 그 교만함이 분노를 치솟게 만들었다. 지금은 보호자가 더 이상 손을 쓸 수도 없는 처지라 형장으로 끌려가는 기분ᄋ 지만 그래도 아직 희망은 있는 것 같았다. 이 지경에도 봐주겠다는 양심적인 의사가 있는 것만이 희망이었다. 진작 퇴원하도록 노력하지 못한 자신의 머뭇거림이 후회되었다. 지금이라도 마음의 각오를 해야 한다고 되뇌었다. 남편만 믿고 있는 미영을 생각하면 가슴이 녹아내렸다. 몸은 만신창이라지만 마음만은 내 곁에서 ᄌ 윤일 돌보고 있을 것만 같았다. 미영이 이미 본래의 모습은 가고 부기가 올라 마치 물에 잠겨 있는 듯 보이지만 여하간 살아야 한다는 투지만은 버리지 않도록 해야 한다고 알려주고 싶었다.

H 병원의 산부인과에 다닌 것은 미영이 결혼 초부터였다. 보람중학교와 거리가 그만하고 아파트와도 가깝다. 게다가 지윤이를 받은 의사 김덕주가 아닌가. P 종합병원은 시내를 ᄌ 나가야 하는 번거로움이 있는 대신 의료진의 평판이 좋을 뿐만 아니라 최신

설비를 갖춘 병원이라 해도 평소엔 그리로 다닐 생각조차 못했다. 미영은 교사여서 늘 시간을 쪼개야 하는 데다 집에는 아직 어린 지윤이를 돌봐야 하기 때문에 구태여 H 병원인 단골을 P 병원으로 바꿔야 하는 이유를 달리 찾을 필요가 없었다.

미영은 임신 중이었을 때도 흔히 치르는 입덧 없이 임신 초기를 무사히 보냈다. 이것저것 가리지 않고 잘 먹어 주고 잠도 잘 자는 무던한 아내였다. 10개월 동안 이렇다 할 잔병치레도 없었다. 지윤을 낳기 사흘 전에도 무용실기 수업에 임했다. 지윤이 이 세상에 나오던 날은 간간이 엄습해 오는 진통을 소리 없이 받던 그녀였다. 더욱이 얼굴엔 미소를 잃지 않아 행복하게 아기를 낳는 여인으로 세계 신기록을 세워 기네스북에 올려달라고 하여 장모와 재욱의 친부모를 비롯하여 병원 간호사들의 웃음을 자아냈다. 그야말로 행복이 어떤지를 본보기로 보여주는 모델처럼 즐거움이 끊이지 않았다.

재욱은 앰뷸런스가 P 병원에 도착하는 동안 시간이 정지되고 있는 것 같은 기분이 들었다. 백 박사의 집도 아래 미영이 수술실로 들어간 지 세 시간 남짓 되었다. 수술 모자를 손에 쥐고 자동문이 열리는 사이로 성큼 나타난 백 박사는 마취제 냄새를 짙게 내뿜었다. 그는 재욱에게 자기 방으로 급히 오라고 하며 한쪽 귀에 걸친 마스크를 뗀다. 벌써 수술이 끝날 시간은 아닌데 말이다. 재욱은 목뼈를 타고 찡하게 힘이 외부로 빠져나가는 느낌이 드는 것이었다. 마취제 냄새 때문만이 아닌 게 확실했다.

백 박사는 여섯 명의 수술 스태프들과 공동으로 수술을 집도하여 미영의 복부를 열고 보니 복막은 곪아 없어지고 체장이 녹아 흔적 없고 또한 장에 구멍이 나고 또 우측 골반 쪽에 심한 출혈이 멈추질 않는다고 말했다. 의사의 견해로는 처음 진단으로 시행한 소파수술의 실수로 범발성 복막염을 유발한 것이었다고 말했다. 그러나 그 즉시에 P 병원으로 찾아왔더라면 어렵잖게 살 수 있었다고 했다. 그러니 마음의 준비를 단단히 하라는 것이었다. 이미 늦었고 복부는 심하게 곪고 있는데도 생명이 소멸하지 않고 호흡한다는 게 신비하다고 했다. 재욱은 그녀를 잃었다는 확신 때문에 다리가 후들거려 소파에 털썩 주저앉아 버렸다. 미영에게 죽음을 준비한다는 건 아직 당치도 않은 말이거늘.

중환자실은 미영의 침대뿐이었다. 간밤에 신음소리로 미영은 지윤을 불렀다. 장모는 지윤을 안고 있는데 세 살의 지윤은 우리 엄마가 아니라고 울먹였다. 미영은 얼굴뿐만 아니라 이스트를 넣은 밀반죽처럼 부어 있었고 눈을 뜰 기력이 없었다. 곁엔 그렇게도 그리던 딸의 목소리가 가녀리게 들렸다.

"우리 엄마 아니야! 엄마한테 갈래."

지윤이 침대에 내려가기 싫다고 뻗치며 칭얼댔다. 장모는 흐르는 눈물을 팔꿈치를 굽혀 닦았다.

"미영아 에미다 들리제. 지윤이 만져 보거래이."

장모는 흐느끼며 말했다.

재욱은 의자를 미영의 침대 가까이 바싹 끌어당겨 앉았다.

"우리 다음 세상에서 다시 만나자. 미영아!"

재욱은 말하며 고개를 그녀의 가슴 위로 파묻었다. 미영은 사르르 두 눈을 뜨며 미소를 짓는 것이었다.

"자기 기네스북에 정말 오를 거야."

통곡으로 재욱의 온몸은 갈기갈기 찢는 것만 같았다. 미영의 찬 손이 몹시 흐느끼는 재욱의 머리 위에서 멈추었다. 그리고는 고요했다.

모니터에는 6월 9일 오후 9시 40분. 미영이 떠남이라는 한글이 달음박질하듯 화면으로 뛰어올랐다.

이른 아침 재욱은 한 팔에다 베로 만든 누런 완장을 찼다. 거무스름한 관을 메고 H 병원 현관 입구에 나타났다. 친지들, 보람중학교 교사들 8명과 교복을 입은 열댓 명의 여학생이 줄을 섰다.

"오진한 의사들 사과하라! 더 이상 살생, 허락할 수 없다!"

그들은 현수막을 들고 있었다. 때를 맞춰 방송국에서 나온 기자들은 '파헤칠 수 없는 의료사고들'의 한 프로를 방영할 예정이라며 어깨에 올려놓은 묵직한 카메라 무게를 추슬렀다.

미영의 친정어머니가 정원 잔디에 주저앉아 손수건으로 얼굴을 문지르는데 한 여기자가 곁에서 노트를 펴들고 그녀의 말을 열심히 받아쓰고 있었다. 경비원과 관을 멘 재욱이 몸싸움을 하다가 그만 정원 안으로 미끄러져 떨어지는데 관 뚜껑이 열렸다. 빈 관 옆으로 무리지어 피어 있는 붉은 덩굴장미가 마치 그 속을 들여다보며 인사하듯 꽃대를 떨어뜨리고 있는 것이었다. 놀란 집비둘기 한 마리가 날개를 펴들고 푸드덕 낮게 날아갔다.

모니터에 항고장, 피의자 산부인과 의사 김덕주, 내과의사 정종우, 내과의사 이광석에 관하여 불복으로 다음과 같이 항고합니다. 사건일지 5월 10일…….

바탕체 글씨가 순식간에 오른쪽으로 달려왔다. 정재욱은 마침표를 찍고 컴퓨터의 스위치를 눌러 전원을 꺼버렸다. 화면이 까맣게 변하며 띵 하는 소리와 함께 고요해진다.

＊ 소설 후기

신문사에서 사람을 기다리고 있는데 옆의 남자도 내가 만나는 사람과 아는 사이였다. 그는 의사의 오진으로 아내를 잃었다고 말했다. 병원 측은 진료 기록부를 없애고 오진을 부정한다는 것이다. 그는 아내의 영혼을 달래주기 위해 이 사건을 고발했다.
나는 줄곧 쓰면서도 마음을 독하게 먹자고 다짐했으나 비극을 혼자 뒤집어쓴 미영의 심정을 결코 노출할 수가 없었다. 현실의 미영은 젖먹이까지 딸린 엄마라서 그 모성애가 오죽했을까 싶다.
이 사건은 반드시 승소할 것이며 의료 사고로 사랑하는 가족을 잃은 유족들에게 이 글을 바친다.

지금 나는 사랑하러 갑니다

1판 1쇄 인쇄 | 2010년 2월 20일
1판 1쇄 발행 | 2010년 2월 25일

지은이 | 박완서, 우애령, 유춘강, 유덕희, 김정희,
권혜수, 노순자, 박재희, 이남희, 조양희
펴낸이 | 유현애
펴낸곳 | 예감
등록일 | 2009년 12월 31일
등록번호 | 306-2010-1

주소 | 서울 중랑구 면목5동 194-33 (효산빌라 502호)
전화 | 02.766-4761
팩스 | 02.766-4761

ISBN 978-89-963763-0-9 03810

값 10,000원